LA FILLE DANS LES BOIS

Autrice de nombreux best-sellers, Patricia MacDonald s'est imposée comme l'une des reines du polar, maîtresse du suspense familial et psychologique. Ses titres se sont vendus en France à près de deux millions d'exemplaires et quatre d'entre eux ont été adaptés pour la télévision. Patricia MacDonald vit à Cape May près de Philadelphie.

PATRICIA MACDONALD

La Fille dans les bois

ROMAN TRADUIT DE L'ANGLAIS (ÉTATS-UNIS) PAR NICOLE HIBERT

ALBIN MICHEL

Titre original :

THE GIRL IN THE WOODS

Paru chez Severn House Publishers Ltd. en 2018
en Grande-Bretagne et aux États-Unis.

© Éditions Albin Michel, 2018, pour la traduction française.
© Patricia Bourgeau, 2018.
Tous droits réservés y compris droits de reproduction totale ou partielle,
sous toutes ses formes.
ISBN : 978-2-253-18117-0 – 1re publication LGF

À Gwen Oliva.
Puisse-t-elle avoir, comme sa mère,
l'amour des livres et des mots.

Prologue

Le chahut était assourdissant. Les fauves, tout juste libérés de la cage grise du collège, se retrouvaient enfermés dans le vieux bus scolaire jaune et se débattaient avec la dernière énergie, sautant sur les sièges délabrés et hurlant à qui mieux mieux. On poussait ses voisins, on se provoquait, on ne communiquait que par des vociférations. Quant au chauffeur, il ne cessait de se retourner pour hurler «Du calme!», ce qui ne servait qu'à déclencher des cascades de rires et d'insultes.

Tassée contre la vitre, Blair Butler se taisait et s'efforçait de ne pas bouger pour ne pas attirer l'attention sur elle. Elle se bornait, de temps à autre, à tourner la tête vers Molly Sinclair, assise à côté d'elle, et elles échangeaient un sourire. Molly était sa meilleure amie, sa seule amie. Menue, avec de longs cheveux bruns, et toujours imperturbable. Il était rare qu'elle accompagne Blair chez elle après les cours, mais aujourd'hui elle avait obtenu l'autorisation de prendre le même bus qu'elle.

En principe, les deux amies traînaient plutôt chez Molly et prenaient donc un autre bus qui longeait les bois, de l'autre côté de la station de ski des Poconos où elles vivaient.

Aujourd'hui, les parents de Molly avaient fermé leur brasserie, L'Après-Ski, pour se rendre à une foire commerciale à Philadelphie. Ils ne voulaient pas que Molly reste seule chez elle car, ces derniers temps, la police avait été appelée à plusieurs reprises chez leur voisin, un alcoolique qui se défoulait de ses frustrations sur sa famille, à coups de poing. Les Sinclair auraient préféré que Molly vienne avec eux à Philadelphie, mais elle avait un exposé à faire ce jour-là et tenait à aller en cours. Et Blair, même si elle redoutait d'amener quelqu'un chez son oncle, avait évidemment invité Molly.

Le bus cheminait lentement le long des rues escarpées de Yorkville, lâchant çà et là des collégiens. Il bifurqua et descendit Main Street cahin-caha. On était en semaine, un lugubre après-midi de début novembre, et il n'y avait pas grand monde dans le centre-ville. Les arbres étaient dénudés, mais on attendait encore la neige qui ramènerait à Yorkville les amateurs de sports d'hiver et la prospérité.

Le nez collé à la vitre, Blair regardait défiler Main Street. La brasserie, le bazar, les bureaux du journal local, les boutiques de vêtements. Sur le trottoir, un chien traînait au bout de sa laisse une femme engoncée dans une parka et coiffée d'un bonnet.

Blair se tourna vers Molly.

— Comment va ton chien ?

Molly avait récemment été autorisée à adopter au chenil un chiot brun et blanc avec de grands yeux, qui ne savait encore que japper. Avoir un pareil compagnon aurait été pour Blair un bonheur inouï, qu'elle ne connaîtrait jamais.

— On a emmené Pippa chez le vétérinaire pour les vaccins. Elle n'a même pas eu peur. Le Dr Kramer dit qu'elle est en bonne santé, mais elle a des puces. On a dû acheter un produit pour la traiter tous les mois.

— Et aujourd'hui, qui s'occupe d'elle ?

— On l'a mise au sous-sol, avec du papier journal un peu partout, parce qu'elle n'est pas encore propre. On lui a laissé de la nourriture et de l'eau. Maman a dit que Pippa serait très bien. Ils doivent rentrer vers sept heures et demie pour passer me prendre. D'ici là, ça ira.

Blair hocha la tête comme si elle comprenait, mais en réalité elle ignorait tout de l'éducation d'un animal. Chez l'oncle Ellis, il n'y en avait jamais eu. Il ne s'intéressait qu'aux bêtes qu'il tuait pendant la saison de la chasse. Beaucoup de chasseurs avaient des chiens, pas Ellis. D'après lui, les chiens étaient une source d'ennuis. Les chiens et les nièces, précisait-il, faisant allusion à Blair et à sa sœur aînée, Celeste. Mais en ce qui concernait les nièces, il n'avait pas eu le choix.

Blair ravala un soupir.

— On n'est plus très loin, dit-elle, nerveuse.

Le bus quitta le centre-ville. Aussitôt, les bois qui tapissaient la montagne se refermèrent sur lui. Il enfila des routes sinueuses et stoppa à l'angle d'un chemin non goudronné.

— C'est notre arrêt, dit Blair.

Molly la suivit dans l'allée centrale. La meute de collégiens s'était clairsemée et avait perdu de l'ardeur. Elles durent tout de même esquiver des projectiles et essuyer huées et invectives. Blair regardait droit devant elle, feignant de ne pas entendre, mais Molly, qu'on n'intimidait pas facilement, fusilla des yeux leurs persécuteurs. « Abrutis ! » leur asséna-t-elle.

Blair réprima un sourire. Comme elle aurait aimé posséder le même courage ! Elles descendirent du bus. Le silence qui les enveloppa brusquement, à peine troublé par le grondement lointain d'un torrent, fut un soulagement. Blair s'emplit les poumons de l'air froid et pur des montagnes, puis les deux amies se mirent en marche.

De l'autre côté de la ville, où habitait Molly, les maisons, peu nombreuses, étaient bien entretenues, nichées entre de majestueux sapins. Le chemin menant chez l'oncle Ellis était sinistre, rongé par les mauvaises herbes. Tina, la mère de Celeste et Blair, avait grandi ici, au bout de Burnham Lane. Ce coin avait dû être agréable, à une époque, mais il était à présent défiguré par des mobile homes lépreux.

La vieille maison Dietz, quant à elle, semblait au bord de l'implosion. La peinture des bardeaux s'écaillait par plaques, le terrain ressemblait à une casse automobile. Il y avait un énorme trou dans le plancher de la véranda. Au lieu de le réparer, Ellis avait posé dessus des chevalets de sciage. Plus embarrassant, un gigantesque drapeau confédéré, déchiré et fané, ornait la façade et masquait complètement l'une des fenêtres. Sa seule vue faisait frémir Blair.

Ce n'était pourtant rien, comparé à la collection de souvenirs nazis exposée dans le salon. À l'idée que quelqu'un voie ces svastikas, Blair avait la nausée. Elle évitait coûte que coûte de pénétrer dans cette pièce. Ce sont les convictions de mon oncle, avait-elle envie de dire aux visiteurs. Moi, je ne suis pas comme ça. Mais un coup d'œil à Molly la rassura. Son amie savait déjà tout ça.

Blair monta les marches de la véranda et déverrouilla la porte. Ellis n'était pas rentré du travail, son pick-up n'était pas là. Elle appela Celeste, à tout hasard. Pas de réponse, ce qui ne la surprit pas. La belle Celeste, à la silhouette parfaite et aux longs cheveux noirs, était rarement à la maison. Le moins possible. Les études étant le cadet de ses soucis, elle ne rentrait pas faire ses devoirs après les cours. Certains de ses amis possédaient maintenant une voiture, elle pouvait donc s'évader. Pour Blair, ce n'était pas encore possible.

Elle alluma les lumières du rez-de-chaussée et se dirigea vers la cuisine. La veille, sachant que Molly viendrait, elle avait tout nettoyé de son mieux. Le lino était usé jusqu'à la trame, la table et les chaises poisseuses. Elle songea à la cuisine rutilante des parents de Molly, au plan de travail en inox immaculé, mais chassa cette image de son esprit. Il n'y avait plus d'assiettes sales traînant sur la moindre surface horizontale, c'était déjà ça. Elle sortit de l'antique réfrigérateur les deux sodas à l'orange qu'elle avait achetés pour l'occasion. Elle avait aussi prévu un paquet de cookies au beurre de cacahuètes.

— On emporte ça dans ma chambre, dit-elle.

Au cas où l'oncle Ellis débarquerait, pensa-t-elle, mais elle n'avait pas besoin de le dire. Elles montèrent dans la chambre, une pièce tout en longueur, dont Blair ferma la porte à clé.

Assises sur le lit, elles dévorèrent leur goûter. Bientôt, grâce à Molly toujours si pleine de vie, Blair commença à se détendre. Elles se mirent à bavarder et plaisanter en échangeant les derniers potins. Elles se vernirent les ongles puis, sur l'ordinateur portable de Molly, surfèrent sur Facebook. Perdues dans leur univers, elles auraient pu se trouver n'importe où sur la planète. C'est drôlement bien, se dit Blair.

Ce fut à cet instant qu'elle entendit la porte d'entrée s'ouvrir à la volée, et le pas lourd de son oncle.

Elle l'entendit grommeler, mais il n'appela pas. Ni Blair ni Celeste. Il ne le faisait jamais. Leur mère, elle, était toujours heureuse de les retrouver, lorsqu'elle venait les chercher à la garderie ou les réveillait le matin.

Depuis quelque temps, Blair avait du mal à visualiser le visage de sa mère. Elle avait cinq ans, et Celeste neuf, quand Tina était morte, huit ans plus tôt. Leur père les avait abandonnées depuis longtemps, Blair ne se souvenait plus du tout de lui. Elle avait rencontré l'oncle Ellis pour la première fois au moment où l'on avait diagnostiqué chez Tina un cancer du poumon de stade quatre.

À l'époque, Ellis était marié à une blonde pote-lée, Sheree, qui affectionnait les jeans cloutés de strass. Après le décès de Tina, elle avait insisté pour qu'Ellis accueille ses nièces chez lui. Il y avait de la place dans cette grande baraque, clamait Sheree, et elle avait envie de materner les filles. On avait donc emballé les affaires de Blair et Celeste, on les avait enlevées à leur famille d'accueil et transportées ici, dans les Poconos. Quelques mois plus tard, Sheree rencontrait un autre homme et quittait la ville, laissant son grincheux de mari avec deux nièces, dont il ne voulait pas, sur les bras.

Molly agita un flacon de vernis.

— Je crois que sur les orteils, je vais mettre ce doré pailleté.

— Ouais, c'est chouette.

— Qu'est-ce que tu as ?

Blair écoutait Ellis monter pesamment l'escalier. Elle jeta un regard vers la porte.

— Rien…

— Ne fais pas attention à lui.

Blair ne put s'empêcher de penser, pour Molly, c'était facile à dire. Son père et sa mère l'adoraient. Ils ne lui criaient jamais après, ils ne la menaçaient pas ou ne l'enfermaient pas dehors quand ils étaient furieux.

— D'accord.

Mais ce n'était pas si simple.

— Blair ! beugla Ellis, dont les pas résonnaient dans le couloir.

Il agrippa la poignée de la porte.

— Ouvre !

Oubliant ses conseils et son optimisme, Molly fixait sur la poignée de la porte qui remuait dans tous les sens des yeux écarquillés.

— Une minute ! rouspéta Blair en se levant.

— Combien de fois il faudra que je te le dise ? Ne ferme pas cette porte à clé !

— Désolée.

Ellis s'encadra sur le seuil, grand et maigre, ses cheveux gris en bataille. Il était mal rasé et des poches violacées soulignaient ses yeux bleuâtres qui lançaient des éclairs. Il n'était pas toujours aussi gueulard et mal embouché. Quand il ne buvait pas, il pouvait même être presque normal. Mais une fois la première bière ingurgitée…

— C'est quoi, ça ? demanda-t-il, brandissant une feuille de papier.

— Je ne sais pas. On dirait une lettre.

Ellis lui agita la feuille sous le nez.

— C'est une lettre, ouais. De l'école.

Blair aurait-elle fait quelque chose de mal ? Elle ne s'en souvenait pas.

— À quel sujet ?

— Au sujet de ta candidature au stage d'informatique à l'université pendant les vacances d'hiver. Elle a été acceptée. Et ça va coûter deux cent cinquante dollars.

Blair rougit.

— Ah oui…

— Et tu comptes les trouver où, ces deux cent cinquante dollars ?

— Je pensais que…

— Tu veux faire ce stage d'informatique ? Au seul moment de l'année où les gamins de la région peuvent gagner quelques sous ? Tu pourrais travailler à l'hôtel ou dans un magasin de ski…

— Elle doit faire le stage, intervint Molly d'un air de défi. Elle est douée en sciences.

Blair sentit son cœur se serrer. Elle aimait bien que Molly prenne toujours sa défense, même face à des adultes, mais avec l'oncle Ellis, le courage ne payait pas.

Interrompu en pleine tirade, il se pencha pour regarder Molly.

— Qui c'est, celle-là ? lança-t-il, alors qu'il l'avait souvent vue.

Il empestait l'alcool, mais de toute façon Blair avait déjà reconnu les signes. Il était prêt pour la bagarre, comme souvent quand il faisait halte au bar VFW[1] en rentrant du travail.

— C'est Molly, répondit Blair.

— Si tu te mêlais de tes oignons, hein, Molly ? C'est moi qui décide ce que Blair peut ou ne peut pas faire…

— Ce n'est pas juste, s'obstina Molly. Mon père dit toujours que l'informatique, c'est l'avenir.

---

1. Veterans of Foreign Wars : la plus importante organisation de vétérans de l'armée américaine. (*Toutes les notes sont de la traductrice.*)

— Oh… ton père dit ça ? Eh ben, puisqu'il sait tout, il n'a qu'à payer le stage.

Molly lui décocha un regard noir, sans toutefois répliquer.

Lui tournant le dos, Ellis s'en prit de nouveau à Blair.

— On arrête de s'amuser et on s'occupe du dîner, grogna-t-il. Au fait, où est ta sœur ?

— Je ne sais pas. Sans doute chez Amanda, marmonna Blair.

Amanda Drake était la meilleure amie de Celeste, elles étaient inséparables.

— Elles pensent qu'à courir après les garçons, ces deux-là. Et à faire les quatre cents coups, comme d'habitude. Et toi, du balai ! cria-t-il à Molly. Blair a du boulot.

— Je l'ai invitée, protesta cette dernière. Elle est censée rester ici jusqu'à ce que sa mère passe la chercher.

Cramoisie, Molly rassembla ses affaires.

— Ce n'est pas grave, Blair, dit-elle d'une voix tremblante. Je vais rentrer à pied.

— Non ! Il commence à faire nuit et c'est trop loin.

— Mais non, ce n'est pas si loin. Et je connais le chemin.

— Ta mère ne veut pas que tu restes seule chez toi. À cause du voisin.

— Je ne serai pas seule, j'ai Pippa. C'est quasiment un chien de garde.

— Mais on a fait une promesse à ta mère. Je viens avec toi.

— Certainement pas ! mugit Ellis. Tu restes ici. Tu as du travail.

Blair eut envie de lui hurler qu'elle le haïssait quand il était dans cet état, mais elle le craignait trop. Comme elle hésitait, angoissée, Molly la regarda gravement.

— J'y vais.

— Non, reste. On fera nos devoirs ensemble. Je nous préparerai le dîner.

— Laisse-la partir, ordonna Ellis. Je veux pas d'elle ici.

Molly s'approcha de la porte qu'Ellis bloquait.

— Excusez-moi, dit-elle d'un ton froid.

Il s'écarta, Molly se dirigea vers l'escalier.

— Ne t'en va pas ! lui dit Blair.

— Viens avec moi, murmura Molly.

— J'arrive.

Blair saisit sa veste et essaya de sortir. Les doigts d'Ellis, comme un étau, se refermèrent sur son bras.

— Tu ne vas nulle part.

Les yeux de Blair se remplirent de larmes mais elle ne le supplierait pas, elle ne lui donnerait pas ce plaisir.

— Je te déteste.

— Ne sois pas insolente. Tu risquerais de le regretter.

Blair tenta de se libérer, mais Ellis avait une poigne de fer. Molly descendit l'escalier, ouvrit la porte d'entrée, leva la tête vers le palier de l'étage et regarda Blair. Celle-ci, à travers ses larmes, voyait son visage tout flou.

Puis elle sortit de la maison en claquant la porte.

Blair cessa de se débattre, elle aurait voulu crier que tout cela était trop injuste. Des années plus tard, quand elle repenserait à cet après-midi, elle se souviendrait d'un chaos d'émotions. De la colère, de la honte, une douleur diffuse, le désir de retrouver sa mère qui ne venait jamais la secourir.

Mais l'honnêteté oblige à dire que, du fond de son désespoir, Blair n'eut pas le moindre pressentiment de la catastrophe qui clôturerait cette journée.

Elle n'imagina pas un instant qu'elle ne reverrait plus jamais Molly, sa meilleure amie.

1

Blair filait dans les rues de Philadelphie, zigzaguant entre les voitures sur son élégant vélo gris argent. En cette venteuse journée de novembre, elle n'était pas seule à circuler ainsi. La cité collet monté et chargée d'histoire était devenue La Mecque de la jeunesse, et les rues grouillaient de cyclistes qui, fuyant les bus brinquebalants de la SEPTA[1], avaient adopté ce moyen de locomotion écologique et rapide.

Son appartement occupait les deux premiers niveaux d'un petit immeuble en brique de style fédéral, mais elle travaillait à une demi-heure de là, dans le quartier florissant de l'université Drexel, au nord de la gare ferroviaire.

Titulaire d'un diplôme en informatique, Blair et deux amis frais émoulus de la faculté de médecine avaient fait le grand saut et créé une entreprise qui

_____

1. Southeastern Pennsylvania Transportation Authority : Régie des transports du sud-est de la Pennsylvanie.

développait une imprimante 3D capable de reproduire des tissus humains. Leur procédé de fabrication avait immédiatement suscité un vif intérêt, déclenchant une avalanche de subventions et de commandes. Ce démarrage en trombe les avait tous pris par surprise. L'une des associés de Blair, Anna, venait d'avoir un bébé qui avait son berceau dans le bureau de sa mère. L'autre associé, Todd, habitait juste à côté de leurs locaux, avec son mari Louis.

Blair rentra la bicyclette dans l'immeuble et la poussa dans l'ascenseur. Elle venait toujours au bureau à vélo, sauf quand elle avait son cours de yoga, à l'autre bout de la ville. Ces jours-là, elle prenait sa Nissan flambant neuve, sachant qu'elle serait plus encline à aller à son cours si elle pouvait s'y rendre rapidement. Or elle avait grand besoin d'exercice et de relaxation. Mais en réalité, pédaler lui convenait mieux.

Elle gara la bicyclette dans l'espace ouvert qui faisait office de réception, à côté des vélos de six autres employés. Ce lieu était un chez-soi pour Blair, presque plus que son appartement – magnifique avec ses parquets luisants et ses murs en briques apparentes, mais qui était le miroir de son succès plus qu'un véritable foyer. Après toutes ces années, elle essayait encore de comprendre ce qu'était un foyer.

Elle traversa l'espace de travail principal, vaste et baigné de lumière grâce aux fenêtres allant du sol au plafond. Entre les bureaux et les imprimantes, on voyait des pièces de robot et des modèles anatomiques grandeur nature plus ou moins détaillés. On se serait cru dans un atelier de fabrication de clones.

Dès qu'elle entrait ici, Blair se sentait euphorique. On l'a fait, pensait-elle. On en a rêvé et on l'a réalisé. En passant, elle disait un mot à chacun – des jeunes gens en tenue décontractée qui bâillaient, pianotaient sur leurs claviers et sirotaient leur café. Son équipe. Ici, elle était à sa place.

Elle avait un box près des fenêtres, sans porte pour ne pas se couper de l'énergie ambiante. Il n'y avait qu'une table de travail, et c'était là qu'elle organisait ses journées.

Au moment où elle s'asseyait dans son fauteuil, son téléphone sonna. Elle regarda qui l'appelait, eut un coup au cœur. Ses mains se mirent à trembler.

— Bonjour, oncle Ellis.

— Elle est en soins palliatifs, annonça-t-il sans ménagement. Tu ferais bien de rappliquer fissa.

Blair savait parfaitement de quoi il parlait. Elle redoutait cet appel depuis des jours.

— D'accord. Je règle quelques détails et j'arrive.

Elle balaya d'un regard envieux les bureaux qui commençaient à s'animer. Elle aurait voulu rester ici, à l'abri du monde, mais c'était impossible. Il y avait déjà quelque temps qu'elle se préparait à affronter ce moment. Celeste se battait contre un terrible cancer, celui-là même qui les avait privées de leur mère vingt ans plus tôt, et qui allait l'emporter à son tour. Elle n'avait que trente ans. Blair l'avait emmenée dans les meilleurs hôpitaux de Philadelphie, elle avait cherché pour sa sœur les traitements les plus innovants, mais cela n'avait servi qu'à gagner un peu de temps. La dernière fois qu'elle s'était rendue à Yorkville, dans la vieille maison de leur oncle, Celeste était faible, décharnée, la peau couverte de marbrures malsaines.

Elle se leva en soupirant et rangea son téléphone dans son sac. Son jeune assistant, Eric, surgit et posa des documents sur le bureau.

— Tu t'en vas ?

— C'est Celeste, il faut que j'y aille. Je risque de ne pas revenir tout de suite.

— Oh, Blair, je suis désolé.

Eric paraissait sincèrement bouleversé. Il avait été son bras droit durant ses fréquentes absences. Il n'ignorait rien de la maladie de Celeste ni du pronostic des médecins.

— Tu sais qu'ici, on se débrouillera. Ce n'est pas le plus important, mais…

— Oh si, c'est important. Cette boîte… (elle jeta autour d'elle un regard attendri)…, c'est mon bébé.

— On prendra soin de ton bébé, promit Eric avec un petit sourire. Je te tiendrai au courant. Ne t'inquiète pas.

— Merci.

Elle voyait bien qu'Eric aurait voulu la serrer dans ses bras, mais elle recula. Il ne s'en offenserait pas. Blair était comme ça.

— Tu préviendras les autres ? Je n'ai pas envie de…

— Je sais. Compte sur moi.

Elle lui fit au revoir de la main, reprit sa bicyclette et

24

rentra chez elle. Les préparatifs seraient vite terminés. Elle n'avait pas d'animaux, le réfrigérateur était vide, et elle s'habillait toujours de la même façon : jean, grosse veste en cuir, sweat et baskets. Ces jours-ci, vu le temps, elle enroulait autour de son cou une longue écharpe en alpaga. Les accessoires beauté se résumaient à un gloss et des chouchous pour sa queue-de-cheval. Elle fourrerait quelques T-shirts et des sous-vêtements dans un sac. Ensuite, elle fermerait sa porte à clé, monterait dans sa voiture et se mettrait en route.

Combien de temps serait-elle absente ? Elle n'en savait rien. Tant que Celeste aurait besoin d'elle. C'était aussi simple que ça. Simple et atroce.

Ne pense pas à ça, se dit-elle. Vas-y.

En roulant, elle essaya d'écouter de la musique, mais finit par éteindre la radio. Tout semblait trivial et indécent, par rapport à la raison de ce voyage. Elle ressentait le besoin de méditer sans se laisser distraire.

Elle s'était tellement démenée pour trouver un médecin susceptible de soigner Celeste. Travaillant en étroite collaboration avec les équipes médicales et chirurgicales de Philadelphie, elle avait fait appel à toutes ses relations pour tester les nouveaux traitements de pointe. Mais, face à certaines formes de la maladie, même les spécialistes les plus brillants étaient impuissants. Celeste ne guérirait pas. Aussi incroyable que cela fût, le cancer allait lui prendre sa sœur.

Blair pensait que vivre dans les Poconos avait été un piège pour Celeste. Elle avait tenté de s'en évader, à dix-huit ans elle s'était inscrite au collège communautaire et installée dans un appartement avec son amie Amanda. Cela n'avait pas duré. Amanda avait épousé son petit copain de lycée, Peter, et déménagé. Celeste qui, pour tromper sa solitude, traînait souvent dans les bars, était tombée enceinte après une aventure d'un soir.

Fauchée, sans emploi, elle avait dû retourner chez leur oncle. Elle avait quitté la maison à dix-huit ans, elle y revenait à vingt ans, enceinte et sans autre choix. Elle n'avait pas réussi à repartir. Elle avait donné naissance à Malcolm, aujourd'hui âgé de dix ans. Tandis que Blair se lançait dans le vaste monde et voguait de succès en réussites, Celeste s'enfermait à Yorkville et tirait le diable par la queue pour élever son fils.

Malcolm, qui déjà n'avait pas de père, allait être orphelin de mère, comme Celeste et Blair avant lui.

La circulation se faisait moins dense à l'approche des Poconos. Le temps était couvert, et bien qu'on fût au début de l'après-midi, la forêt semblait obscurcir le ciel. Blair croisa quelques rares voitures. On était en semaine, la haute saison hivernale n'avait pas commencé. Il faudrait encore attendre un mois pour voir des hordes de skieurs et de snowboarders dans les rues, les bars et les restaurants de Yorkville.

Pour l'heure, Yorkville serait une ville fantôme. Mais aux yeux de Blair, Yorkville serait toujours un désert.

Celeste et elle y étaient arrivées enfants, hantées par leur mère disparue. Bientôt, le fantôme de Celeste hanterait à son tour ces forêts. Et bien sûr, le spectre de Molly Sinclair y rôderait éternellement.

Pour l'adolescente qu'était Blair, la mort de Molly avait été presque aussi épouvantable que le décès de sa mère. Leur amitié lui donnait de l'espoir, lui permettait d'échapper à un quotidien sinistre dans la maison de l'oncle Ellis et lui laissait entrevoir un monde différent, plein de possibilités.

Mais l'oncle Ellis avait mis Molly à la porte de chez lui, il l'avait laissée partir seule dans la nuit, sous la pluie. Et Blair avait perdu son amie pour toujours.

Elle n'avait pas voulu que Molly s'en aille comme ça, toute seule. «C'est la faute de l'oncle Ellis», avait-elle expliqué à la police, à l'époque. Mais au bout du compte, peu importait de savoir qui avait pris cette décision.

Blair quitta l'autoroute et traversa la ville. Elle passa devant L'Après-Ski, dans Main Street. Les parents de Molly tenaient toujours la brasserie, ils en avaient doublé la superficie en rachetant la papeterie voisine.

Janet et Robbie Sinclair avaient été gentils avec Blair, disant qu'ils comprenaient, qu'ils ne lui reprochaient rien, mais elle ne les avait jamais crus. Ils la tenaient pour responsable, évidemment. Elle-même se tenait pour responsable. Elle s'en voudrait toujours.

La voiture cahotait sur le chemin défoncé qui menait chez Ellis Dietz. Le paysage n'avait pas changé durant toutes ces années – les mêmes mobile homes, les chiens qui tournaillaient en aboyant derrière les grillages. Et, au bout, la maison.

Elle avait apparemment atteint un palier dans le processus de décomposition et s'y maintenait. La peinture des bardeaux était totalement écaillée, le terrain ressemblait toujours à une casse sauvage, et il manquait des carreaux aux fenêtres qui n'avaient, semblait-il, jamais été nettoyées. Seul changement depuis l'enfance de Blair : le drapeau confédéré, qui tombait en lambeaux, avait disparu. Elle se souvenait de la honte qui la submergeait invariablement quand elle arrivait ici et le voyait sur la façade. Il n'est plus là, c'est bien, pensa-t-elle.

Elle gara sa Nissan à côté d'une petite Toyota bleue immatriculée dans le Colorado, dont la lunette et l'aile arrière s'ornaient de stickers – croix entourée de fleurs et versets de la Bible. Sortant de la voiture, Blair empoigna son sac, prit une grande inspiration et monta les marches de la véranda.

Elle ouvrit la porte-moustiquaire déglinguée et poussa la vieille porte en bois.

— Hello ! lança-t-elle. Il y a quelqu'un ?

— Nous sommes là ! répondit une voix douce et haut perchée.

Blair entra dans le salon plongé dans la pénombre. Une seule lampe était allumée, sur une table à côté du lit médicalisé. Dans un fauteuil, une frêle quinquagénaire en cardigan bleu pâle, le regard bienveillant derrière ses lunettes, veillait la malade.

Une poche de perfusion, accrochée à sa potence, s'écoulait goutte à goutte dans un petit tube raccordé au cathéter planté dans le bras maigre de Celeste.

— Vous devez être Blair, dit la femme. Je suis Darlene, du centre de soins palliatifs.

Blair évitait de regarder sa sœur. Il lui fallait rassembler son courage. Darlene lui adressa un grand sourire encourageant.

— Vous avez fait bon voyage ? demanda-t-elle gentiment.

— Oui, ça s'est bien passé, répondit Blair.

Elle ne put s'empêcher de baisser les yeux sur le visage de Celeste. Depuis le début de la maladie, et à chaque étape, c'était un choc. Les cheveux noirs de Celeste, ternes et cassants, étaient déployés sur l'oreiller. Elle avait les joues creuses, les lèvres couvertes de croûtes blanchâtres. De profonds cernes violacés ourlaient ses paupières closes.

Darlene enveloppa la malade d'un regard affectueux.

— Elle vient juste de s'endormir.

— Alors, laissons-la tranquille.

Darlene acquiesça.

— Mon oncle m'a demandé de venir. Il dit qu'elle… qu'elle va mal.

— Oui, elle n'a plus beaucoup de temps devant elle, soupira Darlene.

Les yeux de Blair s'embuèrent. Elle savait pourtant bien ce qui l'attendait. Elle était là pour ça. Mais son cerveau se refusait obstinément à enregistrer cette réalité. La petite fille en elle continuait à espérer que tout cela n'était qu'une gigantesque méprise.

Elle s'assit de l'autre côté du lit.

— Elle dort beaucoup, maintenant, dit Darlene.

Blair hocha la tête. Elle agrippa la barrière du lit, posa le menton sur ses poings.

— Elle souffre ? chuchota-t-elle.

Darlene contempla le corps émacié étendu sur le lit.

— Non, nous veillons à ce qu'elle ne souffre pas.

Blair n'ignorait pas ce que cela signifiait. On le lui avait expliqué un mois auparavant, lorsqu'elle s'était rendue au centre de soins palliatifs pour se renseigner. Morphine à la demande, c'était la fin de la partie.

Elle renifla, s'essuya les yeux. À cet instant, l'oncle Ellis entra dans la pièce. Il venait de la cuisine et portait un mug fumant qu'il tendit à Darlene.

— Bonjour, Blair.

Gauchement, il lui entoura les épaules de son bras et l'étreignit brièvement.

— Pauvre môme, marmonna-t-il, le regard rivé sur Celeste.

— Je n'arrive pas à y croire.

Ellis se gratta le crâne, gêné. Il poussa un soupir.

— Puisque vous êtes là, Blair, dit Darlene, je vais faire quelques courses. Je repasserai tout à l'heure.

— Je viens avec vous, grommela Ellis. Histoire de vous tenir compagnie.

Blair s'attendait à ce que Darlene proteste, au lieu de quoi elle sourit à Ellis.

— Ce serait vraiment gentil.

Blair eut de la peine à cacher sa surprise. Ellis alla prendre sa vieille veste à carreaux dans le vestibule, puis aida Darlene à enfiler sa parka matelassée. Jamais Blair ne l'avait vu se comporter de cette façon.

— Merci infiniment, murmura Darlene.

— Malcolm va bientôt rentrer, dit Ellis à Blair. C'est dur pour ce gamin.

— Je m'en doute.

Alors qu'Ellis ouvrait la porte, un chat gris et blanc se glissa dans le vestibule, marqua un temps d'arrêt puis fila vers la cuisine.

— Hé ! fit Blair. Tu n'as pas vu le chat qui vient de passer ?

— C'est une femelle, elle est à Malcolm, répondit Ellis d'un air penaud. Il l'a eue chez le vétérinaire. Quelqu'un leur avait amené une chatte sauvage et elle a eu une portée.

— Tu as pris un chat pour Malcolm ? rétorqua Blair qui n'en croyait pas ses oreilles – sa sœur et elle n'avaient jamais eu le droit d'adopter un animal.

— C'est moi qui le lui ai suggéré, déclara tranquillement Darlene. Dans des moments pareils, un animal peut être d'un grand secours pour un enfant.

— J'en suis convaincue, dit Blair.

Éberluée, elle les regarda sortir de la maison, Darlene parlant de sa voix chantante, Ellis acquiesçant d'un grognement.

Darlene l'avait persuadé d'adopter un chat pour Malcolm. Et ensuite ? Ils allaient tous les deux prendre des cours de danse de salon ? Qu'une femme comme elle plaise à l'oncle Ellis la sidérait. Elle comprenait que cela puisse arriver à des gens normaux. Ce genre de situation créait une profonde intimité. On pouvait imaginer qu'un homme soit dépendant, et même très attaché à une femme toujours disponible, qui aidait un être cher à quitter cette terre. Mais là, on parlait d'Ellis !

Depuis que Celeste était malade, il avait parfois paru réellement perturbé. Peut-être avait-il du chagrin. Après tout, même s'ils formaient une famille lamentable, Ellis n'avait que Blair, Celeste et Malcolm.

— Blair ? murmura Celeste.

— Salut, toi. Tu es réveillée.

Blair saisit la main de sa sœur.

— Je viens d'arriver. Qu'est-ce que je peux faire ? Tu as besoin de quelque chose ?

Celeste fit non de la tête.

— Darlene et Ellis sont allés faire des courses, reprit Blair, repoussant doucement les cheveux qui balayaient le front de la malade. Il faut que je te dise un truc, ajouta-t-elle d'un ton de conspiratrice, comme quand elles étaient jeunes et partageaient des secrets. Il y a quelque chose entre ces deux-là. Ellis l'a aidée à mettre son manteau. Je l'ai vu de mes yeux !

Une lueur malicieuse s'alluma dans le regard embrumé de Celeste.

— Incroyable, non ? fit Blair.

Sa sœur hocha faiblement la tête.

— Franchement, je ne comprends pas bien ce qu'elle lui trouve. L'oncle Ellis ? Il faut être sacrément en manque.

Soudain, Celeste lui agrippa la main avec une force sidérante.

32

— Écoute-moi… Avant qu'ils reviennent…

Blair se pencha vers sa sœur.

— Je t'écoute.

Celeste humecta de sa langue ses lèvres gercées.

— Il faut qu'on parle de Malcolm.

Le premier réflexe de Blair fut de protester, de dire qu'il n'y avait pas d'urgence. Mais les mots lui restèrent dans la gorge. Celeste allait mourir et son fils était son principal souci. Feindre de ne pas comprendre serait cruel.

Blair était prête, c'était au moins ça. Elle y avait beaucoup réfléchi. Elle aurait souhaité que cela n'arrive pas, et elle ne savait toujours pas comment, avec son emploi du temps surchargé, elle gérerait un gamin qui ne connaissait personne à Philadelphie. Mais elle se débrouillerait. Coûte que coûte.

— Je ne veux pas qu'il grandisse dans cette maison sans moi.

— Comme je te comprends ! Toi et moi, on sait ce que ça donne.

— Il faut que tu tiennes tête à Ellis, pour moi. Il risque de te faire des ennuis.

— C'est Ellis, on le connaît. Ne t'inquiète pas, je ne suis plus une gamine sans défense.

— Je sais, j'ai confiance en toi, murmura Celeste en lui étreignant la main. Blair… j'y ai beaucoup réfléchi.

— Bien sûr.

— Ici, c'est chez lui.

— Tu parles de cette maison ? rétorqua Blair, incrédule.

— Yorkville. La montagne. Il connaît tout le monde. Il se plaît ici.

Beaucoup de gens aimaient cet endroit, Blair en convenait, même si c'était pour elle incompréhensible.

— Je veux qu'il reste ici. Avec Amanda et Peter. Et Zach.

Stupéfaite, Blair ne réagit pas tout de suite.

— Amanda ?

— C'est ma meilleure amie, depuis toujours.

— Je… oui, bredouilla Blair, mais je pensais…

— Les Tucker sont comme une famille pour nous. Ils aiment Malcolm. Ils désirent le prendre chez eux.

— C'est mon neveu, Celeste. Je veux m'occuper de lui, protesta Blair, avec une sincérité qui la surprit.

Celeste essaya de sourire, mais des larmes brillaient dans ses yeux.

— Oh, Blair, c'est gentil. Mais je connais ta vie. Il n'y a pas de place pour un jeune garçon.

Blair se détourna, fâchée, s'exhortant à ne rien dire à sa sœur mourante qu'elle pourrait ensuite regretter.

— Tu auras d'autres moyens de t'occuper de lui, dit doucement Celeste.

— Par exemple ? rétorqua Blair d'un ton brusque.

— Je ne lui laisse rien, comme tu sais. Peut-être que… si tu pouvais l'aider de temps en temps…

— Financièrement, tu veux dire ?

— Seulement si tu le souhaites, jamais je ne te demanderais de…

Blair était à la fois blessée… et soulagée. Donner de l'argent était infiniment plus facile que d'élever un

34

enfant. Une partie d'elle-même avait envie de dire une méchanceté, pour se venger de la décision de sa sœur, mais elle avait demandé en quoi elle pouvait être utile, et Celeste avait répondu franchement. On n'avait pas de temps à perdre en mesquineries.

— Je le ferai, bien sûr. Avec joie.

— Et tu resteras dans sa vie, n'est-ce pas ? Tu viendras le voir.

— Bien sûr, répéta Blair, même si elle ne s'imaginait pas revenir ici.

— Quand il sera plus grand, il voudra peut-être vivre en ville.

Blair faillit répliquer que Malcolm ne se résoudrait jamais à quitter ses chères montagnes. Puis elle regarda sa sœur, épuisée par la souffrance. Elle ne le verra pas grandir, songea-t-elle. Pour une mère, comme ce doit être atroce.

— Oui, peut-être, acquiesça-t-elle gentiment. Peut-être qu'il y fera ses études. En tout cas, il sera toujours le bienvenu chez moi.

Celeste ferma les yeux.

— Merci pour ta compréhension, Blair.

Celle-ci hocha la tête. En réalité, elle ne comprenait pas. Elle était meurtrie et… offensée, en un sens. Mais elle devait considérer la situation du point de vue de sa sœur. Celeste ne voulait pas que son fils soit privé de tout ce qui lui était familier.

La porte d'entrée claqua. Malcolm traversa le vestibule en traînant les pieds. Ses épaules étroites étaient voûtées, il avait mauvaise mine et était tout débraillé.

— Malcolm !

Il s'arrêta net, inquiet de voir sa tante au chevet de sa mère.

— Salut, tatie. Qu'est-ce que tu fais là ?

Blair hésita. Jusqu'à quel point était-il conscient de la situation ? Les enfants avaient une façon bien à eux d'éluder l'évidence. Elle se souvenait de sa propre attitude au moment de la mort de sa mère.

— L'oncle Ellis m'a appelée, alors je suis venue.

— Pourquoi ? demanda-t-il d'un ton anxieux.

— Parce qu'elle me manquait, répondit Celeste avec une gaieté forcée. Viens me faire un bisou.

Il s'approcha du lit, circonspect, se pencha vers sa mère et posa un baiser furtif sur son front.

Celeste lui sourit.

— Comment ça s'est passé, à l'école ?

— C'était nul, ronchonna-t-il en faisant passer son sac à dos d'une épaule sur l'autre. Mon chat est rentré ?

— Je ne sais pas, je devais sommeiller.

— Oui, il est rentré, dit Blair. Il est dans la cuisine.

— C'est une fille, rectifia Malcolm. Elle s'appelle Dusty.

Blair sourit :

— Un joli nom.

— J'aurais préféré un chien, mais le vétérinaire avait cette petite chatte, alors je l'ai prise. Je l'aime bien. Elle est supercool, décréta-t-il en se dirigeant vers la cuisine.

— Reste un peu, Malcolm, murmura Celeste.

Elle était d'une pâleur alarmante, sa poitrine se

soulevait à peine, sa respiration était saccadée, sifflante.

— Je reviens, promit-il. Tout à l'heure.

Blair savait ce qu'il ressentait, elle s'en souvenait
comme si c'était hier. Il ne voulait pas voir sa mère
dans cet état. Il croyait que, s'il se tenait à distance,
elle arrêterait tout ça, qu'elle irait mieux et reviendrait
à la vie normale. Qu'elle lui reviendrait.

— D'accord, souffla Celeste. Je t'aime.

— Moi aussi, marmonna-t-il.

Blair, désemparée, scruta le visage de sa sœur.

— Ne t'inquiète pas, Malcolm. Je reste avec elle.

2

Les jours suivants s'enchaînèrent pour ne former, sembla-t-il, qu'une longue et désespérante journée. On n'ouvrait pas les rideaux miteux, le salon était constamment plongé dans la pénombre. Des gens leur rendaient visite, parlant à voix basse – notamment certains copains de beuverie d'Ellis accompagnés de leurs épouses. Les femmes passaient un moment auprès de Celeste, pendant qu'à la cuisine leurs maris sirotaient de la bière avec Ellis.

Darlene était souvent là, Blair et elle bavardaient de tout et de rien. Blair aurait voulu l'interroger sur sa relation avec Ellis, mais cela lui paraissait irrespectueux. Elle se bornait donc à lui poser des questions sur sa vie.

— Je suis divorcée, expliqua Darlene. Mon fils vit toujours dans le Colorado.

— J'avais remarqué vos plaques d'immatriculation. Vous vous plaisez ici ?

— Ça va, répondit Darlene en haussant les épaules.

J'habite chez mon frère Joseph. Sa femme est décédée, ils étaient mariés depuis longtemps, alors je me suis installée chez lui pour l'aider. Nous vivons dans une ancienne ferme, la propriété familiale de ma belle-sœur. C'est un endroit très paisible.

— Ça ne m'amuserait pas du tout, répliqua Blair, puis se rendant compte que cela sonnait comme une critique, elle ajouta : Je crois que je suis trop habituée à la solitude.

— Joseph est mon frère jumeau. Je lis dans ses pensées. Seul, il ne s'en serait pas sorti.

— Sa femme était malade depuis longtemps ?

— Non, Eileen est morte brutalement. Un choc abominable.

— Vous installer ici pour le soutenir… c'est généreux. Abandonner votre vie de cette façon n'a pas dû être facile.

— Oh, il n'y avait pas grand-chose à regretter. Et puis, que ne ferait-on pas pour sa famille, n'est-ce pas ? Vous aussi, pour Celeste, vous êtes une sœur aimante.

Blair ne put s'empêcher de rougir.

— Merci, bredouilla-t-elle, excessivement touchée.

Elle avait le sentiment que personne ne comprenait à quel point tout cela la dévastait, mais bien sûr elle avait tort. Certaines personnes comprenaient.

Amanda venait souvent. Parfois avec son fils Zach, parfois avec lui et son mari, Peter. Ils emmenaient Malcolm dîner chez eux, et les deux garçons quittaient la maison en se bousculant et en jouant à se bagarrer.

Amanda avait systématiquement les larmes aux

yeux quand elle entrait dans le salon. Peter restait sur le seuil de la pièce, tandis qu'Amanda embrassait Celeste et lui caressait les cheveux.

— Tu tiens le coup ? demanda-t-elle à Blair, un soir.

— J'ai mal à des muscles dont j'ignorais l'existence. Je pourrais tuer pour une heure de yoga.

— Il y a un cours de yoga au centre de loisirs. Pourquoi tu n'y vas pas ? Fais une pause, je resterai avec elle.

— Non, j'ai besoin d'être là, répondit Blair, les yeux rivés sur le visage de Celeste.

— Je comprends. C'est ma meilleure amie, depuis toujours. Je pensais que nous passerions notre vie côte à côte, murmura Amanda, ravalant un sanglot. Qu'est-ce que je vais devenir sans elle... ?

Blair la remercia de prendre Malcolm pour la soirée, de le soustraire à l'atmosphère sinistre de la maison.

— Ça lui changera peut-être les idées, soupira Amanda, puis elle secoua tristement la tête : comme si...

— Celeste m'a dit, coupa Blair, que Malcolm va vivre avec vous... après...

Amanda se mit à pleurer.

— C'est tout ce que je peux faire pour elle. Mais..., ajouta-t-elle, comme si cela lui venait subitement à l'esprit, j'espère que tu n'y vois pas d'inconvénient ?

Blair déglutit avec peine.

— Non. Je trouve ça bien.

— Elle veut qu'il continue à vivre ici, dans son

environnement familier. Elle m'a dit que tu explique-rais tout ça à Ellis.

— Je le ferai, rétorqua gravement Blair.

— On est allés chez un avocat, Celeste tenait à ce que tout soit en règle.

— C'était préférable.

Blair jeta un coup d'œil à Celeste, qui respirait encore, et se sentit soudain affreusement mal d'envi-sager ce qui se passerait après…

— Je crois qu'on ne devrait pas…

Les larmes aux yeux, Amanda regarda Celeste.

— Non, tu as raison…

Elles n'allèrent pas plus loin. Tant que Celeste vivait, une telle discussion était impossible.

Les heures se traînaient, mais les journées passaient à toute vitesse. Celeste n'ouvrait quasiment plus les yeux et, quand elle le faisait, elle regardait la pièce, les gens autour d'elle comme si elle était déjà très loin. De temps à autre, elle prononçait quelques mots, confus et incohérents.

Malcolm se campait parfois à côté du lit pour contempler sa mère en silence. Blair essayait de lui parler, mais il ne lui prêtait généralement pas attention et courait se réfugier dans sa chambre.

Un soir, alors que Blair était au chevet de Celeste, moulue et rêvant d'une longue et apaisante séance de yoga, elle vit soudain sa sœur ouvrir les paupières et la regarder.

— Hello, ma grande, murmura-t-elle, heureuse d'être là plutôt que sur un tapis, en train de se contorsionner pour prendre la posture du chien tête en bas.

Ici, on avait besoin d'elle – même si elle n'était pas sûre que Celeste ait conscience de ce qui l'entourait.

Celeste fronça les sourcils, plissant son front parcheminé. Elle se mit à parler, si bas que Blair dut se pencher pour l'entendre.

— J'ai quelque chose à te dire…

— Je t'écoute.

Silence.

— J'ai fait quelque chose de mal.

— Oh, Celeste. Tu n'as rien fait de mal, et cela n'a pas d'importance. Tu es toujours la meilleure mère du monde, la meilleure sœur, la…

— Blair, coupa Celeste, une note d'impatience vibrant dans sa voix rauque.

— Excuse-moi, répliqua Blair, stupéfaite. Parle, je t'écoute.

Celeste ferma les yeux et, un instant, Blair crut qu'elle allait se rendormir. Mais elle parut rassembler ses forces, regarda de nouveau sa sœur.

— Adrian Jones, souffla-t-elle.

Ce nom fut pour Blair comme une décharge d'électricité. C'était bien la dernière chose qu'elle s'attendait à entendre. Personne n'avait prononcé ce nom depuis des années. Adrian Jones. Blair croyait savoir qu'il avait à présent une autre identité. Machin-Chose Muhammed. Il s'était converti à l'islam. Il était détenu à la prison de Greenwood, condamné à perpétuité pour le meurtre de Molly Sinclair.

— Eh bien quoi ?

Celeste s'humectait les lèvres, mais elle restait silencieuse.

— Tu parles du type qui a tué Molly, l'aiguillonna Blair.

Celeste parut soulagée, comme si elle avait douté que Blair sache qui était Adrian Jones.

— Ce n'est pas lui, murmura-t-elle. J'étais là.

— Tu étais où ? Je ne…

— Ce soir-là. Dans sa voiture. Comme il l'a dit.

Blair dévisagea sa sœur agonisante, essayant de comprendre. Le soir du meurtre, après le départ de Molly, il s'était mis à pleuvoir. Et Blair regardait la pluie tomber, inquiète pour son amie. Que l'oncle Ellis avait chassée. Molly qui était partie sans même un parapluie ou un imperméable.

Pendant le procès, le ministère public avait appelé à la barre un témoin, un chauffeur-livreur qui avait vu une voiture s'arrêter près de Molly, ce soir-là, sur la route forestière. Il avait vu Molly monter dans la voiture. D'après la description de cet homme, on avait pu identifier le véhicule et son propriétaire : Adrian Jones.

Adrian Jones, un jeune Afro-Américain arrêté à plusieurs reprises pour détention de marijuana et vol à l'étalage, connaissait Molly. Sa mère confectionnait des tartes et des pâtisseries pour L'Après-Ski. Quand on l'interrogea, Adrian déclara d'abord que ce n'était pas sa voiture, que ce n'était pas lui.

La police perquisitionna le véhicule et découvrit le téléphone portable de Molly coincé entre les sièges arrière. Adrian changea alors sa version des faits. Il reconnut avoir pris Molly à bord, mais affirma qu'il n'était pas seul quand il s'était arrêté. Celeste était avec lui, elle avait reconnu l'amie de sa sœur. Comme il pleuvait, ils avaient proposé à Molly de la raccompagner.

En entendant ce mensonge éhonté, l'oncle Ellis avait failli avoir une attaque. Blair se souvenait des cris, des accusations. L'oncle Ellis qui crachait le mot «négro». Celeste qui niait mordicus. Elle n'était pas dans cette voiture. Elle ne connaissait même pas Adrian Jones.

Privé de son alibi, Adrian Jones devenait l'unique suspect. Il n'avait pas fallu plus de deux heures au jury pour le condamner.

— Ce n'est pas possible, Celeste. Il est en prison pour ça. Depuis des années.

— Oui, murmura Celeste. J'ai menti.

— Qu'est-ce qui t'a pris ? rétorqua Blair, choquée. Tu n'as pas pensé à la situation où tu allais le mettre ? Tu avais seize ans, tu étais forcément consciente des conséquences que cela aurait pour lui.

— Non, protesta Celeste, ses yeux fiévreux mouillés de larmes.

Elle serrait les doigts de Blair avec une force étonnante, faisait appel à toute sa volonté pour s'expliquer.

— L'oncle Ellis… moi et Adrian… Il m'aurait tuée. Il nous aurait jetées dehors. Tu étais si jeune…

Ah non ! riposta mentalement Blair. Elle faillit dégager sa main, repousser Celeste. Tu n'as pas fait ça pour moi, ne te sers pas de moi comme excuse.

— J'ai quitté cette maison depuis des années. Mais

Adrian, lui, est toujours emprisonné. Et maintenant tu me dis qu'il est innocent. Comment as-tu pu… ?

— J'ai été lâche.

— Oh, bon sang…

— Je suis désolée, balbutia Celeste. Je regrette.

Malgré sa stupeur, Blair reconnaissait que sa sœur avait raison sur un point. L'oncle Ellis n'avait jamais caché que l'obligation d'élever ses nièces lui avait gâché la vie. Cette histoire lui aurait fourni le prétexte dont il avait besoin pour se débarrasser d'elles. On ne pouvait pas exiger d'une adolescente qu'elle se dresse contre son tuteur acariâtre et brave les délires racistes qui étaient pour lui presque une religion.

— Dis-leur, souffla Celeste.

— Que… quoi ?

— Dis-leur. Dis-le à quelqu'un. Il ne l'a pas tuée.

Blair secoua la tête, elle avait du mal à assimiler tout cela.

— Je t'en prie, Blair…

— Oui, je comprends. Je le ferai. Ne t'inquiète pas. Je le ferai.

Celeste poussa un soupir. Libérée de son terrible secret, elle parut se détendre. Ses paupières se fermèrent, sa main se fit molle et lâcha celle de Blair.

— Celeste, murmura Blair. Tu m'entends ?

Celeste semblait s'éloigner. Blair contemplait le visage cireux de sa sœur, son cerveau tournant à plein régime. Mon Dieu… Cet homme est en prison pour un crime qu'il n'a pas commis. Il faut que je fasse quelque chose.

Celeste respirait de plus en plus mal. Blair l'observait, impuissante, taraudée par la migraine, exténuée à force de rester assise à attendre. Depuis combien de temps était-elle là ?

Il lui semblait que son cœur se déchirait, se tordait, à regarder ainsi sa sœur disparaître. Elle n'avait pas sommeil, mais elle posa la tête sur le lit, à côté du visage de Celeste. Elle sentit son haleine fétide. Elle ferma les paupières. Juste un instant, pour moins souffrir.

On lui secouait l'épaule. Elle sursauta, leva les yeux. Ellis, les joues noires de barbe, se tenait près du lit, en maillot de corps Thermolactyl, les souliers délacés. Il contemplait Celeste.

Blair fronça les sourcils, à moitié réveillée, déboussolée.

— Qu'est-ce qu'il y a ? marmonna-t-elle.

— C'est fini. Elle est partie.

3

La neige commença à tomber le matin des obsèques de Celeste. À la fin de la journée, un manteau blanc recouvrait déjà Yorkville. Darlene avait proposé que le service funèbre se déroule dans l'église où son frère était diacre. Les proches de Celeste, qui n'étaient attachés à aucune paroisse, avaient accepté avec gratitude.

Le pasteur, quoique n'ayant pas connu Celeste, prononça un discours émouvant sur le thème de la disparition d'une mère en pleine jeunesse. Blair pleura, l'oncle Ellis lui-même eut la larme à l'œil. Quant à Malcolm, il fit preuve d'un stoïcisme héroïque mais inutile – on n'en attendait pas autant de l'orphelin qu'il était désormais.

Après l'office et la mise en terre dans le cimetière pentu derrière l'église, une petite réception était prévue au presbytère. Comme Blair longeait l'allée glissante au côté de son neveu, il l'autorisa à lui prendre le bras. L'oncle Ellis les suivait.

La vieille bâtisse, spacieuse et quelque peu délabrée, fut bientôt pleine de monde. Darlene s'affairait, disposant sur des napperons, sur la table de la salle à manger, bols à punch, plateaux de sandwichs et salade de pommes de terre. Son frère, un homme aux cheveux gris clairsemés qui portait les mêmes lunettes qu'elle, à fine monture, exécutait les ordres de sa jumelle, déballant assiettes et gobelets en carton.

Darlene fit les présentations.

— Voici mon frère, Joseph Reese.

On échangea des poignées de main. De toute évidence, Ellis n'avait pas encore rencontré le frère de Darlene. Il s'efforçait d'être aimable avec une maladresse pathétique, tandis que Reese l'observait d'un air suspicieux.

— Merci d'avoir organisé cette cérémonie avec votre pasteur, lui dit Blair quand elle serra sa main froide et moite.

— Oh, il l'a fait avec plaisir. C'est bien triste pour votre sœur. Quelqu'un d'aussi jeune… c'est affreux.

— Nous vous sommes sincèrement reconnaissants pour votre aide.

Reese renifla.

— Vous savez, quand Darlene a une idée dans la tête… J'ai dû prendre un jour de congé.

— Où travaillez-vous ?

— Je suis chauffeur chez Greyhound, sur la ligne Yorkville-Philadelphie.

Reese se tourna vers Malcolm et lui serra la main.

— Mes condoléances, fiston. Nous aussi, on était

très jeunes quand on a perdu notre père. Là-dessus, notre mère a fait une dépression…

S'il cherchait à réconforter Malcolm, c'était raté.

— Il nous a fallu des années, à Darlene et moi, pour nous en remettre, conclut-il, non sans une certaine délectation.

Les invités étaient assez nombreux. Ellis n'était pas sociable, mais la famille Dietz vivait dans cette ville depuis des générations. Des personnes qui avaient connu Celeste, et aussi Tina, leur mère, présentèrent leurs condoléances à Blair. Telle une somnambule, elle les remerciait de leur présence. Elle avait passé beaucoup de temps à Yorkville depuis que sa sœur était tombée malade, mais elle n'était guère sortie. Elle n'avait pas vu la plupart de ces gens depuis des années.

Malcolm, en revanche, semblait connaître tout le monde ou presque. Plusieurs gamins de son âge, accompagnés de leurs parents, vinrent l'embrasser.

— Ta maman serait fière de toi, lui chuchota-t-elle, tandis qu'il serrait gravement la main aux adultes.

Zach, Amanda et Peter étaient là. Les Tucker formaient une jolie petite famille. Amanda était toujours svelte et soignée, sa chevelure cuivrée relevée en une queue-de-cheval qui dansait à chaque mouvement. Elle avait la main sur l'épaule de Zach qui, à sept ans, paraissait un peu effrayé par les événements. Peter, qui était garde forestier, avait les cheveux épais et décolorés par le soleil, le visage perpétuellement bronzé. À les voir ensemble, Blair eut un pincement au cœur. Elle se sentit esseulée.

Plus jeune que Malcolm, Zach semblait le considérer déjà comme un grand frère. Amanda et Peter couvaient les deux garçons d'un regard protecteur. À l'évidence, Amanda était résolue à tenir fidèlement sa promesse à Celeste. Ce sera bien, pensa Blair. Il aura une belle vie avec eux.

À cet instant, un couple d'âge mûr s'approcha.

— Blair, je suis tellement navrée pour ta sœur, dit la femme.

Blair ne la remit pas tout de suite, mais quand elle la reconnut, ses yeux s'emplirent de larmes. Les parents de Molly.

— Madame Sinclair… Monsieur Sinclair…

La mère de Molly lui sourit. Elle avait beaucoup vieilli depuis leur dernière rencontre. Ses longs cheveux noirs grisonnaient, de profondes rides marquaient son visage.

— Janet et Robbie, corrigea-t-elle gentiment. Nous sommes tous des adultes à présent. Que deviens-tu, Blair ?

Celle-ci avait été tellement occupée à organiser les obsèques qu'elle n'avait pas pu réfléchir à la confession de sa sœur. Revoir Janet et Robbie Sinclair fit tout remonter à la surface. Elle leur brossa à grands traits le tableau de sa vie à Philadelphie, tout en se demandant si ces deux êtres si bienveillants lui adresseraient encore la parole quand elle leur ferait part des révélations de Celeste au sujet d'Adrian Jones, devenu Yusef Muhammed. Mais sans doute voudraient-ils que la vérité éclate. N'est-ce pas ?

— Et vous ? interrogea-t-elle. Vous tenez toujours L'Après-Ski ?

Robbie Sinclair acquiesça. Il avait la figure ronde, juvénile, mais ses cheveux étaient gris et ses yeux ternis par la lassitude.

— Oui, bien sûr. Ça nous occupe.

Blair hésita.

— Il faudra que je passe chez vous avant mon départ, j'ai à vous parler. Vous habitez toujours au même endroit ?

— Absolument, répondit Janet. Le quartier a énormément changé. On a construit des maisons, là où il n'y avait que des bois. Mais nous, nous n'avons pas bougé. Viens quand tu veux, ça nous fera plaisir. Aujourd'hui, nous souhaitions juste être là pour te présenter nos condoléances.

— Merci, dit Blair en serrant les mains de Janet dans les siennes, qui étaient glacées. C'est gentil à vous.

Les gens continuaient à se presser autour d'elle pour l'embrasser et lui témoigner leur soutien. La journée fut épuisante et, lorsque les derniers invités eurent pris congé, Darlene suggéra à Ellis de rentrer chez lui avec Blair et Malcolm. Elle se chargeait de remettre le presbytère en ordre.

— Joseph me donnera un coup de main, dit-elle.

Son frère, assis près de la fenêtre, observait d'un air anxieux le ciel de plus en plus menaçant. Il était visiblement pressé de s'en aller avant que la tempête de neige ne se déchaîne. Blair feignit de ne pas remarquer son impatience, elle aussi était pressée de partir. Ils étaient tous exténués.

Ils firent le trajet dans le pick-up d'Ellis. En entrant dans la maison, Blair se hâta d'allumer la lumière pour dissiper la pénombre lugubre de cette fin d'après-midi.

— Malcolm, tu veux quelque chose à…

Il ne lui laissa pas finir sa phrase, secouant tristement la tête, et monta dans sa chambre. Blair passa au salon. Le lit médicalisé et tout le reste du matériel avaient disparu.

— Ouah ! s'exclama-t-elle.

— Quoi donc ? fit Ellis.

— C'est passé où ? Le lit, tout ça.

— Les gens du centre de soins palliatifs ont tout enlevé.

— Ils sont efficaces. Tu savais qu'ils viendraient pendant les obsèques ?

— On avait organisé ça à l'avance.

— Darlene et toi ?

— Ouais.

Blair contempla le salon débarrassé du matériel médical. Elle remarqua que la collection de souvenirs nazis qu'Ellis exposait dans la bibliothèque près de la cheminée avait également disparu.

— Comment se fait-il que tu aies enlevé tous tes trucs nazis ?

— Je les ai rangés dans le placard au-dessus de la machine à laver. J'avais peur que quelqu'un se serve.

— Tu plaisantes ? Qui voudrait de ces saletés !

C'était bon – revigorant même – d'appeler les

choses par leur nom. Ellis ne lui faisait plus peur. Elle avait sa propre vie, loin d'ici.

— C'est toi qui le dis. Ma collection a de la valeur.

Blair haussa les épaules.

— Je n'imagine pas Darlene convoiter tes svastikas. En réalité, si elle savait que tu as ça, elle serait probablement horrifiée.

— Pas Darlene, se moqua-t-il. C'est quelqu'un de bien. Par contre les amis de Celeste, cette bande de voyous…

Blair ne répliqua pas. C'était inutile.

— Bon, reprit Ellis, changeant de sujet, je suppose que tu ne vas pas t'éterniser ici.

Elle pensa aussitôt à Adrian Jones.

— J'avais effectivement l'intention de repartir tout de suite, mais mes plans ont changé. Il y a eu un imprévu.

Tôt ou tard, elle devrait lui parler de la confession de Celeste. C'était peut-être le moment.

Mais Ellis lui coupa l'herbe sous le pied.

— Tu peux rester si tu veux. Tu es ici chez toi.

Chez elle ? Elle détestait cette maison. Son oncle était pourtant visiblement sincère.

— Oui, je vais rester un peu. Trier les affaires de Celeste. Et peut-être aider Malcolm à s'adapter à sa nouvelle situation. Ça fait beaucoup de changements pour lui.

— Sa nouvelle situation ? Comment ça ?

— Tu sais bien. Son nouveau foyer.

Ellis la dévisagea.

— Son nouveau foyer ?

Blair comprit soudain, avec un serrement de cœur, que son oncle n'était pas au courant. Celeste ne lui avait pas parlé de ses projets pour Malcolm. Elle soupira. Sa sœur avait-elle jamais pris à bras-le-corps une seule vérité dérangeante ? S'était-elle invariablement dérobée devant l'obstacle ?

— Je pensais que Celeste t'en avait parlé.

— Parlé de quoi ?

— Malcolm va vivre avec Amanda et Peter Tucker, et leur fils Zach.

— Sûrement pas ! Ce gosse n'ira nulle part.

— J'aurais cru que tu serais soulagé d'être débarrassé de lui, rétorqua-t-elle froidement.

— J'ai jamais dit ça, grommela-t-il en lui décochant un regard noir. Il peut rester ici.

— Écoute, je n'ai pas envie de me disputer avec toi. Ce sont les dernières volontés de Celeste. Si j'ai bien compris, elle a consulté un avocat pour que tout soit en règle.

— C'est ridicule ! Elle n'avait pas les moyens de se payer un avocat. À moins que tu lui aies donné de l'argent.

— Je n'y suis absolument pour rien.

— Elle ne t'a pas demandé de le prendre chez toi ?

— Eh bien, non.

— Ça montre l'opinion qu'elle avait de toi, rétorqua-t-il méchamment. Arracher son gosse à sa famille pour le confier à des étrangers, marmonna-t-il. Qui peut faire une chose pareille ? C'est moche. Très moche.

— Elle estimait que ce serait mieux pour lui.

— Ta sœur était idiote. Mais quand même…

— Nous venons juste de l'enterrer, coupa-t-elle d'un ton glacial. Je te serais reconnaissante de ne pas l'insulter le jour de ses obsèques.

— Je l'insulte pas, grommela-t-il d'un air buté. Je dis ce qui est. Elle a vécu sous mon toit pendant des années, je la connais mieux que toi.

— Elle aurait dû t'expliquer sa décision, je te l'accorde. Je pensais qu'elle l'avait fait.

— Ne m'en dis pas plus. En fait, je ne te crois pas. C'est toi qui as mijoté tout ça.

Blair leva les yeux au ciel.

— Inutile de discuter avec toi, je monte.

— On verra ce qu'on verra ! lui lança Ellis.

Blair lui tourna le dos et gravit l'escalier. À l'étage, elle s'arrêta devant la chambre de Malcolm. La lumière était allumée mais, quand elle frappa à la porte, son neveu ne répondit pas.

— Malcolm, c'est moi.

Pas de réaction.

Elle attendit une minute, tapa de nouveau à la porte qui finit par s'ouvrir. Malcolm la regarda de ses yeux tristes.

— Oh, Malcolm… quelle journée épouvantable. Je suis désolée.

Silence.

— Tu as faim ? Il y a de quoi manger dans le frigo, mais je peux t'emmener dîner dehors si tu en as envie.

— Je veux pas sortir.

— Tu veux que nous parlions ?

Il haussa les épaules.

— Non, pas vraiment.

— Malcolm… Je comprends, tu sais. Je t'assure.
Je sais à quel point c'est dur.

La chatte se frotta en miaulant contre les jambes de
son maître et fila vers l'escalier.

— Je peux entrer une minute ? demanda Blair.

Il hésita puis recula d'un pas pour lui livrer passage.
Blair jeta un regard circulaire. La pièce était petite,
étouffante, encombrée d'un lit, d'un fauteuil et de
vêtements sales empilés devant la penderie. Des pos-
ters effrayants de zombies, de vampires et de groupes
de heavy metal tapissaient les murs. Sur une petite
bibliothèque bourrée d'un bric-à-brac de livres, de
papiers et autres objets, trônait une photo de Malcolm
et Celeste souriants.

— Je voulais juste te dire que je resterai près de toi
le temps de t'aider à tout organiser. Ta maman et toi,
vous avez discuté de ce qui va se passer ?

— Comment ça ?

Elle lisait dans ses yeux qu'il ignorait totalement à
quoi elle faisait allusion. Comment as-tu pu te taire,
Celeste ? Une fois de plus.

— Eh bien… – voilà qu'elle aussi atermoyait –, je
pense à ton avenir.

— Les études, tout ça ? Parce que moi, je veux pas
aller à l'université.

Elle ne put s'empêcher de sourire.

— Tu as encore du temps devant toi. Non, je parle
du futur proche.

— Eh ben quoi? s'énerva-t-il.

Elle s'humecta les lèvres.

— Amanda et Peter t'ont expliqué ce que ta maman souhaitait pour toi?

— Non. Pourquoi?

— Malcolm... tu sais combien ta maman aimait Amanda. Elles étaient les meilleures amies du monde.

— Je sais. Elle disait qu'Amanda était comme une sœur pour elle.

Blair se demanda comment elle devait le prendre. Elle se sentit blessée, mais dans l'immédiat ses sentiments n'avaient aucune importance.

— Tu t'entends bien avec Zach.

— Moui...

— Ta maman désirait que tu restes ici, à Yorkville. Elle avait son plan, et les Tucker en font partie.

Malcolm la regardait fixement, l'air soupçonneux.

— Quel plan?

Elle hésita. Ce n'était peut-être pas le bon moment, mais elle ne voulait surtout pas que Malcolm l'apprenne de la bouche d'Ellis.

— Ta maman pensait qu'il serait préférable pour toi d'habiter chez les Tucker, pour avoir une vie de famille normale. De leur côté, ils désirent s'occuper de toi.

— Mais j'habite ici! protesta-t-il. Avec l'oncle Ellis. Il s'en va?

— Non, non... Seulement, ton oncle Ellis... il vieillit. Ta maman s'inquiétait pour l'avenir. Elle se devait d'y réfléchir pour toi.

— Il ne veut pas me garder ?

La conversation dérapait, Malcolm s'affolait. Mieux valait s'en tenir à des généralités, les détails viendraient plus tard.

— Mais bien sûr que si. Il t'aime. Et les Tucker aussi. Nous sommes tous avec toi, nous voulons tous prendre soin de toi. Tu n'as plus ta maman, mais tu n'es pas seul, et c'est le plus important.

Malcolm haussa les épaules.

— Quand on est orphelin, on a parfois l'impression d'être… perdu. Mais toi, tu n'es pas seul. Tu as ton oncle Ellis. Amanda et Peter. Et moi. Nous ferons tous le maximum pour toi.

— Et mon chat ?

— Quoi donc ?

— Si je vais habiter chez les Tucker, est-ce que mon chat viendra avec moi ?

— Naturellement, répondit Blair, rassurée qu'il commence à envisager cette perspective – pourvu que personne chez les Tucker ne soit allergique aux poils de chat.

— Quand est-ce que j'irai chez eux ?

— Ne te fais pas de souci pour ça, mon chéri. On a encore beaucoup de choses à organiser. Il n'y a pas d'urgence. J'ai juste pensé que… que tu voudrais savoir ce qui se passe.

— Ouais…

— Et puis, Malcolm… en ce qui me concerne, tu pourras toujours compter sur moi. Tu n'auras qu'à m'appeler, à n'importe quelle heure du jour ou de la nuit. Je serai toujours là pour toi. Tu es mon seul neveu et je t'aime.

— D'accord, marmonna-t-il en bâillant.

Blair soupira. Ça suffit pour ce soir, se dit-elle.

— Bon, nous sommes tous fatigués après cette dure journée. La pire journée de notre vie. On en reparlera demain. Si on descendait manger un morceau ?

— J'ai pas faim.

— Je m'inquiète pour toi…

Soudain, à sa stupéfaction, Malcolm se serra contre elle et noua ses bras autour de sa taille. Elle lui caressa les cheveux.

— Tu verras…, murmura-t-elle. Tout ira bien.

— Merci, tatie.

Il la lâcha et se jeta sur le lit. Blair aurait voulu le délivrer de son chagrin, malheureusement c'était impossible. Dans le livre de son existence, ce douloureux chapitre ne s'effacerait jamais. Il fallait accepter l'inacceptable.

— Si tu as besoin de moi, je suis au bout du couloir.

Malcolm ne répondit pas, il contemplait fixement le mur.

Blair regagna sa chambre et s'assit sur l'un des lits jumeaux.

Les genoux remontés contre sa poitrine, elle s'enveloppa dans la vieille courtepointe à fleurs et regarda par la fenêtre la lune lointaine. J'aiderai Malcolm à traverser cette épreuve, se promit-elle. Durant toute son existence, sa sœur avait fui les conflits, et elle avait quitté ce monde en laissant irrésolus des problèmes graves. Malcolm n'était pas le seul à en pâtir. À cause du mensonge de Celeste, un innocent croupissait en prison depuis quinze ans. On lui avait volé sa vie.

Demain à la première heure, elle mettrait la machine en marche. Elle devait tenir sa promesse et faire en sorte qu'Adrian Jones obtienne justice.

4

La maison était glaciale, comme d'habitude. À chaque rafale de vent, elle semblait craquer de toute part, et l'air froid s'insinuait par les fenêtres disjointes. Assise à la table de la cuisine, emmitouflée dans une vieille robe de chambre en lainage, Blair mangeait des céréales dans un antique bol en mélamine, tellement éraflé qu'on n'en distinguait plus la couleur d'origine.

Elle était contente d'être seule. Ellis était parti au travail, et Malcolm dormait encore. Il avait besoin de repos. Il n'y avait que Dusty, la chatte, pelotonnée sur une chaise dans un coin de la pièce, pour lui tenir compagnie.

Tout en mastiquant ses céréales, elle réfléchissait au problème Adrian Jones. Il paraissait logique de s'adresser en premier lieu à la police. Mais les policiers n'allaient-ils pas se sentir accusés d'avoir mal fait leur boulot, à l'époque ? Ils n'étaient cependant pas responsables du mensonge de Celeste et seraient sans doute aussi désireux que Blair de réparer la terrible injustice dont Adrian Jones était victime. Et le plus tôt serait le mieux.

À cet instant, son portable sonna.

— Blair ? C'est Amanda.

— Bonjour, comment vas-tu ?

— Je m'accroche, soupira Amanda. Bon, il nous faut organiser le déménagement de Malcolm. Je suis au bureau, mais tu pourrais venir déjeuner avec moi.

Blair grimaça.

— Écoute, nous aurions intérêt à ne pas brusquer les choses. Hier soir, j'ai dit à mon oncle que Celeste souhaitait que Malcolm vive chez vous. Il n'était pas content du tout.

— Celeste ne lui en avait pas parlé ?

— Non. Ni à lui, ni à Malcolm.

— Oh, Seigneur…

— Eh oui… dans ce domaine, elle était irrécupérable. Prête à tout pour éviter le conflit.

— Je croyais pourtant que…

— Ça pourrait être pire, fit remarquer Blair. Au moins, elle a pris les dispositions nécessaires sur le plan légal. Sinon, mon oncle s'opposerait au départ de Malcolm.

— Mais il n'a aucune envie de s'occuper de lui.

— Il réagit comme si Celeste avait voulu le dépouiller et donner ce qui lui appartenait, en douce, à un étranger. De toute façon, discuter avec mon oncle ne sert à rien. Il est impossible de le raisonner. Je comptais lui montrer le document officiel.

— Brooks Whitman t'en fournira une copie, c'est

lui que nous avons consulté. Je t'accompagnerais volontiers, mais je ne peux pas m'absenter encore du bureau. Je devrai peut-être prendre quelques jours de congé quand Malcolm s'installera chez nous.

Amanda était guichetière à la banque. Elle n'avait sans doute même pas le droit de passer des coups de fil personnels pendant ses heures de travail.

— Ne t'inquiète pas, je m'en occupe. Je vais téléphoner à l'avocat. Plus vite nous mettrons les choses en route, mieux ce sera.

À cet instant, Blair entendit la porte d'entrée s'ouvrir.

— Il y a quelqu'un ?

C'était Darlene qui arrivait, un sac de provisions à chaque main.

— Bonjour ! lui dit Blair. Que faites-vous ici ?

— Oh, j'apporte seulement quelques petites choses. Et je pensais… ranger un peu. Passer l'aspirateur. Cela ne vous ennuie pas ?

— Si cela m'ennuie ? Vous plaisantez ! Je vous en serais infiniment reconnaissante. Malcolm dort encore, et il faut que je m'absente un moment.

Darlene accrocha son manteau à la patère.

— Allez-y, la rassura-t-elle, je lui préparerai son petit déjeuner quand il se réveillera.

Blair faillit l'embrasser, mais elle hésita.

— Je ne sais pas comment vous remercier.

— Faites ce que vous avez à faire. Nous nous débrouillerons très bien.

Le cabinet de Brooks Whitman se trouvait à une encablure du centre-ville, dans une modeste bâtisse d'un étage, une ancienne maison d'habitation peinte en vert forêt avec des volets et des moulures bronze et noir. On y accédait par une volée de marches et une rampe pour handicapés. Sur le trottoir, un panneau peint dans les mêmes couleurs que la façade annonçait le cabinet Whitman, Ferguson & Toll. Là où s'étendait naguère une pelouse, on avait aménagé un petit parking gravillonné. Blair s'y gara et entra dans le bâtiment.

Le rez-de-chaussée était occupé par une vaste réception, tout en longueur, sobrement meublée de fauteuils fonctionnels, pas très confortables, séparés par des tables basses en verre. Un imposant comptoir occupait la majeure partie de l'espace. Blair se présenta à la réceptionniste et s'assit.

Elle commençait à peine à feuilleter un magazine financier quand une porte s'ouvrit, livrant passage à un homme aux cheveux gris, en complet gris, une grosse alliance à l'annulaire. Il parla à voix basse à la réceptionniste, puis se tourna vers Blair.

— Mademoiselle Butler, si vous voulez bien me suivre.

Blair se leva d'un bond.

— Je suis Brooks Whitman, dit-il en lui serrant la main.

— Merci de me recevoir.

— Je vous en prie.

Souriant, il s'assit derrière son grand bureau. Des

photos de famille couvraient les murs. Mariages, enfants et petits-enfants, clichés pris sur les pistes de ski, Brooks Whitman et sa charmante épouse en tenue de soirée. L'histoire d'une famille heureuse sur plusieurs générations.

Blair en éprouva une pointe de jalousie. Peu de choses dans son passé méritaient d'être imprimées sur papier glacé. Depuis son départ de Yorkville, elle avait été tellement accaparée par ses études et sa carrière que son célibat ne l'avait jamais vraiment préoccupée. Sa vie était une ligne droite. Mais parfois, ces derniers temps surtout, elle aurait aimé être en couple, faire partie d'une famille.

— Bien, dit l'avocat.

Il arrangea la pile de papiers devant lui, comme pour mettre de l'ordre dans ses idées, joignit les mains.

— Avant tout, permettez-moi de vous présenter mes condoléances.

— Merci.

— Amanda Tucker m'a prévenu que vous aviez besoin du document concernant la tutelle de l'enfant.

— En effet. Ma sœur, voyez-vous, a pris ces dispositions en accord avec Amanda, mais elle n'en a pas parlé à notre oncle. Dans l'immédiat, il s'oppose à ce que mon neveu quitte le domicile familial.

Brooks Whitman grimaça.

— Celeste se faisait beaucoup de souci pour son fils. Elle voulait le protéger. Je lui ai vivement conseillé d'en discuter avec votre oncle.

— Elle ne l'a malheureusement pas fait.

— Je le déplore. Ces questions sont rarement simples.

Il appela son assistante par l'interphone et lui demanda de préparer une copie de l'acte passé entre Celeste Butler et Amanda et Peter Tucker. Puis il joignit de nouveau les mains et sourit à Blair.

— Voilà qui devrait régler le problème.

— Et si mon oncle essaie de bloquer la procédure…

— Il peut toujours essayer. C'est un accord légal, devant témoin, exprimant les dernières volontés de votre sœur quant à la tutelle de son fils.

Blair hocha la tête.

— Tant mieux.

— Y a-t-il autre chose pour votre service ?

Elle eut une hésitation.

— Eh bien, puisque je suis là… oui, il y a autre chose…

Il la dévisagea, haussant les sourcils.

— Avant de mourir, Celeste m'a fait un aveu.

Elle hésita de nouveau, puis lui résuma l'histoire – le meurtre de Molly, l'alibi d'Adrian Jones. Brooks Whitman l'écoutait attentivement.

— Un témoin a vu Molly monter dans la voiture d'Adrian Jones. Quelques heures plus tard, pas très loin de là, on la retrouvait morte dans les bois. Celeste m'a révélé qu'Adrian Jones n'était pas seul dans la voiture quand il s'est arrêté pour prendre Molly. Elle était avec lui. Elle m'a dit qu'ils avaient reconduit Molly chez elle. Mais, lorsque la police l'a interrogée, elle a nié. Adrian Jones a été condamné pour le meurtre de Molly, il est toujours en prison. Celeste a gardé le silence pendant tout ce temps. Elle savait pourtant que Molly était bien vivante quand elle est descendue de la voiture.

— Je vois…

— Vous vous souvenez de cette affaire ? Elle a fait du bruit.

— Je m'en souviens. Cela date de…

— Quinze ans.

— Vous dites donc que votre sœur aurait pu innocenter cet homme et qu'elle ne l'a pas fait.

— Exactement.

— Puis-je vous demander pourquoi elle s'est tue ?

Blair soupira.

— Ma sœur et moi – peut-être l'a-t-elle mentionné lorsque vous l'avez reçue – avons été élevées par un homme raciste et sectaire – je n'exagère pas. Celeste a eu peur, si elle avouait qu'elle était avec Adrian Jones, qu'oncle Ellis ne nous jette à la rue.

L'avocat sourcilla.

— Ce n'est pas une excuse, je vous l'accorde. Mais c'est la réponse à votre question, et…

— Auriez-vous, par hasard, enregistré ses paroles ? Ou consigné sa déclaration pour la lui faire signer ?

— J'ai été prise de court. Je sais que j'aurais dû…

— Y avait-il des témoins ?

— Quand j'ai mesuré la portée de ce qu'elle disait, il était trop tard. Elle agonisait. Elle était trop faible, trop confuse pour répéter son récit. Mais elle m'a bien fait cet aveu, je vous le certifie. N'y a-t-il pas un texte de loi qui stipule que les paroles prononcées par un individu sur son lit de mort ont valeur de preuve ?

— Les déclarations d'un mourant sont réputées fiables, car on part du principe qu'une personne qui se sait à l'article de la mort ne ment pas. C'est une exception à la règle du ouï-dire.

— Oui, voilà ! s'exclama Blair. Je jurerai sur tous les textes sacrés qu'elle a bien prononcé ces mots et fourni à Adrian Jones l'alibi qui lui manquait. Elle a reconnu avoir menti. Grâce à ce témoignage, nous devrions pouvoir le faire libérer.

L'avocat fronça les sourcils et prit un air peiné.

— Qu'est-ce qui ne va pas ?

— Nous avons un problème…

5

— Quel problème ?

Brooks Whitman se massa les paupières du bout des doigts.

— Je ne suis pas avocat pénaliste. Je m'occupe essentiellement de droit du patrimoine. En fait, je n'ai jamais eu à traiter un dossier de ce genre. Je sais néanmoins que la validité du témoignage d'un mourant est strictement limitée, notamment parce que les juges sont réticents à déroger à la règle du ouï-dire. Vous savez de quoi il s'agit ?

— Vaguement…

— Rapporter les paroles d'un tiers n'est pas une preuve recevable.

— Mais si ce tiers est mourant…

— Il faut qu'il soit à l'agonie.

— Celeste était à l'agonie.

— Et cela n'est valable que dans les affaires d'homicide…

— C'est une affaire d'homicide.

— Si je ne me trompe pas, il faut que l'accusé soit responsable de la mort du déclarant. Dans notre cas, de Celeste.

— C'est une plaisanterie ?

— Je crains que non. Dans ces affaires-là, il s'agit généralement de personnes victimes d'une agression. Elles sont à l'agonie, on leur demande d'identifier leur agresseur, et on considère leur réponse comme irréfutable.

— Ce sont les seules circonstances qu'on prend en considération ?

— Pour que le témoignage soit recevable et probant.

— Mais c'est absurde ! s'indigna Blair. Celeste aurait pu fournir un alibi à cet homme. Il a été condamné pour le meurtre de Molly parce qu'elle a menti. Maintenant, après toutes ces années, elle avoue sa faute, et cela ne changerait rien pour lui ? Il moisit en prison depuis quinze ans !

Brooks leva les mains.

— Il y a eu un procès. Si vous informez la police des déclarations de votre sœur, il se pourrait qu'ils refusent de rouvrir l'affaire.

— Mais pourquoi, s'ils savent que cet homme est innocent ?

— Ils n'auront que votre parole. Et il n'est pas dans leur intérêt d'y donner suite.

— C'est incroyable ! Ils ne feront rien ? Même s'ils n'ont pas envoyé le vrai coupable derrière les barreaux ?

— Je ne l'affirmerai pas avec certitude, mais je sais comment la police opère. Il faudra batailler ferme pour les convaincre de reprendre ce dossier. Si vous pensiez qu'il suffirait de raconter votre petite histoire pour voir s'ouvrir les portes de la prison…

— Je ne suis pas si naïve, coupa sèchement Blair.

— Oui, excusez-moi. Mais je veux être sûr que vous avez bien saisi. Avec la loi, ça ne marche pas comme ça.

Blair, qui avait les jambes croisées, se mit à agiter impatiemment son pied.

— C'est possible, mais je ne peux pas faire comme si je n'avais rien entendu. Comme si je ne savais rien. J'ai la vie de cet homme entre mes mains. Je dois agir. Je l'ai promis à Celeste.

— Je comprends.

— Et vous pensez que la police ne réagira pas.

— Je pense que c'est probable.

Blair réfléchit un instant.

— Je dois tout de même essayer.

— Vous entamez une démarche qui risque d'être longue et frustrante.

— C'est une question de justice.

— Je suis d'accord avec vous, acquiesça-t-il avec un sourire de regret. Si Celeste vous a dit la vérité, cet homme est emprisonné depuis une éternité pour un crime qu'il n'a pas commis. Vous vous êtes entretenue avec M. Jones ?

— Muhammed, à présent. Il s'est converti à l'islam. Et non, je ne lui ai pas encore parlé.

— Il faudrait peut-être lui annoncer la bonne nouvelle.

— J'ai tout à coup l'impression que ce n'est pas une si bonne nouvelle.

— Possible, rétorqua l'avocat, prudent.

Blair prit la copie de l'accord entre Celeste et Amanda et quitta le cabinet. Dans la voiture, elle téléphona à Darlene pour lui demander si elle pouvait rester un peu plus longtemps avec Malcolm.

— Mais bien sûr, répondit Darlene. Nous sommes en train de jouer au Rummikub.

— Merci… j'ai quelques courses à faire.

— Prenez votre temps.

Blair chercha sur Google les coordonnées de la prison de Greenwood et composa le numéro. Elle tomba sur un message enregistré à l'intention des familles et qui détaillait le règlement. Il était interdit d'apporter des cadeaux, des paquets ou de l'argent. On pouvait faire un don en espèces à l'intendant de la prison pour le compte des détenus. Ceux-ci étaient autorisés à recevoir des appels sur Skype pendant les heures de visite, de treize à seize heures.

On donnait ensuite une liste de services à contacter. Blair perdait patience. Pour les gens trop occupés ou trop paresseux pour rendre visite à leurs proches en prison, les communications sur Skype étaient une solution. Mais la conversation qu'elle voulait avoir avec Yusef Muhammed devait se faire en tête à tête.

Elle jeta un coup d'œil à l'horloge du tableau de bord. Elle pouvait être là-bas avant seize heures.

— En route, marmonna-t-elle en mettant le contact.

6

Il fallut une demi-heure à Blair pour faire le trajet et, grâce au GPS, arriver sans encombre à la prison. Les murs de brique hérissés de barbelés lui parurent à la fois déprimants et un peu effrayants.

À l'accueil, le gardien arborait une frange poivre et sel, vestige de sa chevelure, et un badge sur lequel on lisait « Selenski ». Il eut l'air éberlué lorsque Blair lui annonça qu'elle souhaitait voir Yusef Muhammed. Un autre gardien, occupé à corser son café, ricana sous cape.

— Vous êtes venue pour rien, décréta Selenski.

— Pourquoi ? Il n'est pas encore seize heures ! protesta Blair.

— Vous ne pouvez lui parler que sur Skype.

— Mais… puisque je suis là.

— Peu importe. On est en semaine, vous ne pouvez pas le voir. Il faut être avocat ou prêtre.

— C'est ridicule.

— C'est le règlement. En fait, vous êtes censée faire

au préalable une demande de parloir sur Skype, mais puisque c'est votre première fois…

— J'ai fait tout ce trajet pour le voir.

— Si vous avez bien écouté le message enregistré, il est stipulé que vous devez communiquer avec le détenu sur Skype.

— On ne précise pas que c'est uniquement sur Skype.

— Vous n'avez pas bien écouté, rétorqua platement le gardien.

— Je ne comprends pas pourquoi nous ne pouvons pas avoir un entretien face à face.

— Seulement le week-end, dit-il en montrant une liste placardée à l'extérieur du bureau. Quelquefois le samedi, quelquefois le dimanche.

Blair parcourut le document. Les parloirs ordinaires étaient en effet strictement limités.

— Excusez-moi, mais je ne comprends toujours pas. Vous voulez bien m'expliquer les raisons de ces restrictions ?

Selenski leva les yeux au ciel.

— La sécurité, ça coûte cher, dit-il d'un ton condescendant, comme si elle était attardée. Escorter des détenus et des visiteurs, ça coûte cher. Il faut s'assurer qu'on n'introduit pas des armes dans la prison, des objets interdits, tout ça. Avec Skype, on n'a pas ces problèmes.

— Mais c'est… cruel.

— Vous n'avez qu'à vous plaindre au gouverneur.

— Et c'est injuste.

L'expression de Selenski se durcit.

— Vous voulez lui parler, oui ou non?

Blair hésita un instant avant d'acquiescer.

— Oui, c'est nécessaire.

— Installez-vous là, dit le gardien en lui désignant un box équipé d'un PC.

— Ce n'est pas très intime.

— On est en prison, pas au country club. La prochaine fois, pour vous épargner le trajet, vous l'appellerez de chez vous.

Voyant qu'elle n'aurait pas gain de cause avec lui, Blair prit place dans le box.

Selenski pianota sur le clavier de son ordinateur.

— Dès qu'on l'aura conduit au parloir, il apparaîtra sur l'écran. Vous pourrez discuter. Quinze minutes, après quoi la communication sera coupée.

Un petit quart d'heure pour expliquer à Yusef Muhammed pourquoi il avait passé quinze ans en cellule. Mais on ne lui accordait que ce quart d'heure, on ne lui laissait pas le choix.

— D'accord.

Assise devant l'ordinateur, elle attendit. Un chronomètre, dans un coin de l'écran, indiquait que l'entretien commencerait dans quelques secondes. Blair sentit son cœur cogner dans sa poitrine. Elle s'humecta les lèvres.

Soudain, l'écran s'éclaira, et elle vit un homme en combinaison orange s'asseoir sur une chaise, devant un mur d'un beige sale.

Il avait le crâne rasé, une large figure aux traits symétriques. Derrière ses lunettes à monture noire, son regard sombre était calme et froid. Il garda le silence, ne lui demanda même pas qui elle était.

— Monsieur… Muhammed? bafouilla-t-elle.

Il hocha la tête.

— Je suis Blair Butler.

Il cligna lentement les paupières, tel un lézard. Attendant la suite.

— Je suis là parce que… euh…

Elle s'éclaircit la gorge :

— Je crois que vous connaissiez ma sœur. Elle s'appelait… euh… Celeste Butler.

Impassible, il ne répondit pas.

— Vous vous souvenez de Celeste?

Les yeux de Yusef Muhammed s'étrécirent.

— Je ne suis pas près de l'oublier.

Sa voix traînante était si glaciale que Blair frissonna.

— Il me semble que Celeste et vous étiez amis, au lycée.

— Ce n'était pas mon amie.

Il avait évidemment d'excellentes raisons de haïr Céleste. Ce qu'elle lui avait fait était impardonnable.

— Je vais aller droit au but. Celeste est morte récemment. Elle souffrait d'un cancer particulièrement virulent.

— Tant mieux.

Blair tressaillit – la remarque était cruelle – mais ne s'insurgea pas. Garde ton sang-froid, tu ne peux pas lui reprocher d'être amer.

— Avant de mourir, Celeste m'a fait une confidence. Elle m'a dit qu'elle était avec vous quand Molly

Sinclair a été assassinée, et qu'elle avait affirmé le contraire à la police, à tout le monde. Qu'elle avait menti.

Yusef crispa les mâchoires, son expression était implacable.

Blair hésita, puis :

— Elle était consciente de vous avoir causé un préjudice considérable, et elle m'a fait promettre de réparer ses torts.

Il continuait à la regarder fixement, elle voyait tourner les rouages de son cerveau. Tout son corps était contracté, ramassé sur lui-même, respirant l'hostilité, mais une indéniable lueur d'intérêt s'était allumée dans ses yeux.

— Elle vous a dit tout ça ?

— Oui. Elle se savait perdue. Elle voulait parler avant de mourir.

Yusef eut un sourire qui ne réchauffa pas son regard.

— Je suis dans ce trou depuis quinze ans, pour un crime que je n'ai pas commis. Et c'est maintenant qu'elle se décide à dire la vérité. Pourquoi ? Elle a eu peur de ne pas aller au paradis ?

— Eh bien, je... je suppose que, comme elle était mourante..., bredouilla Blair.

— Elle aurait pu vivre jusqu'à quatre-vingt-dix ans.

— Oui, je sais, acquiesça-t-elle, désemparée. Elle aurait dû parler avant. Mais à présent, au moins, on peut mettre un terme à tout ce...

Yusef secoua la tête, mit sa main devant ses yeux.

Blair attendit.

— Monsieur Muhammed… ?

— Elle m'a volé ma vie.

— Je suis navrée, je…

— Elle m'a volé ma vie ! cria-t-il.

Blair sursauta, coula un regard vers les gardiens. Ils bavardaient.

— Je comprends votre colère, dit-elle à voix basse.

— Ah oui ? railla-t-il.

Blair leva les mains en un geste de capitulation.

— Écoutez-moi, monsieur Muhammed. Je regrette infiniment ce qui vous est arrivé. J'aimerais essayer de vous aider. Je n'étais pas au courant. Vous avez été condamné pour le meurtre de Molly. J'ai pensé, comme tout le monde, que vous étiez coupable et que votre place était en prison. Quand ma sœur s'est confiée à moi, j'ai été abasourdie. Celeste était en soins palliatifs, elle pouvait à peine parler, mais elle m'a avoué qu'elle avait menti. Qu'elle était avec vous au moment où Molly était assassinée. Que ce soir-là, vous vous étiez arrêtés, tous les deux, pour prendre Molly…

— Il pleuvait.

— C'est ça. Et vous l'avez… reconduite chez elle ?

— Oui, on l'a ramenée chez elle.

— Comme vous l'avez déclaré à la police.

— Elle l'a dit aux flics ?

— Comment ça ? Vous voulez dire… à l'époque ? Vous savez bien que non.

— Je parle de maintenant. Elle l'a dit au procureur ? Au juge ? À qui de droit ?

— Elle ne l'a dit qu'à moi, répondit posément Blair.

— Elle l'a écrit ? Certifié ? Juré sur la Bible ?

— Non, rétorqua Blair d'un ton d'excuse. Je regrette de n'avoir pas pu l'y contraindre, mais elle était mourante et…

Yusef releva ses lunettes, se frotta les paupières de ses longs doigts élégants.

— La garce.

Blair tressaillit de nouveau mais ne protesta pas.

— Elle a au moins parlé avant qu'il ne soit trop tard.

Yusef Muhammed lui décocha un regard mauvais.

— Passez donc quinze ans dans ce trou à rats, ensuite vous me direz si c'est ou non trop tard.

— J'essaie de vous aider.

— Ouais, vous m'aidez vachement.

Blair prit une grande respiration. Il cherchait à l'intimider. C'est la frustration, se dit-elle.

— D'accord, je me suis mal exprimée. Mais j'ai fait une promesse à Celeste, et je vais la tenir. Je ne laisserai pas tomber…

— Qui vous croira ? Pourquoi vous croirait-on ? s'emporta-t-il. Vous prétendez qu'elle vous a parlé. Mais ça ne prouve rien. Je constate que vous ne savez pas très bien comment fonctionne le système judiciaire.

— Je constate que vous, vous le savez.

— Et comment ! J'ai eu tout le temps de creuser la question.

— Avez-vous un avocat que je pourrais contacter ?

— J'ai eu plusieurs avocats commis d'office au fil des ans. Tous pires les uns que les autres. Et complètement inutiles. Pourquoi croyez-vous que j'ai entrepris des études de droit ?

— Je compte informer la police de ce que j'ai appris.

Il secoua la tête.

— Ils n'ont aucun intérêt à rouvrir le dossier. Ils avaient une petite fille blanche assassinée, et ils avaient leur coupable. Ils se fichent pas mal de la vérité.

— Écoutez, je comprends votre amertume, mais cette petite fille blanche était ma meilleure amie, s'indigna Blair. Elle ne méritait pas ce qui lui est arrivé.

— Non, en effet. Et moi non plus.

— Je suis persuadée que la police réagira, dit-elle avec force.

— On verra.

— Il faudra peut-être insister, admit-elle. Je ne sais pas, je n'ai jamais eu affaire à la justice.

— L'injustice, grogna-t-il.

— Vous avez les meilleures raisons du monde d'être révolté, mais…

— On a terminé ?

Blair regarda la pendule au coin de l'écran. Le quart d'heure était presque écoulé. Elle s'attendait à ce que cet homme la remercie, mais à l'évidence les remerciements n'étaient pas à l'ordre du jour.

— Eh bien, oui. Je vous recontacterai bientôt.

Yusef secoua de nouveau la tête, marmonna quelque chose qu'elle ne comprit pas.

— Qu'avez-vous dit ?

— J'espère que l'enfer existe, et j'espère qu'elle y est. Votre sœur.

— Je suis navrée, murmura Blair à l'instant où l'écran s'éteignait.

7

Comme chaque soir depuis les obsèques de Celeste, Blair se borna, pour le dîner, à réchauffer au micro-ondes l'un des ragoûts que leur avaient gentiment pré-parés des voisins. Malcolm prit son assiette et déclara qu'il montait dans sa chambre.

— Tu as l'autorisation de manger dans ta chambre? lui demanda Blair.

— Oui, je le fais tout le temps.

— Bon... N'oublie pas de rapporter ton assiette sale quand tu auras fini.

— D'accord.

— Tu essaies de le civiliser pour sa future vie chez les Tucker? dit Ellis avec aigreur.

— Ce ne serait pas du luxe, répondit froidement Blair.

Ellis emporta son assiette au salon et s'affala devant la télé pour regarder une course automobile de la NASCAR[1]. Blair resta seule dans la cuisine, devant son dîner.

---

1. National Association for Stop Car Auto Racing.

Depuis qu'elle avait quitté la prison, elle était indécise. Elle devait évidemment aller au poste de police, mais elle devait aussi penser aux Sinclair. Il ne fallait pas que les parents de Molly apprennent de la bouche d'un quelconque policier venu sonner à leur porte que Yusef Muhammed, au bout du compte, avait un alibi.

Après moult hésitations, elle finit par prendre une décision. Elle rendrait d'abord visite aux Sinclair qui, après Muhammed, étaient les premiers concernés. De plus, ils se souviendraient peut-être du nom de l'inspecteur qui avait travaillé sur l'affaire. Discuter avec celui qui avait mené l'enquête serait certainement instructif, surtout si elle pouvait alléguer le soutien des Sinclair. En supposant qu'ils le lui accordent.

Assez tergiversé, se dit-elle en jetant le reste de son repas à la poubelle. Il fallait en avoir le cœur net.

Ellis reparut avec son assiette vide qu'il rinça dans l'évier avant de la ranger dans l'antédiluvien lave-vaisselle.

— Demain, on est invités, annonça-t-il.

— Ah oui ? Chez qui ?

— Chez Darlene.

— Tous les trois ?

Blair crut discerner sur la figure de son oncle une légère rougeur.

— C'est elle qui a eu cette idée, se justifia-t-il.

— Elle est vraiment gentille.

— J'ai dit qu'on viendrait.

Elle eut envie de lui rappeler qu'il n'avait pas à parler en son nom, ni à élaborer des projets sans lui demander son avis. Mais ces objections paraissaient mesquines face à la générosité de Darlene.

— Entendu.

Ellis ouvrit le réfrigérateur, en examina le contenu et opta pour une portion de pudding.

— Je dois sortir ce soir, oncle Ellis.

Il se retourna, les sourcils froncés.

— Où vas-tu ?

Elle ne lui avait pas encore parlé de la confession de Celeste, et cette perspective ne l'enchantait pas. Elle le laisserait le découvrir par lui-même, au fur et à mesure des événements, quand il ne pourrait plus lui mettre des bâtons dans les roues.

— Voir les parents de Molly.

— N'oublie pas de prendre du lait, rétorqua-t-il avec indifférence. Pour les céréales du gosse.

La saison du shopping de Noël ayant commencé, plusieurs boutiques du centre de Yorkville étaient encore ouvertes, mais il n'y avait pas grand monde dans les rues. Blair se gara juste devant L'Après-Ski et poussa la porte de la brasserie. Le carillon tintinnabula.

La salle était presque deux fois plus grande qu'autrefois. Le décor évoquait celui d'un chalet à l'atmosphère chaleureuse avec son poêle à bois et ses poutres patinées par les ans. Des dîneurs occupaient quelques-unes des tables couvertes de nappes à carreaux sur lesquelles brûlaient des bougies, quelques buveurs étaient accoudés au bar. Il n'y avait pas foule, et pas d'hôtesse à la porte pour accueillir le client.

Blair s'approcha du comptoir et attendit que la serveuse, une mince jeune femme en jean et chemise de flanelle, lui prête attention. Pour l'instant, elle avait fort à faire avec un barbu d'âge mûr qui avait un verre dans le nez et vacillait sur son tabouret.

— Désolée, Randy, disait-elle d'une voix suave, mais avec une fermeté due à une longue pratique. Il est temps de rentrer chez vous.

Rouge de colère, le bonhomme braquait sur elle des yeux injectés de sang.

— Tu refuses de me servir ?

— C'est ça. Et je viens d'appeler votre fille, elle arrive. Il ne vous reste plus qu'à payer.

Elle agita des clés de voiture.

— Vous n'aurez qu'à passer les récupérer demain.

— Rends-moi mes clés…

— Pas question. Si vous aviez un accident, on m'en rendrait responsable.

— Fous-moi la paix. Et file-moi ces clés, bordel !

— Allez, ça suffit, intervint son voisin qui se leva et empoigna l'ivrogne récalcitrant par le dos de sa chemise. Ce n'est pas une manière de parler aux dames. Vous sortez ou je vous jette dehors.

La serveuse fit claquer son torchon et sourit à son défenseur.

— Merci, Cary.

Puis, imperturbable, elle se tourna vers Blair, tandis que le dénommé Randy se prenait de bec avec Cary, lequel restait silencieux mais avait manifestement la situation bien en main.

— Qu'est-ce que je vous sers?

— Rien. En fait, je souhaite voir les Sinclair.

— Désolée, ce soir ils ne travaillent pas.

— Ni l'un ni l'autre?

— C'est ça.

— Bon… Vous croyez qu'ils sont chez eux?

— Peut-être, répondit la serveuse avec circonspection. Je ne sais pas.

— Ils habitent toujours au même endroit, n'est-ce pas?

— C'est-à-dire?

La jeune femme était réticente à la renseigner, ce qui étonna Blair. Comme si on lui avait recommandé de ne donner cette information à personne. Était-ce une attitude normale quand on tenait un commerce, ou bien était-ce la réaction de gens qui avaient vu leur existence fracassée par un crime de sang? Les Sinclair refusaient-ils qu'on sache où les trouver?

Blair fouilla dans ses souvenirs d'enfance. L'adresse de Molly. Quel était le nom de la rue? Soudain, cela lui revint.

— Fulling Mill Road.

L'ivrogne batailleur s'arrêta net et pivota d'un bloc, l'air menaçant, soufflant à la figure de Blair une haleine pestilentielle.

— C'est là que j'ai ma maison. Enfin, que j'avais, vu que le juge l'a laissée à cette garce.

— Randy, soupira la serveuse, allez-vous-en. Retournez à Arborside, n'embêtez pas mes clients.

À ce moment, une jeune femme aux longues boucles

brunes poussa la porte du restaurant et, d'un pas de grenadier, se dirigea vers le bar.

— Ne m'appelle plus, lança-t-elle. Je ne plaisante pas. La prochaine fois, tu préviens la police, parce que moi, je ne reviendrai pas le chercher. Il devrait être en prison.

— Désolée, Jenna. Mais il est trop soûl pour conduire. Oui, c'est ça, enchaîna-t-elle en se retournant vers Blair. Fulling Mill Road. Je les préviens que vous arrivez ?

— Non, je vais leur faire la surprise.

Durant des années, même après qu'Adrian Jones avait été condamné pour le meurtre de Molly et enfermé dans une cellule, Blair avait évité d'emprunter cette route forestière, même en voiture. Peut-être sentait-elle que l'assassin de son amie n'était pas derrière les barreaux, quoiqu'elle ne se rappelât pas avoir jamais eu cette idée. Maintenant, elle savait que c'était une réalité.

Ce soir, alors qu'elle s'engageait sur la route qui traversait les bois, elle éprouva le besoin de s'arrêter à l'endroit où on avait retrouvé le corps de Molly. Elle roulait lentement, mais ne voyait dans la lumière des phares que des arbres dénudés et des feuilles mortes que chassait le vent de la nuit. Où était exactement cet endroit fatidique ? À une époque, il était signalé par un mémorial de fortune constitué de ballons et d'ours en peluche. Tout avait disparu depuis longtemps. Constater que le temps et la nouveauté avaient escamoté ce lieu qu'elle pensait ne jamais oublier lui fit mal.

Deux ou trois fois, elle crut le reconnaître. Ce rocher, cette trouée entre les arbres… Cela lui paraissait familier mais, à vrai dire, elle n'était sûre de rien. C'était quelque part dans cette forêt, un peu à l'écart de la route, que la mort attendait sa meilleure amie âgée de treize ans. Sachant à présent qu'Adrian – alias Yusef – et Celeste s'étaient arrêtés à l'orée des bois pour prendre Molly, Blair s'interrogeait. Ils avaient reconduit Molly chez elle, avait dit Celeste. Dans ce cas, comment se faisait-il que Molly se soit retrouvée par ici, sous la pluie ? Tout ce que Blair croyait savoir de cette journée devait être remis en question. De ce questionnement surgirait peut-être l'identité de l'assassin de Molly.

Soulagée de sortir de la forêt, elle s'arrêta au stop à l'angle de Fulling Mill Road. Ce secteur était naguère peu construit et comportait de vastes étendues boisées qui avaient en majeure partie cédé la place à d'élégantes résidences entourées de pelouses.

Pour aller chez Molly, elle se souvenait qu'il fallait tourner à gauche. Elle ralentit, observant les chaudes lumières, en retrait de la route sinueuse, qui semblaient lui faire signe. Laquelle de ces maisons était celle des Sinclair ? Elle avait du mal à déchiffrer, à la lueur des phares, les noms inscrits sur les boîtes aux lettres.

Ah voilà, c'était là. Elle s'engagea dans l'allée et stoppa devant la maison.

Son architecture, très simple, s'inspirait de celle

d'un chalet de montagne. Au-dessus de la porte, une lanterne allumée éclairait les larges bardeaux et la balustrade de la véranda qui courait le long de la façade.

Le décor était aussi paisible qu'autrefois. Quand elle était gamine, Blair adorait venir ici. Pour elle, cette maison rustique, nichée dans une clairière au milieu des bois, était un lieu enchanté. Le genre d'endroit qui nourrissait l'imagination d'une petite fille. Jusqu'au jour terrible qui avait marqué pour elle la fin de l'innocence.

Blair regarda derrière elle. On n'était pas loin de l'intersection de la route qui menait à la forêt. Mais pourquoi Molly serait-elle revenue ici pour ensuite rebrousser chemin, sous la pluie ? Elle frissonna. Comment savoir, après tant d'années ?

Elle monta les marches de la véranda et frappa à la porte. La silhouette de Robbie Sinclair s'encadrait dans la fenêtre, comme s'il s'était levé en entendant la voiture dans l'allée. Il vint aussitôt ouvrir, dévisagea Blair un instant.

— C'est toi, Blair, dit-il avec un grand sourire. Quel plaisir de te voir !

— Bonsoir, monsieur Sinclair.

— Robbie, corrigea-t-il fermement.

— Robbie, répéta-t-elle, mais elle avait du mal à s'adresser ainsi au père de Molly – pour elle, il avait toujours été une grande personne.

— Entre donc.

— Merci.

Dans le vestibule, elle vit Janet qui sortait de la cuisine en s'essuyant les mains sur son tablier. Elle aussi sourit en reconnaissant leur visiteuse.

Sans un mot, elle ouvrit les bras et gauchement, avec émotion, Blair l'étreignit.

— Bonsoir, Janet, murmura-t-elle.

— Que je suis contente de te voir, dit Janet en ôtant son tablier qu'elle posa sur une des chaises qui encadraient la longue table du coin salle à manger.

Elle poussa doucement Blair vers un vieux fauteuil en cuir près de la cheminée. Un plaid rayé de la Compagnie de la baie d'Hudson recouvrait le dossier, sans doute pour dissimuler le cuir fendillé. Blair s'assit, tandis que Robbie et Janet prenaient place sur le canapé, de l'autre côté de la table basse. De courtes flammes dansaient dans l'âtre. Un grand chien au museau grisonnant sommeillait dans son panier, au bord du tapis houqué. Il ouvrit à peine un œil.

— C'est... le chien de Molly ?

— Oui... Pippa est une vieille dame à présent, répondit Robbie en la grattant derrière les oreilles.

— Ce que j'ai pu lui envier ce chien. Je n'avais pas le droit d'avoir un animal, soupira Blair qui jeta un regard circulaire. J'aimais tellement venir ici quand j'étais gamine. Le chalet au fond des bois. Je trouvais cette maison magique.

— Je te sers quelque chose ? proposa Janet. Tu as mangé ?

— Ne vous dérangez pas. Les voisins nous ont apporté tellement de victuailles qu'oncle Ellis n'aura peut-être plus à cuisiner de toute sa vie. Ce qui serait une bénédiction.

— Comment va ton oncle ? Aux obsèques, il paraissait très ému.

— Je crois qu'il l'était, rétorqua Blair après réflexion. Avec lui, on ne sait jamais.

— Celeste et toi étiez en quelque sorte ses enfants, fit remarquer Janet.

— Je ne l'ai pas vu depuis des lustres, dit Robbie. Il est toujours… le même ?

— Toujours aussi cinglé, vous voulez dire ? Eh oui. Mais j'ai l'impression qu'il s'adoucit. Figurez-vous qu'il a décroché le drapeau confédéré !

— Alléluia ! s'exclama Janet.

— En fait, je crois que ce drapeau est tout bonnement tombé en poussière.

Blair aurait pu bavarder des heures avec les Sinclair. Mais elle devait être sincère avec eux. Par où commencer ? Son sourire s'effaça, elle soupira.

— Ça va ? s'inquiéta aussitôt Robbie.

— Je ne peux pas être dans cette maison sans penser… à Molly.

À sa surprise, elle fut brusquement étranglée par l'émotion, les larmes aux yeux. Sur le visage des Sinclair, elle lut du chagrin, mais aussi de la gratitude. Que Blair soit bouleversée à la seule évocation de leur fille leur faisait visiblement chaud au cœur. Janet se pencha pour lui prendre la main.

— Je n'ai pas été franche avec vous. Je suis venue vous voir parce que j'ai quelque chose à vous dire.

— À quel sujet? demanda Robbie avec circonspection.

— J'ai peur que ce soit pour vous un terrible choc.

Les Sinclair échangèrent un regard.

— Après toutes ces années? s'étonna Janet. Que pourrais-tu nous dire de si choquant?

Blair s'éclaircit la gorge :

— Juste avant de mourir, Celeste a tenu à me parler. À se confesser, si vous préférez.

Un silence lourd les enveloppait. Les Sinclair, muets, la regardaient fixement.

— Comme nous le savons tous, Adrian Jones, qui se fait maintenant appeler Yusef Muhammed, a été condamné pour le meurtre de Molly.

Elle eut une hésitation.

— Mais, d'après Celeste, ce n'est pas Muhammed qui l'a… assassinée.

— Comment Celeste pouvait-elle le savoir? rétorqua Robbie d'un ton agressif.

— Eh bien, il semble que… le jour où Molly a été… tuée, Celeste était avec Muhammed dans cette fameuse voiture. Elle m'a dit qu'ils s'étaient arrêtés pour prendre Molly, parce qu'il pleuvait. Ils l'ont ramenée ici.

— Ce n'est pas vrai, asséna froidement Robbie.

— Je pense que si, c'est vrai.

— Ta sœur a juré qu'elle n'était pas avec lui ! intervint Janet. Il voulait qu'elle lui fournisse un alibi, mais elle a juré qu'elle n'était pas dans cette voiture. Pourquoi aurait-elle menti?

— C'est aussi la question que je lui ai posée, répliqua Blair, les mains nouées sur ses genoux. Elle a répondu qu'elle avait peur qu'oncle Ellis la jette dehors, et moi avec, si elle lui avouait qu'elle était avec un Noir. Alors elle a menti.

Janet secoua la tête.

— Non.

— Je suis désolée. Je me doute que vous n'avez pas envie de déterrer le passé, surtout de cette manière. Je redoutais d'avoir à vous parler de ça, mais j'ai promis à Celeste d'essayer d'aider Muhammed. Il a passé de nombreuses années en prison pour un acte qu'il n'a pas commis.

— Si, il l'a fait ! protesta Janet. Tout le monde est d'accord là-dessus. La police… les jurés…

— J'imagine à quel point c'est pénible pour…

— Non, tu n'imagines pas ! la coupa Robbie, les yeux écarquillés d'horreur. Tu n'en as aucune idée. Ce que tu nous racontes… pourquoi devrions-nous te croire ?

— Pourquoi vous mentirais-je ?

Janet se mit à pleurer.

— Ce n'est pas une réponse suffisante, insista Robbie.

— Ma sœur était mourante. Elle avait ce poids sur la conscience. Elle voulait dire la vérité avant de quitter ce monde.

Robbie sauta sur ses pieds.

— Va-t'en, ordonna-t-il.

— J'espérais que nous pourrions…, bredouilla Blair, atterrée.

— Tout de suite ! cria-t-il. Sors de cette maison.

Blair s'attendait à ce qu'ils soient stupéfaits et bouleversés. Elle n'avait cependant pas prévu cette réaction. Ils semblaient l'accuser. Mais, bien sûr, elle ne pouvait pas comprendre ce qu'ils ressentaient. Elle acquiesça et se leva.

— Je suis consternée que ma sœur ait menti, à l'époque.

— Va-t'en, répéta Robbie, les dents serrées.

Blair passa dans le vestibule. Avant de sortir, elle se retourna. Robbie entourait de son bras son épouse en larmes.

— J'irai jusqu'au bout. Je vais prévenir la police. Ce n'est que justice.

Ils ne lui accordèrent pas un regard. Ils se serraient l'un contre l'autre, comme pour faire front à une attaque ennemie. Navrée, Blair franchit le seuil de la maison et referma doucement la porte derrière elle.

8

Elle fit le trajet de retour dans un état second. Jamais elle n'aurait cru que les Sinclair, même bouleversés, se dresseraient contre elle. Ils avaient toujours été si gentils avec elle. Quand elle s'était liée d'amitié avec Molly, elle avait souvent pensé qu'ils la considéraient presque comme leur seconde fille. Elle rêvait même parfois qu'un jour ils proposent à son oncle de la prendre chez eux.

Le désespoir où l'avait plongée la mort de Molly était pour eux, en quelque sorte, une consolation. Cent fois elle leur avait demandé pardon d'avoir laissé Molly partir seule lors de cette fatidique soirée, mais ils ne lui avaient jamais rien reproché. Ils lui répétaient de ne pas culpabiliser. Le seul à blâmer, lui disaient-ils, était l'homme qui avait emmené Molly dans la forêt et qui l'avait assassinée.

Lire cette colère dans leurs yeux la déstabilisait complètement. Après toutes ces années, leur opinion comptait toujours beaucoup pour elle. Et maintenant, pour la seule raison qu'elle s'efforçait de faire ce qu'il fallait, ils la bannissaient. Ils lui jetaient la pierre. C'était injuste et révoltant, mais surtout douloureux.

Sitôt rentrée, elle monta s'enfermer dans son ancienne chambre et consulta ses messages. Il y avait quelques textos concernant le travail, auxquels elle n'eut pas la force de répondre. Elle voulait seulement fermer les yeux et tout oublier. Sans même se déshabiller, elle se pelotonna sous ses couvertures. Elle s'endormit aussitôt.

Quelques heures plus tard elle se rasseyait dans le lit, le cœur battant à coups redoublés, réveillée en sursaut par un rêve qu'elle ne parvenait pas à se remémorer. Avec la sensation perturbante d'avoir oublié quelque chose de très important.

La maison était plongée dans l'obscurité et le silence. Son oncle et son neveu étaient couchés depuis longtemps. Soudain, elle prit conscience qu'elle avait omis de demander aux Sinclair le nom des inspecteurs qui avaient enquêté sur le meurtre de Molly. Et maintenant, bien sûr, elle ne pouvait plus leur poser la question. Ils lui avaient clairement fait comprendre qu'ils ne voulaient pas la revoir.

Elle alluma la lampe de chevet, saisit son téléphone et lança une recherche avancée sur Google concernant le meurtre de Molly. Elle n'obtint que des réponses succinctes et de vagues informations sur les investigations de la police. Les archives en ligne du quotidien local ne remontaient qu'à dix ans. Il y avait notamment un article datant de cinq ans au sujet de Yusef Muhammed, qui avait obtenu son diplôme universitaire et entamé des études de droit. Il se plaignait d'être incarcéré à tort et ne mentionnait pas une fois le nom de Molly.

L'oncle Ellis aurait-il conservé des coupures de presse sur le crime ? Blair écarta aussitôt cette idée. Il s'intéressait exclusivement aux articles sur la chasse et la pêche.

Elle avait cependant besoin de certains renseignements avant de se rendre au poste de police. Demain, je n'ai qu'à passer au siège du journal – il était toujours au même endroit, près de Main Street. Ils ont sans doute conservé tous les numéros dans leurs archives papier. Ce n'était pas une façon très moderne de se documenter, mais cela lui permettrait peut-être de trouver ce qu'elle cherchait et, dans le fond, cela convenait bien à un village de montagne reculé. Ce serait même apaisant.

Elle éteignit la lumière et se recoucha. Le sommeil la gagnait quand, brusquement, cela lui revint : elle était censée acheter du lait. Pour Malcolm. Demain matin, elle se dépêcherait de le faire avant qu'oncle Ellis puisse rouspéter.

Les bureaux du *Yorkville County Clarion* ne débordaient pas d'activité. Blair dut toutefois faire le pied de grue un moment à l'accueil avant d'attirer l'attention de la fille à lunettes, boudinée dans son sweat, qui gardait les yeux obstinément rivés sur l'écran de son ordinateur.

— Je peux vous aider ? finit-elle par demander, quand elle comprit que Blair ne s'en irait pas.

— Je cherche des informations sur un crime commis

à Yorkville voilà quinze ans. Avez-vous des archives que je pourrais consulter ? Celles que j'ai trouvées sur le Net ne datent que de dix ans.

— Ce n'est pas ma faute, se défendit son interlocutrice. Ils n'ont qu'à engager quelqu'un pour tout numériser. Moi, j'ai déjà du mal à venir à bout de mon travail. S'ils pouvaient, ils m'obligeraient à livrer le journal. Mon père me répète que ce secteur périclite et que je devrais changer de boulot, mais moi j'avais de grandes idées sur la liberté de la presse. Parce que, bon…

— Les archives ? l'interrompit Blair.

— Ah oui… Elles ne sont pas très bien organisées, je vous préviens. C'est par là, ajouta-t-elle, montrant une porte au fond de la réception. Vous cherchez un numéro d'il y a quinze ans ?

— Environ.

— Appelez-moi si vous avez besoin d'un coup de main, dit la fille – une proposition de pure forme.

La salle des archives servait de débarras, à en juger par le stock de gobelets en plastique, les vieilles vestes et les chapeaux pendus à une rangée de portemanteaux, et le carton rempli de matériel de sport. Il y avait des piles de journaux un peu partout, certaines étiquetées, d'autres non. Blair se mit à fouiller dans ces tours de papier.

Il lui fallut beaucoup moins de temps qu'elle ne le craignait pour dénicher ce qu'elle cherchait. Elle prit les exemplaires des semaines qui avaient suivi le crime.

Elle avait prévu de se borner à chercher le nom des inspecteurs chargés de l'affaire, mais elle finit par s'asseoir à une table, dans un coin de la salle, pour éplucher tous les comptes rendus.

On n'avait publié aucun cliché macabre du cadavre de Molly, seulement des photos du lieu où le corps avait été découvert. Des inspecteurs en pardessus, la mine sombre, conféraient dans la clairière, tandis que des policiers en uniforme fouillaient la zone. On voyait sur une autre photo, poignante, les parents de Molly entrer dans le poste de police – Robbie le visage figé, Janet qui pressait une main sur sa bouche. Blair et l'oncle Ellis n'étaient pas mentionnés. Dans les premiers articles, on signalait simplement que Molly s'était rendue chez une amie après les cours, et rentrait chez elle à pied quand elle avait rencontré son assassin. La police interrogeait un témoin qui avait aperçu la victime montant dans une voiture grise. Les policiers recherchaient cette voiture et son propriétaire. L'autopsie révélerait s'il y avait eu viol, mais d'après les premières constatations, ce n'était pas le cas.

— Je peux vous aider ?

Blair sursauta. Une grande blonde à l'air las et aux cheveux gras s'encadrait dans la porte. Elle avait une silhouette de reine de beauté, affublée d'un jean, d'un T-shirt d'un gris fané et d'une veste effilochée. Blair l'étudia un instant. Ce visage lui disait quelque chose, mais impossible de mettre un nom dessus.

— Non, merci, répondit-elle. Je pense avoir trouvé ce que je cherchais. Mais si on pouvait consulter ces archives en ligne, ce serait beaucoup plus facile.

— Ce serait sûrement une bonne chose.

— Excusez-moi, mais… j'ai l'impression de vous connaître.

— J'ai une figure banale.

— Nous étions peut-être à l'école ensemble, non ?

La jeune femme, outre son look grunge, n'avait pas une once de maquillage sur le visage, et le gris du T-shirt lui faisait un teint cireux. Elle ne se contentait pas d'adopter le style décontracté à la mode. Elle était tout simplement négligée.

— Je ne peux pas vous dire. Bon, je vous laisse.

Blair passait mentalement en revue quelques-unes des adolescentes croisées durant ses études secondaires. Soudain, elle eut le déclic.

— Hé, une minute ! Vous ne seriez pas Rebecca Moore ?

— Je devrais vous connaître ? rétorqua son interlocutrice, sur la défensive.

— Non, non… vous aviez quelques années d'avance sur moi. Vous étiez une légende.

Blair se souvenait bien d'elle à présent. L'une de ces filles qui remorquent en permanence une horde de garçons. Vêtements BCBG. Ongles parfaits, coiffure impeccable.

— Un gros poisson dans une petite mare, rétorqua Rebecca, sarcastique.

— Après l'université, vous n'avez pas été présentatrice d'un journal télévisé, dans une grande ville ?

— Si, soupira Rebecca. À Los Angeles.

— Oui, voilà. Tout le monde ici parlait de votre succès. Vous étiez la star de la région.

Rebecca haussa les épaules.

— C'était dans une autre vie. Et vous ? Vous n'êtes jamais partie d'ici ?

Cette question rappela à Blair pourquoi elle avait toujours voulu quitter Yorkville. Ici, elle serait restée éternellement ce qu'elle était au lycée – une fille qui n'avait pas la cote, issue d'une famille poursuivie par la malchance.

— En fait, répondit-elle avec une pointe de perfidie, je vis à Philadelphie. J'y ai créé une entreprise.

— Tant mieux pour vous.

Le ton dédaigneux de Rebecca agaça Blair. Qu'on lui parle de ses succès passés n'était tout de même pas si pénible.

— Et vous, comment se fait-il que vous soyez de retour à Yorkville ?

Elle se mordit la langue d'avoir posé cette question – qui resta en suspens dans l'air –, elle avait l'air de demander à Rebecca ce qu'il était advenu de sa brillante carrière.

— Bof... c'est la vie.

Fin de la conversation. Encore une star du lycée qui explosait en vol avant d'avoir véritablement fait ses preuves. Dieu merci, Blair s'était enracinée ailleurs et repartirait bientôt. Haussant les épaules, elle jeta un coup d'œil à sa montre et reprit ses recherches.

Une demi-heure plus tard, elle entrait dans le poste de police de Yorkville et se dirigeait vers le jeune policier en uniforme derrière son guichet vitré.

— Je peux vous aider ?

Blair baissa les yeux sur la feuille de papier qu'elle tenait à la main.

— Je voudrais voir l'inspecteur Henry Dreyer.

— Vous avez rendez-vous avec le chef ?

Le chef ? Dreyer avait donc grimpé les échelons, mais il était toujours là. Elle craignait qu'il ne soit à la retraite ou parti vers d'autres cieux.

— Non, mais je lui serais reconnaissante de m'accorder quelques minutes d'entretien.

Le policier décrocha le téléphone, hésita.

— Votre nom ?

— Blair Butler.

— Et il s'agit de… ?

— D'une affaire ancienne. Le meurtre de Molly Sinclair.

Le policier répéta tout cela à son interlocuteur puis déclara à Blair :

— Le chef Dreyer arrive. Asseyez-vous.

Des chaises s'alignaient entre la vitre en plexiglas et une rangée de drapeaux. Trop nerveuse pour s'asseoir, Blair se mit à faire les cent pas. Enfin, une porte s'ouvrit sur un homme grisonnant dont la veste d'uniforme s'agrémentait de l'étoile et des galons propres à son grade. Il balaya l'accueil du regard.

— Madame Butler ?

Blair s'avança pour lui serrer la main.

— Merci de me recevoir.

— Par ici…

Il la conduisit, à travers un dédale de bureaux, jusqu'à

une pièce spacieuse où il l'invita à s'asseoir, tandis qu'il prenait place à sa table de travail. Le téléphone sonnait. Dreyer décrocha, disant à Blair qu'il n'en avait que pour une minute. Elle en profita pour observer le décor. De nombreuses photos encadrées ornaient les murs, on y voyait le chef recevoir diverses récompenses et échanger des poignées de main avec des VIP locaux.

Sur un grand tableau d'affichage s'alignaient des portraits de personnes disparues, dont certains étaient jaunis par le temps. De très jeunes filles, pour la plupart. En regardant ces visages, désenchantés ou candides, on avait le cœur serré. Toutes ces disparitions demeuraient irrésolues et impunies.

— Bien, fit Dreyer en reposant le combiné. Je suis intrigué. Le sergent m'a dit que vous souhaitiez me voir au sujet de l'affaire Sinclair.

— En effet. Molly était ma meilleure amie. Le soir de sa mort, elle était venue chez moi. Et repartie à pied. À l'époque, j'ai été interrogée par plusieurs policiers. Vous étiez peut-être du nombre ?

— Ah… vous êtes la nièce d'Ellis Dietz.

— Tout à fait.

— Je me souviens de vous. Puis-je savoir ce qui vous amène aujourd'hui ?

— Je pense avoir un élément nouveau.

— Vraiment ? L'affaire est classée depuis des lustres.

— Pourtant…

Elle lui résuma l'aveu que lui avait fait Celeste sur son lit de mort.

— Ma sœur aurait donc pu fournir un alibi à M. Muhammed, malheureusement elle ne l'a pas fait. Il a passé quinze ans en prison pour un crime qu'il n'a pas commis.

L'expression du chef de la police était indéchiffrable.

— Vous dites que votre sœur était à l'agonie quand elle vous a parlé, déclara-t-il d'un ton détaché. Je ne suis pas médecin, mais il se pourrait que son état l'ait plongée dans une sorte de… délire. M. Muhammed a été jugé et, grâce à un faisceau de preuves, condamné pour le meurtre de Molly Sinclair.

Blair s'efforça de l'imiter et de garder son calme.

— C'est inattendu, je le reconnais, mais ma sœur m'a sommée de tenter de réparer cette injustice.

Henry Dreyer secoua la tête en grimaçant.

— Si je comprends bien, elle a eu cette crise de conscience quinze ans après le drame ?

— C'est étrange, je sais. Mais ma sœur et moi vivions chez mon oncle qui est, n'ayons pas peur des mots, raciste. Elle craignait qu'il ne nous mette à la porte s'il apprenait qu'elle était avec Yusef Muhammed.

— D'accord, mais cela remonte à quinze ans. Depuis, elle a eu de multiples occasions de dire la vérité.

— Vous avez raison. Seulement… notre oncle n'a pas changé. Et Celeste n'a jamais pris son indépendance. Elle habitait toujours chez lui, avec son fils.

Dreyer haussa les épaules.

— Tout cela est bien regrettable. Il me semble que la plupart des gens, s'ils détenaient une information aussi capitale, parleraient.

— Écoutez, je ne la défends pas, je suis d'accord avec vous : elle aurait dû parler. Depuis longtemps. Mais elle n'était pas très… solide. Juste avant de mourir, elle a décidé de me révéler son secret. Elle comptait sur moi pour faire quelque chose.

— Il ne s'agit pas à proprement parler d'une preuve, madame Butler. Ce n'est qu'un simple ouï-dire.

— C'est le témoignage d'une mourante, donc une exception à la règle du ouï-dire, rétorqua Blair, tout en sachant que cela ne s'appliquait pas à ce cas.

— Vous en faites une interprétation excessivement large.

— Vous ne voulez même pas y réfléchir ? Vous avez peut-être envoyé un innocent en prison.

Dreyer se pencha vers elle.

— Pardonnez-moi, madame Butler, mais je n'y crois pas un instant ! dit-il avec emphase. Yusef Muhammed n'a rien d'un innocent. Je me souviens parfaitement de cette histoire. De cette petite fille. Et de ses pauvres parents. Nous aussi, qui menions l'enquête, nous avions des enfants. Nous avons fait, et bien fait, notre travail. Il y avait un témoin oculaire. Et on a retrouvé le téléphone portable de Molly coincé entre les sièges de la voiture de Muhammed. Il n'y a pas eu d'erreur. Nous avons arrêté le coupable. Je suis désolé, mais au bout de quinze ans… un élément de ce genre… ? Ce ne serait même pas recevable devant un tribunal. Certainement pas. Le dossier est clos.

Le cœur de Blair cognait dans sa poitrine. Les choses se passaient comme Brooks Whitman, l'avocat, l'avait prédit. La police rejetait tout ce qui irait à l'encontre de ses conclusions.

— L'avocat m'avait prévenue que vous réagiriez de cette façon, marmonna-t-elle, incrédule et furieuse.

— Quel avocat ?

— Peu importe.

— Voyez-vous, madame, j'ai fait toute ma carrière ici, dans ce poste de police. Je vous avoue que certaines affaires me hantent encore, mais pas celle-ci. Les déclarations de votre sœur vous ont perturbée, je le conçois, mais ce que vous avez entendu n'était peut-être que le délire d'un esprit sous l'emprise de la morphine. Cela n'a, en tout cas, aucun rapport avec l'affaire Sinclair. Maintenant, si vous voulez bien, je dois me remettre au travail. Vous trouverez le chemin de la sortie ?

— Si Yusef Muhammed n'a pas tué Molly Sinclair, qui l'a fait ? insista Blair. Il y a peut-être un meurtrier dans la nature, et vous vous en lavez les mains ?

— Il n'a pas massacré grand monde pendant toutes ces années.

— Un meurtre ne suffit donc pas ? L'assassin de Molly doit être puni. L'homme que vous avez expédié en prison pourrait bien être innocent.

— Un crime est toujours un crime de trop. Et Yusef Muhammed est coupable, trancha le chef Dreyer. Bonne journée, madame Butler.

9

Henry Dreyer était convaincu d'avoir raison, il ne rouvrirait pas le dossier. Blair restait néanmoins persuadée que Celeste lui avait dit la vérité.

Au moment où elle déverrouillait sa portière, elle sentit quelqu'un arriver dans son dos et lui jeta un regard noir par-dessus son épaule, comme pour le défier d'approcher.

— Tiens donc, dit tranquillement Rebecca Moore. Comme on se retrouve !

— Surprise ! marmonna Blair d'un air revêche.

Rebecca leva les mains en un geste théâtral de conciliation.

— Désolée… Qu'est-ce qui vous a mise de si mauvaise humeur ?

— Rien. Peu importe. Et vous, qu'est-ce qui vous amène ici ? rétorqua Blair pour racheter son impolitesse.

— Je viens à la pêche aux infos, soupira Rebecca, voir s'il n'y aurait pas, dans ce trou de l'Amérique profonde, un crime qui me fournirait un sujet d'article.

Malheureusement pour moi, sans les chauffards et les toxicos, nous n'aurions pas le moindre criminel dans les parages. Chaque fois que je viens ici pour rien, je me dis que c'est ma pénitence hebdomadaire…

Blair se mit au volant.

— Eh bien, bonne pêche.

Elle regarda la journaliste s'éloigner. Comparés aux faits divers d'une grande ville comme Los Angeles, ceux de Yorkville paraissaient sûrement bien prosaïques.

Soudain, elle eut une idée. Un moyen de résoudre son problème qui intéresserait peut-être Rebecca Moore. Sortant précipitamment de sa voiture, elle la héla :

— Rebecca !

Celle-ci se retourna.

— Je suis désavantagée. Vous savez qui je suis, moi j'ignore votre nom.

— Blair Butler.

La journaliste fronça les sourcils.

— Butler ?

— Vous avez peut-être connu ma sœur. Celeste. Elle avait quelques années de plus que moi.

Rebecca haussa les épaules.

— Non… je ne m'en souviens pas.

— Vous… vous avez un moment ? J'ai quelque chose qui pourrait vous intéresser.

Une expression méfiante se peignit sur le visage de la journaliste.

— Je ne sais pas ce que vous cherchez, mais je n'ai aucune envie de lire votre roman, ou de parler à votre groupe de copines des journaux télévisés de la grande époque. Je suis là pour travailler, point à la ligne.

— Ce que je cherche ? riposta Blair, vexée – Rebecca n'avait pas enregistré un traître mot de ce qu'elle lui avait raconté. Ainsi que je vous l'ai dit, je ne vis pas ici, mais à Philadelphie. Et je n'ai pas de «groupe de copines». Ni ici ni ailleurs. Et même si j'en avais, je suis certaine que les journaux télévisés de cette prétendue grande époque leur seraient totalement indifférents. Je cherche un journaliste susceptible de s'intéresser à une erreur judiciaire.

Rebecca ne répliqua pas, mais ne tourna pas non plus les talons.

— Il s'agit d'une vieille affaire, poursuivit Blair, choisissant ses mots. Un meurtre. J'ai un élément nouveau, or la police ne veut rien entendre.

Rebecca hésita, puis revint sur ses pas.

— Je vous écoute.

Blair proposa de discuter autour d'une tasse de café, au snack du coin de la rue, qui avait connu des jours meilleurs. Elles s'installèrent dans un box au fond de la salle.

— Deux cafés, commanda Rebecca avant même que la serveuse n'ait ouvert la bouche. Allez-y, enchaîna-t-elle en reportant son attention sur Blair. C'est quoi, cette histoire de meurtre ?

Blair prit une grande inspiration.

— Cela date de quinze ans, vous vous en souvenez peut-être. Molly Sinclair a été assassinée, et son corps abandonné dans les bois. Elle avait treize ans.

Rebecca réfléchit un instant, puis hocha la tête.

— Oui, bien sûr. L'affaire a défrayé la chronique. Ses parents tiennent le…

— L'Après-Ski. C'est d'abord à eux que j'ai parlé de cet élément nouveau. Ils n'ont pas voulu en savoir plus.

— Ah bon ? Ce n'est pas un peu… bizarre ?

— L'information que je détiens pourrait disculper l'homme qu'on a condamné pour le meurtre.

Rebecca la dévisageait comme si elle essayait de se remémorer une vieille chanson qu'elle n'avait pas entendue depuis des lustres.

— C'est un Noir qui a tué cette gamine, n'est-ce pas ? Il est en prison depuis des années.

— Mais il ne l'a pas tuée.

Rebecca s'agita sur son siège. Blair vit ses yeux se voiler – elle se demandait tout à coup si elle n'était pas en train de prendre le café avec une cinglée.

— D'accord, articula-t-elle posément. Et vous le savez… comment ?

À en juger par son langage corporel, Rebecca était de nature impatiente. Blair lui relata donc l'histoire de façon concise et termina par la confession de Celeste.

La journaliste la scrutait.

— Celeste était votre sœur ?

— Je vous l'ai dit.

— Ah oui… Nous étions au lycée ensemble. Vous avez rapporté sa confession à la police ?

Blair hocha la tête.

— Ils sont restés de marbre.

110

— Ils ne veulent évidemment pas d'un fait nouveau prouvant qu'ils ont foiré leur enquête. C'est caractéristique de la plupart des services de police, si j'en crois mon expérience.

Blair observait son interlocutrice avec curiosité. Il lui semblait voir tourner les rouages de son cerveau.

— J'ai pensé que vous, en revanche, vous pourriez avoir envie d'étudier la question. En tant que journaliste.

— Vous n'avez pas grand-chose à me donner, objecta Rebecca.

— Les journalistes n'ont-ils pas pour mission de déterrer la vérité ?

— Le journal fonctionne avec des bouts de ficelle. Je n'ai pas le budget pour une enquête approfondie. Il y a des frais. C'est un boulot chronophage.

— Je pourrais éventuellement vous aider. Je vous l'ai dit, j'ai créé une entreprise qui marche bien. Et j'ai fait une promesse à ma sœur. J'irai jusqu'au bout.

— Ça risque de prendre du temps.

— C'est moi qui organise mon emploi du temps.

Rebecca haussa les sourcils.

— Vous en avez de la chance.

— Vous acceptez ?

Rebecca hésita, puis :

— Oui, je vais essayer.

Blair se sentait beaucoup mieux quand elle quitta Rebecca Moore. Celle-ci avait de l'expérience, de solides connaissances, et elle avait travaillé dans une grande ville. Si quelqu'un était capable de creuser cette affaire, c'était elle. Le destin, sans doute, les avait fait se rencontrer ce matin.

Blair était tout de même curieuse de savoir comment, alors qu'elle était en pleine ascension, la journaliste s'était retrouvée à Yorkville. Cela méritait une petite recherche sur Google.

Mais quand elle se gara devant la maison, elle fut accueillie par l'oncle Ellis qui trépignait à côté de son pick-up.

— Où étais-tu ? grommela-t-il.

— Je faisais des courses. Pourquoi ?

— Dépêche-toi. Tu as oublié le dîner chez Darlene ?

Blair jeta un coup d'œil à sa montre.

— Non, mais ce n'est pas un peu tôt ? Le soleil n'est pas encore couché.

— C'est l'heure que Darlene m'a fixée. Malcolm est déjà dans le pick-up.

— D'accord, rétorqua Blair, ravalant un soupir. Je vous suis avec la voiture.

Ellis démarra en trombe, dans une gerbe de gravillons. Il ne s'arrêta qu'une fraction de seconde au bout de l'allée avant de tourner. Son vieux pick-up cahotait sur les routes de montagne, roulant à une vitesse déraisonnable. Pour un peu, Blair aurait pensé qu'il essayait de la semer, quoique sa Nissan n'eût aucun mal à le suivre. Mais il avait sans doute peur, tout simplement, d'être en retard et de déplaire à Darlene.

Une idée parfaitement aberrante. Ellis se soucierait des sentiments de cette femme ? Hallucinant.

Ils empruntèrent l'une des routes qui traversaient la forêt. Au bout d'un moment, Ellis bifurqua à droite sans daigner mettre le clignotant. Heureusement que le soleil déclinait, car Blair avait intérêt à ne pas perdre le pick-up de vue, son oncle semblant décidé à ne pas lui indiquer les changements de direction. Ils grimpèrent une côte, négocièrent plusieurs virages après le réservoir, pour s'engager ensuite dans un chemin qui serpentait à travers prés jusqu'à une vieille maison en bois à flanc de colline. Elle était entourée d'arbres et de champs en friche. Une grange se dressait à l'extrémité d'un terrain broussailleux. Ce devait être l'une des dernières fermes du coin.

Ellis descendit du pick-up, suivi de Malcolm, que la perspective de ce dîner n'enchantait visiblement pas. Nous sommes deux, pensa Blair.

Darlene les fit entrer, et on sauta les préliminaires du genre visite de la maison et apéritif. Joseph Reese, qui n'avait pas ôté sa tenue de chauffeur de bus Greyhound, leur offrit une bière qu'Ellis refusa et que Blair accepta. Darlene les poussa dans la salle à manger, où les hommes s'assirent autour d'une table abîmée, échangeant des propos décousus sur la météo et la politique locale.

Comme Blair lui proposait son aide, Darlene l'entraîna dans une cuisine tristement rococo, comme chez Ellis. Mais il y flottait une appétissante odeur de rôti à la cocotte et de quatre-quarts.

— Ça sent divinement bon ! s'exclama Blair.

— J'espère que vous aimerez.

— Je vous aide ?

— Je remplis les assiettes et vous les apportez à la salle à manger.

— D'accord.

Blair regarda Darlene s'affairer dans la pièce. Ellis envisageait-il de se marier avec cette femme charmante et efficace ? Cela paraissait inimaginable.

Quand tout le monde fut servi, Blair s'assit à côté de Malcolm.

Celui-ci saisit sa fourchette, couvant son assiette d'un regard avide. Blair l'imita, mais Joe toussa bruyamment et joignit les mains. Darlene inclina la tête. Ellis fit de même, ostensiblement, tandis que Joe récitait le bénédicité.

— Bien, conclut Darlene. Mangeons.

Les convives s'empressèrent d'obéir, avec des murmures appréciateurs. Darlene demanda à Malcolm comment s'était passée sa journée, le garçon répondait par monosyllabes, sans insolence toutefois.

— C'est drôlement bon, commenta-t-il.

Darlene le remercia, puis se tourna vers Blair.

— J'allais à l'épicerie, et je vous ai vue sortir du poste de police, dit-elle aimablement. J'espère que vous n'avez pas écopé d'une contravention ?

Blair tressaillit, surprise.

— Non…

— Et alors, qu'est-ce que tu fabriquais là-bas ? demanda Ellis d'un ton bourru où perçait néanmoins une pointe de curiosité.

114

— Oh, peu importe, dit Darlene pour éviter une prise de bec entre l'oncle et la nièce. Cela ne nous regarde pas.

Blair planta sa fourchette dans un morceau de rôti. Elle ne voulait pas gâcher le dîner, mais ils avaient tous les yeux braqués sur elle. Après tout, c'était peut-être le bon moment. L'oncle Ellis n'oserait pas piquer une crise devant Darlene et son frère. Et Blair avait l'intuition que Darlene trouverait sa démarche judicieuse. De toute façon, Rebecca Moore ne tarderait pas à publier un article sur l'affaire.

Elle prit une inspiration.

— J'avais une chose importante à dire à la police.

— Ah oui ? fit gentiment Darlene. Et quoi donc ?

Blair sentait le regard d'Ellis vrillé sur elle. Comme s'il savait qu'elle s'apprêtait à dégoupiller une grenade en plein dîner.

— Eh bien, quand Celeste était… à l'agonie, elle a voulu me révéler un secret. Se libérer d'un poids.

Les autres l'observaient en silence. Blair poursuivit :

— Il y a longtemps de cela, Molly Sinclair, qui était ma meilleure amie, fut assassinée dans les bois. Un jeune homme de la région, Adrian Jones, fut inculpé pour meurtre. Il est toujours en prison.

— Ça, on le sait, rétorqua Ellis. Quel rapport avec Celeste ?

— Eh bien, il se trouve qu'Adrian Jones, alias Yusef Muhammed, était en compagnie de Celeste à l'heure du crime. Elle aurait pu lui fournir un alibi, mais elle n'a rien dit à la police.

— Elle n'a rien dit ? répéta Darlene, choquée. Mais pourquoi donc ?

Blair regarda son oncle, assis en face d'elle. Il avait pâli et crispait les doigts sur sa fourchette et son couteau.

— C'est une longue histoire, répondit-elle prudemment. Celeste craignait de s'attirer des ennuis. À l'époque, elle n'était qu'une adolescente.

— Des ennuis de quel ordre ? demanda Darlene. Ils manigançaient quelque chose, tous les deux ?

Blair hésita. C'était l'occasion d'incriminer Ellis, elle faillit la saisir mais au dernier moment, pour une raison mystérieuse, décida de l'épargner.

— Ce garçon avait une réputation de… bon à rien.

— Et comment ont réagi les policiers ? interrogea Darlene.

— Avec une relative indifférence.

Darlene reposa sa fourchette.

— Bon à rien ou pas, c'est injuste.

— Il n'était pas que ça, grommela Ellis.

— Et qu'était-il encore, oncle Ellis ? le défia Blair.

Il contemplait son assiette d'un air mauvais.

— Parle, insista Blair. Dis-nous ce que tu voulais dire.

Darlene observait Ellis avec curiosité.

— C'était un fauteur de troubles, marmonna-t-il.

— Ce n'est pas une raison ! objecta Darlene. Tu te souviens de cette histoire, Joe ?

Celui-ci leva le nez et battit des paupières, comme si on le tirait de son assoupissement.

— Eileen et moi, nous étions absents quand ça s'est

passé. Nous faisions une retraite spirituelle. Mais évidemment, nous en avons entendu parler à notre retour. En ville, on ne parlait même que de ça. La fille Sinclair n'était qu'une gamine.

Malcolm, qui n'avait pas pipé mot jusque-là, prit brusquement la parole.

— Ça veut dire que ce type va sortir de prison, puisqu'il n'a rien fait ?

— Je l'espère, répondit Blair. Sincèrement. Rebecca Moore, qui travaille pour le journal local, s'intéresse à l'affaire. Nous voulons faire rouvrir le dossier.

— Souhaitons que vous réussissiez, dit Darlene. En tout cas, vous aviez effectivement quelque chose d'important à faire aujourd'hui.

Blair lança un coup d'œil à Ellis, toujours plongé dans la contemplation de son assiette.

— Effectivement.

La soirée s'acheva sitôt le quatre-quarts servi et dévoré. Blair rentra chez son oncle. Elle descendait de voiture quand son téléphone sonna. C'était Eric, son assistant. Il s'excusait de la déranger, mais il n'avait pas le choix. L'équipe chirurgicale et la direction de l'hôpital universitaire Hahneman, que leur produit intéressait beaucoup, désiraient rencontrer les associés le lendemain. Or personne ne maîtrisait le procédé d'impression 3D aussi bien que Blair. Ils avaient besoin d'elle, dit-il, se répandant encore en excuses.

Blair le rassura.

— Je comprends et, bien sûr, je serai là. Dis aux autres qu'ils peuvent compter sur moi.

Elle pénétrait dans la maison quand Ellis cria à Malcolm :

— Monte dans ta chambre !

— Mais je veux en savoir plus sur le meurtre, protesta Malcolm. J'attends tante Blair.

— Tu m'obéis !

Blair entendit Malcolm, traînant les pieds, gravir les marches de l'escalier. Elle entra dans la cuisine.

— Tu avais prévu de m'en parler à quel moment ? lui lança Ellis, outré.

— Te parler de quoi ? susurra-t-elle.

— De Celeste. Et de cette prétendue confession.

— Eh bien, je t'en ai parlé ce soir.

— Tu as tout inventé !

— Non, bien sûr que non.

— Alors maintenant, tu prétends que Celeste était mêlée à cette affaire, qu'elle avait une relation avec ce nèg...

Blair l'interrompit d'un geste.

— S'il te plaît.

— Elle couchait avec ce voyou...

— Je n'ai pas dit ça. Je ne sais rien de leur... amitié. Mais elle était avec lui, dans sa voiture. Elle me l'a affirmé. Et si elle a gardé le silence si longtemps, tu en es responsable. Elle avait trop peur de dire la vérité au sujet d'Adrian, connaissant tes préjugés. Au lieu de me crier dessus, tu devrais faire ton mea-culpa.

— Tu m'accuses ? tonna-t-il.

— Oui, absolument. Celeste a permis qu'on envoie

un innocent en prison pour ne pas avoir à t'avouer qu'elle fréquentait un Noir.

Blair secoua la tête.

— C'est écœurant.

— Tu as raconté tous ces mensonges à une journaliste ? Notre vie va être étalée sur la place publique.

— Un innocent croupit en prison à cause de ce qui se passait dans cette maison. Il est grand temps que la vérité éclate.

— Je ne crois pas que Celeste t'ait dit une chose pareille. Je crois que tu mens.

— Pourquoi mentirais-je ?

— Pour attirer l'attention sur toi, comme toujours !

Blair sursauta, comme s'il lui avait lancé un seau d'eau à la figure.

— Quand ai-je réussi à attirer ton attention ?

À cet instant, la sonnerie du téléphone fixe retentit, les surprenant tous les deux. Blair, qui était à côté de l'appareil, décrocha.

C'était Rebecca Moore.

— Comment avez-vous eu ce numéro ?

— Il est dans l'annuaire. Et je suis journaliste.

— Oui, bien sûr, excusez-moi. Que se passe-t-il ?

— J'ai appelé Yusef Muhammed. Demain, je lui rends visite en prison. J'ai pensé que vous voudriez m'accompagner.

— Inutile de vous déplacer, vous n'aurez droit qu'à un entretien sur Skype.

— Non, c'est déjà réglé, j'ai l'autorisation de lui parler en tête à tête.

— Cela doit impérativement avoir lieu demain ? Je suis obligée d'aller à Philadelphie.

— Il faut battre le fer tant qu'il est chaud, il n'y a pas de temps à perdre.

Blair hésitait, tiraillée.

— Demain, je ne peux vraiment pas. J'ai une réunion très importante pour ma boîte.

— Je n'ai pas besoin de vous pour faire mon travail. Je vous ai appelée par courtoisie.

— Je vous remercie en tout cas d'avoir fait si vite. Comment était Muhammed quand vous lui avez parlé ?

— Grincheux. Soupçonneux.

— Ça lui ressemble bien.

— J'ai besoin du téléphone, intervint tout à coup Ellis.

Blair leva les yeux au ciel.

— Je vous laisse, dit-elle à Rebecca. Je vous rappellerai à mon retour. Merci encore, Rebecca.

Dès qu'elle eut raccroché, Ellis exigea de savoir qui était à l'autre bout du fil.

— La journaliste à qui j'ai parlé de la confession de Celeste. Elle s'est mise au travail. Pour sortir Yusef Muhammed de prison.

— Je ne veux plus qu'elle appelle ici.

Blair soutint son regard sans ciller.

— Eh oui, il y a beaucoup de choses dont tu ne veux pas. Bienvenue dans le nouveau monde, mon cher.

Sur quoi, elle lui tourna le dos et quitta la pièce.

10

Blair était fatiguée lorsqu'elle rentra à Yorkville. La réunion avec les médecins, à l'hôpital Hahneman, avait été dans l'ensemble fructueuse, mais pas décisive. De l'avis de tous, il faudrait encore discuter, apporter des réponses à certaines questions.

Si se retrouver au bureau, travailler avec ses associés, être de nouveau appréciée pour ses compétences et ses idées l'avait réconfortée, revenir à Yorkville la replongeait dans le deuil et le sentiment d'être rabaissée et mal aimée.

Elle pénétra dans la maison, passa devant le salon. L'oncle Ellis ne détourna même pas les yeux de la télé lorsqu'elle lui dit bonjour.

— Oui, moi aussi je suis contente de te voir, marmonna-t-elle.

Elle alla dans la cuisine. Pas de Malcolm. Elle faillit demander à Ellis où il était, se ravisa. Ça risquait de le mettre en colère. Elle voulait juste manger un morceau et monter se coucher. Des restes des plats apportés par les voisins traînaient encore dans le réfrigérateur, bons à mettre à la poubelle. À part ça, il n'y avait guère que du beurre de cacahuètes. Elle regretta de n'avoir pas dîné à Philadelphie. Elle pourrait se coucher le ventre vide, mais pourquoi se punir ?

Et merde ! Je sors.

Elle resta un instant au volant, à réfléchir. À Philadelphie, il lui arrivait souvent de dîner seule, et cela paraissait normal. Mais à Yorkville, elle serait la cible de tous les regards.

Saisissant son téléphone, elle rédigea un message.

Je suis de retour et je vais manger un morceau à...

Elle n'avait pas l'intention d'éviter éternellement les parents de Molly. Après tout, elle n'avait rien fait de mal.

... à L'Après-Ski. Comment s'est passée votre entre-vue avec Muhammed ?

Elle envoya le texto à Rebecca Moore et démarra. Elle espérait que la journaliste la rejoindrait, ne fut-ce que pour boire un verre. Dans d'autres circonstances, elles ne copineraient peut-être pas, mais à Yorkville, Rebecca semblait elle aussi solitaire.

Il n'y avait pas foule dans la salle de restaurant. Blair jeta un coup d'œil du côté des cuisines – les Sinclair n'étaient apparemment pas là. On lui donna une table près de la vitrine, elle s'installa face à l'entrée, commanda une bière à la serveuse, puis regarda si elle avait reçu une réponse à son texto.

Rien. Rebecca avait-elle avancé pendant son

absence ? Elle devrait probablement attendre le lendemain pour en savoir plus. Elle jeta un coup d'œil circulaire. Quelques couples étaient attablés dans la salle, des jeunes gens bavardaient au bar. Ils s'amusaient.

Blair avait parfois le sentiment de ne s'être jamais amusée ou presque. Quand elle ne travaillait pas, elle était seule. Elle avait une vie bien remplie, bien organisée. Mais amusante… ?

La serveuse lui apporta son verre et prit sa commande. Blair sirota sa bière, les yeux rivés sur l'entrée. Brusquement, elle décida de lancer une recherche sur Google – elle avait omis de se renseigner sur Rebecca, or son étrange alliée l'intriguait.

Elle tomba d'abord sur des photos. Une tout autre Rebecca, élégante et apprêtée pour les caméras, arborant un grand sourire charmeur. Très différente de la fille pas maquillée et aux cheveux gras. On la voyait dans des robes moulantes et même en robe du soir. Sexy. Chic. Que lui était-il arrivé ? se demanda Blair. Comment une présentatrice de journal télévisé qui avait le vent en poupe avait-elle atterri dans un quotidien local pas très dynamique ?

Soudain, elle sursauta – on toquait à la vitre. Elle tourna la tête. Rebecca Moore était là, pointant le doigt vers la porte d'un air interrogateur. Blair se sentit rougir, craignant que Rebecca ne distingue ses photos sur l'écran du téléphone. Elle s'empressa de les faire disparaître et hocha la tête pour dire : oui, venez.

Lorsque Rebecca atteignit la table, Blair avait repris contenance et glissé le téléphone dans sa poche. La journaliste s'assit en face d'elle et, sans se donner la peine de dire bonjour, chercha la serveuse des yeux. Elle lui commanda une bière.

— Deux, dit Blair.

— Alors, c'était comment à Philadelphie?

Une question pour la forme.

— Bien. Et l'entretien avec Muhammed?

Rebecca, qui n'attendait que cela, se lança dans le récit détaillé, interminable, de la rencontre. Heureusement que Blair était plus que concernée par le sujet.

— En résumé, si on croit Celeste sur parole…

— Et on la croit, coupa Blair.

— … cela signifie que quelqu'un d'autre a tué la petite Sinclair.

Blair détesta cette façon de parler de Molly, ce ton condescendant et dédaigneux. Mais elle préféra ne pas relever.

— Il est important, à mon avis, d'élaborer une théorie de rechange sur le crime. J'avais donc fait une recherche sur les faits divers similaires, dans la région, à l'époque de la mort de cette gamine. Pour montrer à Muhammed que je prenais les choses au sérieux. Et que j'étais réellement de son côté.

— C'était une bonne idée.

— J'ai vu qu'il appréciait. Il s'est démené, il a étudié le droit, déposé de multiples demandes de révision de son procès. Mais pendant toutes ces années, il lui a manqué un champion, au-dehors, pour défendre sa cause. La solitude, en prison, ça vous anéantit.

Rebecca semblait avoir une certaine compréhension des motivations qui animaient les êtres. C'était une qualité que Blair appréciait chez elle et qui avait dû contribuer à sa spectaculaire ascension dans l'univers des médias.

— Et vos recherches ont été fructueuses ?

Fourrageant dans son sac, Rebecca en sortit des documents qu'elle posa sur la table.

— Je savais qu'on me confisquerait mon téléphone avant l'entretien, alors j'ai imprimé les documents. Jetez-y un œil.

— Je me demande bien pourquoi vous avez eu l'autorisation de lui parler en tête à tête et pas moi. Ils m'ont dit que seuls les avocats et les prêtres pouvaient, s'ils en faisaient la demande, voir les détenus.

Rebecca haussa les épaules en souriant.

— Franchement ? Mon oncle est le directeur de la prison. Il me considère toujours comme une star de la télé. Comme beaucoup de gens dans le coin. Bref, je lui ai téléphoné.

La serveuse leur apporta leurs bières, tandis que Blair étudiait les coupures de presse. Elle fronça les sourcils.

— Ces crimes n'ont pas vraiment de points communs avec le meurtre de Molly. Une ado qui dit avoir été violée par son voisin, dont la femme jure qu'à ce moment-là il dormait à côté d'elle. Une lycéenne qui avait une « histoire » avec son entraîneur de natation, lequel n'a pas été inculpé mais a perdu son job. Une fugueuse dont on n'a eu aucune nouvelle en quinze ans.

Son frère s'était engagé dans l'armée, à son retour il a découvert que sa sœur avait disparu. C'est lui qui a finalement alerté la police. La mère avait mis sa fille à la porte sous prétexte qu'elle essayait de lui chiper son petit ami. Alors que, vraisemblablement, cette gamine était victime du fameux petit ami. Seigneur, ce que les gens peuvent être tordus…

Blair secoua la tête.

— Mais je ne vois pas vraiment le rapport.

— Je cherchais un *modus operandi*. Un type qui s'attaquerait à de très jeunes filles.

— Si je me souviens bien, en ce qui concerne Molly, il n'y a pas eu viol.

— Je sais, et c'est surprenant. Il m'aurait paru plus logique que ce meurtre ait une connotation sexuelle.

— Ce n'est pas le cas.

Molly et Blair étaient tellement candides, à l'époque. Les garçons étaient des aliens qui alimentaient leurs rêveries romantiques. Le sexe, sur Internet, leur paraissait assez excitant, mais aussi bizarre et effrayant.

— Oui, il n'y a pas trace d'agression sexuelle. Elle a pourtant été tuée par un coup violent porté par un individu doté d'une grande force physique. Il ne s'agissait pas d'un accident.

— En effet, acquiesça Blair, s'efforçant de raisonner objectivement. On ne lui a rien volé. Elle n'a pas été violée. Alors pourquoi l'a-t-on tuée ?

— Et que faisait-elle à cet endroit ? D'après Yusef Muhammed, votre sœur et lui l'ont ramenée et déposée devant chez elle.

— Il n'a aucune raison de mentir sur ce point.

— Du moins pas à notre connaissance.

— Il est catégorique ? Ils l'ont déposée devant chez elle ?

Rebecca but une gorgée de bière.

— Donc, si c'est vrai, qu'est-il arrivé à Molly ? reprit-elle.

— Il a une théorie ?

— Muhammed ? Sa théorie, c'est que tout le monde voulait le coincer. Là-dessus, il est vraiment gonflant.

— Vous réagiriez autrement, à sa place ?

— Sans doute pas. Ce pauvre type est enfermé depuis quinze ans pour un crime qu'il n'a pas commis. Un seul mot de votre chère sœur défunte, et sa vie aurait été changée. Comment a-t-elle pu le laisser moisir en prison pendant tout ce temps ?

Blair n'avait malheureusement pas de réponse satisfaisante.

— La question, maintenant, c'est Molly… Si Muhammed ne l'a pas tuée, qui est le meurtrier ?

À cet instant, Blair sentit quelqu'un dans son dos – que Rebecca dévisageait.

— On peut vous aider ? lança-t-elle. Nous sommes en train de discuter.

— Je suis surprise de te voir ici, Blair.

Celle-ci se retourna vivement. C'était Janet Sinclair, la mine grave.

— Janet…, bredouilla Blair, dissimulant son anxiété. Permettez-moi de vous présenter Rebecca

Moore. Elle est journaliste, elle travaille pour le quotidien local. Rebecca, voici la mère de Molly.

Imperturbable, Rebecca tendit la main.

— Enchantée de vous connaître. Désolée pour le… enfin, pour… Molly.

Janet regardait la main de Rebecca. Blair soupira.

— Si vous voulez que nous partions…

— Non, répondit Janet. Au contraire, je veux que vous restiez.

11

Fixant sur Blair son regard troublé, Janet se frotta le front comme si elle avait mal à la tête.

— J'ai beaucoup réfléchi depuis l'autre soir. Envisager une autre explication, après toutes ces années, est extrêmement difficile pour moi. Mais une question m'obsède : pourquoi Celeste aurait-elle menti ?

Le soulagement submergea Blair. Janet l'avait écoutée. Et elle l'avait entendue.

— C'est ce que j'essayais de vous dire. Celeste n'avait aucune raison de mentir. Pas à ce moment-là. Par conséquent, ce que nous pensions être la vérité, pendant toutes ces années...

— ... ne l'était pas.

— Après vous avoir vus, je suis allée à la police. Je leur ai répété les paroles de Celeste, mais ils refusent de rouvrir le dossier. Ne sachant plus vers qui me tourner, j'ai décidé d'alerter la presse. Rebecca m'a offert son aide.

Janet tremblait. Blair tira une chaise et l'invita à s'asseoir.

— Votre version des faits nous serait très utile.

Janet soupira, s'essuya les yeux et, après une hésitation, s'assit entre elles. Rebecca lança à Blair un regard triomphant qui la fit frémir.

— Tu nous as pris par surprise, l'autre soir, dit Janet. Je n'avais aucune envie d'entendre ça. Avant que tu nous racontes la confession de Celeste, j'avais au moins le sentiment qu'on avait rendu justice à ma fille. Maintenant, je ne sais plus quoi penser.

Comme Rebecca ouvrait la bouche, Blair lui décocha un coup d'œil lui intimant clairement de se taire.

— En gardant ce secret si longtemps, dit-elle avec douceur, ma sœur a commis une terrible faute.

— Mais pourquoi, à l'époque, n'a-t-elle pas dit la vérité, tout simplement? se plaignit Janet.

— Nous n'aurons jamais la réponse à cette question.

Janet extirpa un Kleenex de sa poche, se tamponna le nez.

— Tu sais, c'est toujours la mère de ce garçon, Lucille, qui confectionne nos tartes.

— La mère de Yusef, précisa Blair. Oui, je connais Lucille. Un jour, après l'école, comme vous aviez dû vous absenter pour le travail, Molly et moi sommes allées chez elle. Elle nous a donné de la tarte.

Blair se rappelait encore le visage las de cette femme noire que par la suite elle avait toujours considérée comme la mère de l'assassin de Molly.

— Elle doit me mettre dans le même sac que ma

sœur, celle qui a démenti l'alibi de son fils. Pourtant, elle me salue toujours quand il m'arrive de la croiser.

Janet hocha la tête.

— Lucille a bon cœur. Yusef – Adrian, à l'époque – venait parfois nous livrer notre commande, quand Lucille n'avait pas le temps. Il s'arrêtait un moment pour bavarder. Il connaissait Molly. Ç'a été encore plus atroce pour nous.

Janet s'interrompit, le regard lointain, semblant scruter le passé.

— Lucille ne voulait plus travailler pour nous, lorsqu'on a arrêté son fils pour le meurtre de notre fille. Elle disait qu'elle ne pourrait plus nous regarder en face. Nous avons failli nous incliner. Puis nous avons pensé que ce n'était pas bien. Nous n'avions rien à reprocher à Lucille. Alors nous lui avons proposé de poursuivre notre collaboration.

— C'est l'image que j'ai de vous, commenta Blair. Des gens qui accordent à chacun le bénéfice du doute.

— Tu ne dirais pas ça si tu m'avais vue cet après-midi. Quand Lucille nous a livré les tartes pour la semaine, elle ne touchait plus terre. Yusef allait enfin obtenir justice, alléluia. Et moi, j'avais une envie folle de…

Janet essuya une larme.

— … de l'insulter. C'était minable, j'en avais conscience. Elle était heureuse et pleine d'espoir pour son fils, naturellement. Mais ça m'a rendue furieuse…

— C'est normal, rétorqua Blair. Mais vous savez, Janet, nous ne voulons que la justice. Pour Molly. Et pour Yusef. Nous voulons que le véritable assassin de Molly soit puni. Maintenant, c'est le plus important. C'est tout ce qui compte.

— Il est trop tard, murmura Janet d'un ton plaintif. Celui qui a fait ça a disparu depuis longtemps. Les preuves contre lui sont détruites. Il s'en est sorti, et on n'y peut plus rien.

— Ce n'est pas certain, rétorqua Rebecca. Parfois, quand on réexamine une affaire à la lumière d'un élément nouveau, on voit les choses différemment.

Janet haussa les épaules d'un air peu convaincu.

— Essayons de… repasser le film de cette journée, suggéra Rebecca. D'après Muhammed, Celeste et lui ont fait monter votre fille dans la voiture parce qu'il pleuvait. Ils l'ont reconduite chez vous. Pourtant, on l'a retrouvée dans les bois. On se pose donc la question suivante : pourquoi est-elle retournée dans la forêt, sous une pluie battante, alors qu'on l'avait déposée chez elle ?

— Je n'en ai aucune idée, soupira Janet avec désespoir.

— Je suis désolée, Janet, intervint Blair. Je sais que c'est douloureux pour vous…

Janet secoua la tête.

— Non, non, ça va. Pour le fils de Lucille, il n'y a pas de temps à perdre. Que voulez-vous savoir ?

— Tout, répondit Rebecca en se penchant vers elle. Les tâches quotidiennes de Molly. Ses habitudes. Qu'y a-t-il eu de différent ce jour-là ?

— Moi, je peux vous dire une chose, déclara Blair.

Cet après-midi-là, elle n'était pas censée rentrer chez elle. Après les cours, nous avons pris le bus ensemble pour aller chez moi. Elle devait rester pour dîner, parce que ses parents étaient à Philadelphie. Si je me souviens bien, vous ne vouliez pas qu'elle reste seule à la maison. Il y avait des problèmes avec des voisins…

Janet plissa le front, fouillant sa mémoire.

— Ah, tu parles de ce type qui habitait un peu plus loin sur la route. Knoedler. Je ne me rappelle plus son prénom. Quand il avait bu, il frappait sa femme et ses enfants. Il n'aurait sans doute pas été violent envers une personne étrangère à sa famille, mais parfois on entendait un raffut épouvantable venant de cette maison. La police avait débarqué à plusieurs reprises. Je pensais que si Molly était seule et que ça recommençait, elle aurait peur.

— Nous étions en train de nous amuser, continua Blair, quand mon oncle est arrivé. Il a fait du raffut, lui aussi. Il était furieux contre moi, il m'a incendiée. Pour une raison que j'ai oubliée. De toute manière, il ne lui en fallait pas beaucoup pour piquer une crise. Molly a pris ma défense.

— Elle était comme ça, dit Janet. Je me demandais toujours d'où lui venait cette assurance.

— Elle n'avait peur de rien, renchérit Blair. J'aurais tellement aimé lui ressembler.

Janet sourit, s'animant au souvenir de sa fille.

— Elle était née comme ça. La plupart des filles de son âge sont timides, pas Molly. Elle était inflexible.

— C'est vrai. Je l'admirais immensément pour ça.

Rebecca commençait à s'impatienter.

— Et alors… ?

— Molly a déclaré à mon oncle qu'il était injuste avec moi. Du coup, il lui a ordonné de partir. Molly a pris ses affaires, et elle est sortie. Je voulais l'accompagner, mais… je n'étais pas aussi courageuse qu'elle. J'avais peur de lui.

— Tu vivais chez lui, rétorqua gentiment Janet. Tu n'avais pas le choix.

— Elle a donc quitté la maison de votre oncle, enchaîna Rebecca. Nous savons maintenant que Muhammed s'est arrêté et a proposé de la ramener. Muhammed et Celeste. Et nous savons qu'après être rentrée, Molly est ressortie et retournée dans les bois. Pourquoi ? Quand vous êtes revenus, avez-vous vu ses affaires ? Son sac à dos ou son cartable ?

Janet fronça les sourcils.

— Non… À l'époque, il a affirmé l'avoir ramenée, mais personne ne l'a cru parce qu'elle n'est pas entrée dans la maison. Et qu'on a retrouvé son sac à dos dans les bois, par terre, pas loin de… de son corps…

— Mais à présent nous avons la certitude qu'il l'a bien reconduite chez vous. Par conséquent, pourquoi n'est-elle pas entrée dans la maison ? C'est vraiment bizarre.

Janet secoua de nouveau la tête d'un air accablé.

— Je n'en sais rien.

— Quelqu'un lui a peut-être téléphoné ? suggéra Rebecca. Pour lui demander de le rejoindre ?

— Non… On a retrouvé son téléphone dans la

voiture de Muhammed. Entre les sièges. Il a dû tomber de son sac pendant le trajet.

— Et si elle était ressortie pour le chercher ? hasarda Blair.

— À quoi bon ? objecta Rebecca. Elle devait bien se douter qu'il était dans la voiture de Muhammed.

— À moins qu'elle ait pensé l'avoir laissé chez moi. Elle revenait peut-être le récupérer.

Rebecca sourcilla, sceptique.

— Elle aurait pu vous appeler depuis son téléphone fixe pour vous poser la question. Vous avez un téléphone fixe ? demanda-t-elle à Janet.

— À l'époque, oui.

— Cela exclut l'hypothèse qu'elle soit retournée chez Blair. Que faisait Molly, en principe, quand elle rentrait du collège ?

— Eh bien… elle enlevait son manteau, elle buvait ou mangeait quelque chose… Mais ce jour-là, il n'y avait pas de vaisselle sale dans l'évier.

Blair rameutait ses souvenirs de cette journée fatidique. Sa meilleure amie et elle bavardant et essayant un nouveau vernis à ongles. Sans se douter un instant de ce qu'il allait advenir. De quoi parlaient-elles ? Des cours. Des garçons qui leur plaisaient bien. De la colonie de vacances.

Soudain, Blair eut une illumination.

— Son chien.

— Oui ! s'exclama Janet. Tu as raison. Nous avons eu la certitude que Molly n'était pas entrée dans la maison à cause de la chienne. Pippa n'était pas encore propre. En partant le matin, nous l'avions installée au sous-sol et nous avions fermé la porte. Mais si Molly était entrée, elle l'aurait délivrée immédiatement. Elle lui aurait mis sa laisse et l'aurait emmenée faire un tour. Avant toute chose. Et elle l'aurait gardée avec elle, à l'étage. À notre retour, cette nuit-là, Pippa était toujours au sous-sol, en train d'aboyer frénétiquement.

Blair et Rebecca échangèrent un regard.

— À ce moment-là, je n'y ai pas prêté attention, ajouta tristement Janet. La police nous avait déjà prévenus qu'ils avaient… trouvé Molly… dans les bois.

— Mais si Muhammed l'a déposée devant la maison…, dit Blair.

Rebecca fit non de la tête.

— Il a affirmé, me semble-t-il, l'avoir déposée au bout de l'allée.

— Je crois qu'il faut lui reposer la question, rétorqua Blair. Car entre le moment où il a laissé Molly, et avant qu'elle puisse entrer dans la maison…

— Elle est morte, gémit Janet. Elle est morte.

12

Blair et Rebecca gardèrent le silence, émues par le chagrin d'une mère, intact malgré les années.

Ce fut Rebecca qui reprit la parole :

— Nous devons savoir à quel endroit exactement il l'a déposée, et ce qui s'est passé pendant le laps de temps qu'il a fallu à Molly pour remonter l'allée jusqu'à votre maison.

— Nous ne le saurons jamais, quinze ans après, c'est impossible, objecta Janet.

Blair regarda Rebecca, devinant ce qu'elle pensait : ce n'était pas impossible, mais à rester assises là, elles n'avanceraient pas. Soudain, elle fut profondément reconnaissante à la journaliste de s'impliquer ainsi dans cette histoire.

Janet lui saisit la main avec une douceur et une affection surprenantes.

— Merci, Blair. Sincèrement. Robbie et moi avons été très durs avec toi l'autre jour, je le regrette. C'est pour Molly que tu fais tout cela, j'en suis consciente.

— Je ne la laisserai pas tomber…

Janet garda un moment la main de Blair dans la sienne puis, avec un soupir, se leva.

— Bon, il faut que je retourne en cuisine. Si je peux être utile d'une manière ou d'une autre…

— Nous ferons appel à vous, dit Blair. Ne vous inquiétez pas.

— L'assassin de ma fille…

Comme les larmes lui montaient aux yeux, Janet se mordit les lèvres.

— Je croyais le connaître. Mais à présent… j'ai besoin de savoir.

— Dites-le à la police, intervint Rebecca. Si la mère de Molly demandait à ce qu'on reprenne l'enquête, ça nous rendrait service.

— Tous ces policiers ont travaillé jour et nuit. Ils se sont démenés pour nous.

— Ils ont contribué à la condamnation d'un innocent, rétorqua Rebecca d'un ton catégorique.

— Ce n'est pas à moi de leur dire ça. Pas sans preuves.

— Ne vous inquiétez pas, Janet, la rassura Blair. Nous nous en chargerons.

— Je suis désolée. Je veux la vérité…

La voix de Janet se brisa. Baissant la tête, elle se dirigea vers les cuisines.

Blair se tourna vers Rebecca.

— Qu'est-ce qui vous prend ?

— Pourquoi ? Si elle parlait aux policiers, ils seraient peut-être un peu plus coopératifs. Ce qui nous arrangerait.

— Nous n'avons que la déclaration de Celeste, qu'ils ont d'emblée écartée, et une foule de questions. Ils ne bougeront pas.

— Sur ce point, vous avez raison.

— Alors comment découvrir ce qui s'est passé durant les quelques minutes cruciales où Molly remontait l'allée ?

Rebecca but sa bière et reposa le verre sur la table.

— Nous continuerons à poser des questions jusqu'à ce que nous trouvions quelqu'un qui connaisse la réponse.

— Il y a forcément quelqu'un qui la connaît.

Rebecca darda sur elle un regard froid.

— Oui, le meurtrier.

Blair hocha la tête et finit elle aussi sa bière.

— Effectivement. Dites-moi par où commencer.

Il était tard lorsque Blair rentra à la maison. Ellis et Malcolm étaient couchés. De crainte de les réveiller, elle monta l'escalier sur la pointe des pieds, prit une douche et réussit à se faufiler dans sa chambre sans alerter personne. Elle se glissa sous ses couvertures et s'endormit aussitôt – la journée avait été longue.

Elle fut réveillée par des coups frappés à la porte d'entrée, en bas, et constata avec surprise que c'était le matin. Un matin blafard, mais tout de même. Elle regarda l'heure, s'aperçut qu'elle avait oublié de mettre le réveil.

— Je viens ! cria-t-elle en enfilant son peignoir.

Elle passa les doigts dans ses cheveux ébouriffés et descendit l'escalier quatre à quatre.

Amanda, Peter et Zach se tenaient sur le perron.

— Oh, excuse-nous, fit Amanda. On te réveille.

— Ce n'est pas grave.

Amanda décocha un regard de reproche à son mari.

— On aurait dû téléphoner, je te l'avais dit.

— Mais non, tout va bien. Simplement, j'étais exténuée. Il s'est passé tellement de choses… Entrez. Qu'est-ce qui vous amène ?

— Eh bien, répondit Amanda, on va louer un quad pour faire une balade en montagne. Tu crois que Malcolm aurait envie de venir avec nous ?

— Cela lui plairait certainement.

Blair jeta un coup d'œil au-dehors. Le pick-up d'Ellis n'était plus là.

— Je vais l'appeler, ajouta-t-elle.

Serrant la ceinture de son peignoir, elle se campa au pied de l'escalier.

— Malcolm !

Celui-ci sortit de sa chambre et, l'air ensommeillé, se pencha par-dessus la balustrade.

— Quoi ?

— Les Tucker sont là. Ils vont louer un quad et ils proposent de t'emmener. Ça te dit ?

— Cool, c'est génial.

— Dépêche-toi de t'habiller. Il faut que tu prennes ton petit déjeuner avant de partir.

Tandis que Malcolm se précipitait, Blair fit entrer les Tucker au salon.

— Il s'habille et il déjeune.

— Nous pensions nous arrêter en chemin pour prendre le petit déjeuner.

— Je peux monter dans la chambre de Malcolm ? demanda Zach qui se dandinait d'un pied sur l'autre avec impatience.

Amanda regarda Blair.

— Bien sûr, répondit cette dernière. Tu n'as qu'à frapper à sa porte.

Elle invita d'un geste Amanda et Peter à prendre place sur le canapé défoncé. Elle-même s'assit tout au bord du fauteuil d'Ellis.

— Vous êtes gentils d'emmener Malcolm en balade.

— On s'est dit que ça l'amuserait. Que ça lui changerait les idées.

— Certainement.

Un silence gêné s'installa.

— Comment vas-tu ? demanda Amanda.

— Ça va. Et vous ?

Amanda hésita, esquissa une grimace.

— J'ai pensé que… nous devrions décider d'une date pour… pour prendre Malcolm chez nous avec ses affaires.

Blair tira ses cheveux en arrière, pêcha un chouchou dans sa poche et se fit une queue-de-cheval.

— Il faut que je prépare mon oncle à ce départ.

Peter et Amanda échangèrent un coup d'œil inquiet.

— Il va s'y opposer ? demanda Peter. Tout est en règle et…

— Et il sera bien obligé de s'incliner devant le fait accompli.

— Je préférerais que les choses se passent autrement, dit Amanda. Malcolm n'a vraiment pas besoin que les adultes se disputent à cause de lui. Ce sera déjà suffisamment difficile pour lui de s'adapter…

— J'en reparlerai à Ellis aujourd'hui, promit Blair. J'ai l'impression qu'il m'évite. Et j'ai… d'autres problèmes à régler. Mais je vais tout remettre à plat avec lui. Quand voulez-vous que Malcolm s'installe chez vous ?

— Peut-être… pour Thanksgiving ? répondit Amanda d'un ton d'excuse. Il aurait un week-end prolongé pour prendre ses marques, et puis c'est un moment joyeux de l'année. Nous pourrions inviter Ellis à notre repas de fête.

— Vous n'y êtes pas obligés.

— Toi aussi, Blair, tu es invitée. Je veux que nous formions une famille.

Le premier réflexe de Blair fut de refuser. Les fêtes l'angoissaient. On ne les avait jamais célébrées chez l'oncle Ellis, et elle ne savait pas comment on se comportait dans ces circonstances. Mais elle se remémora sa promesse à Celeste d'être présente dans la vie de Malcolm. Ce serait son premier Thanksgiving dans son nouveau foyer, il aurait peut-être besoin d'avoir sa famille à ses côtés.

— Je serai là, bien sûr. Merci.

— Chacun apporte quelque chose, précisa Amanda avec enthousiasme.

— Je ne suis pas bonne cuisinière, je te préviens.

— Tu n'auras qu'à apporter du vin, suggéra Peter.

Blair lui sourit – il était tellement gentil.

— Marché conclu, dit-elle.

On entendit les garçons dévaler l'escalier. Zach apparut, tirant Malcolm qui parut tout à coup pris d'un accès de timidité.

— Salut, tatie Manda, tonton Pete, marmonna-t-il.

— Tu as tout ce qu'il te faut ? interrogea Blair.

Répondre à une question banale le soulagea visiblement.

— Ouais, je suis prêt.

Blair éprouva soudain pour lui une tendresse poignante.

— Viens là, lui dit-elle. Fais-moi un bisou.

Les yeux de Malcolm s'arrondirent, mais il s'approcha et lui entoura les épaules de son bras.

— Amuse-toi bien, lui murmura Blair.

— Attendez, je fais une photo, dit Amanda. Un petit sourire…

Blair faillit protester, mais Malcolm tourna la tête pour regarder le téléphone. Amanda prit quelques clichés, et Blair remarqua qu'il ne retirait pas son bras. Être photographiée en peignoir la gênait, elle ne fit cependant pas d'histoires, d'autant qu'elle n'avait pas de photo récente d'elle avec son neveu.

— Tu me les enverras sur mon téléphone ?

— Je le fais tout de suite, répondit Amanda.

Frappant dans ses mains, Peter se leva.

— Prêt pour la randonnée ?

Malcolm acquiesça.

— Alors on y va.

— On fait la course ! dit Zach.

Il se rua vers la porte, Malcolm sur ses talons.

Blair et Amanda s'embrassèrent gauchement.

— Merci pour lui, dit Blair.

— Tu n'as plus qu'à retourner dormir, sourit Amanda.

— Non, pas aujourd'hui.

— Tu as d'autres plans ?

Blair hésita. Elle ne tenait pas à parler de ça. Elle sortit sur la véranda, frissonnant dans son peignoir, et respira à pleins poumons l'air froid du matin.

— J'ai des courses à faire, dit-elle.

Elle ramassa le journal, encore sous blister, gisant sur le perron et le fourra sous son bras. Amanda et Peter montèrent dans leur SUV. Les garçons étaient déjà installés sur la banquette arrière, pressés de partir.

Blair leur fit au revoir de la main.

— Amusez-vous bien !

Tandis que le 4 × 4 s'éloignait, elle déchira le blister pour déplier le journal. Une photo de classe de Molly était à la une, surmontée d'un titre et de la signature de Rebecca… QUI A TUÉ MOLLY SINCLAIR ?

Sous la photo, un autre titre en plus petits caractères : *La confession d'une mourante, faite à sa sœur, jette le doute sur la culpabilité d'un homme. A-t-il passé quinze ans en prison pour un crime qu'il n'a pas commis ?* En dessous, on voyait une photo de Blair, datant de l'année où elle avait obtenu son diplôme d'études supérieures. À l'époque, l'université l'avait envoyée au journal qui voulait la publier.

Découvrir son visage en première page fut un choc. Ça alors… Rebecca était journaliste, certes, et Blair n'ignorait pas que toute cette histoire se retrouverait dans le journal, pourtant elle se sentait trahie. Prise au dépourvu.

C'était trop tôt. Elles n'avaient pas suffisamment d'éléments nouveaux. Resserrant frileusement son peignoir, elle rentra pour lire l'article. Elle refermait la porte quand le téléphone sonna.

— Pourrais-je parler à Blair Butler?

— C'est moi.

— Ici WRYV, la station de radio. Vous auriez un commentaire sur l'article du *Yorkville County Clarion* de ce matin?

— Non, pas maintenant.

Blair raccrocha brutalement et prit son portable dans la poche de son peignoir. Elle commença à rédiger un texto pour Rebecca. Tout cela était trop précipité. Trop peu concret.

La une? Il nous faut discuter. Poser quelques règles de base. Le plus vite possible.

La réponse, un rien dédaigneuse, fut immédiate. *On se voit plus tard. Suis au téléphone.*

Elle n'éprouve pas une once de remords, pensa Blair. Mais pourquoi se sentirait-elle coupable? Hier soir, elles avaient énuméré les gens à qui elles devaient parler pour essayer de reconstituer les dernières minutes de la vie de Molly. Et Rebecca était déjà au travail.

Elle a raison, admit Blair. Pourquoi me présente-rait-elle des excuses ? On ne peut pas exiger d'une journaliste qu'elle n'écrive pas d'article.

Que cela lui plaise ou non, l'affaire était désormais sur la place publique. Blair courut s'habiller. Elle avait son propre rôle à jouer dans cette enquête et, puisque Malcolm était avec les Tucker, la journée entière pour le faire.

13

— Au bout de l'allée, grommela Yusef Muhammed. Elle m'a dit de la laisser là.

Blair en prit note dans son carnet, tout en gardant un œil sur l'écran de son iPad.

— Vous n'avez pas proposé de la déposer devant sa porte ? Il pleuvait.

— Elle n'a pas voulu. Pourquoi vous me demandez ça ? C'est encore une accusation ?

— Non, je cherche simplement à me faire une idée précise de ce qui s'est passé ce jour-là. Le timing me paraît crucial.

Muhammed ne répliqua pas.

— Vous aurez bientôt de nos nouvelles, reprit Blair. Je vous l'assure. Essayez d'être patient.

— D'accord, marmonna-t-il. Mais grouillez-vous.

La veille, avec Rebecca, elle avait tenté de répertorier les personnes susceptibles de se trouver près du domicile de Molly un après-midi de semaine. Des gens qui avaient peut-être vu quelque chose ou qui savaient quelque chose, sans même en avoir conscience. En tête de liste figurait Muhammed, qu'elle venait de contacter sur Skype.

Prochaine étape : le bureau de poste.

Là, elle demanda à voir le receveur, en l'occurrence une certaine Rose, une femme trapue d'âge mûr, aux cheveux bruns et crépus, et dont la chemise bâillait au niveau de la poitrine. Blair lui demanda quel facteur distribuait le courrier, quinze ans auparavant, dans le secteur de la forêt. Il s'avéra que ce facteur travaillait toujours, sur le même itinéraire.

— Il est là ? interrogea Blair avec excitation. Je peux lui parler ?

— Il fait sa tournée. Il ne sera pas de retour avant quatorze heures trente ou quinze heures.

— Vous dites qu'il termine sa tournée vers trois heures de l'après-midi ?

— Oui, sauf les jours de pluie.

Le cœur de Blair manqua un battement.

— Il finit plus tard, ces jours-là ?

— Non, plus tôt. Parce qu'il ne s'arrête pas pour papoter avec les gens.

— Ah, d'accord.

À rayer de la liste, donc, songea Blair.

— Bien, je vais voir si je le croise.

— Les cheveux poivre et sel, boiteux. Il s'appelle Jim Fox.

— Merci.

Blair regagna sa voiture et prit la route menant au secteur où résidaient les Sinclair. Sur un côté de leur terrain, planté d'arbres, s'étendait un grand parc dont les pelouses bien entretenues entouraient une vaste demeure de style colonial, semblable à une île au milieu de l'eau.

Blair longea l'allée sinueuse et se gara derrière un rutilant Land Rover. Elle alla frapper à la porte de la maison et, en attendant, observa la résidence voisine, plus haut dans la rue. Aussi cossue que celle-ci. Elle était encore enfant quand Yorkville était entré dans une ère de prospérité.

Au bout de quelques minutes, la porte s'ouvrit sur un homme d'aspect négligé, en sweat-shirt MIT. Il avait l'air d'un étudiant.

— Je peux vous aider ?

— Je cherche le propriétaire de cette maison, répondit Blair sans conviction.

— Vous l'avez devant vous, dit-il fièrement. Ma femme et moi sommes les propriétaires.

Une fillette de huit ou neuf ans, aux yeux gris et aux fins cheveux blonds, tout en jambes, se glissa sous le bras de l'homme et, s'appuyant contre lui, dévisagea Blair.

— Qui c'est, papa ?

Blair sourit à la petite.

— Je m'appelle Blair Butler. Je souhaiterais vous poser quelques questions sur ce qui s'est passé chez vos voisins voilà déjà un certain temps.

— Combien de temps ?

— Quinze ans.

— Je ne peux rien pour vous. On a acheté cette maison il y a cinq ans.

— Savez-vous qui l'occupait avant vous ?

— Non. Demandez à l'agence immobilière.

— Laquelle ?

— Cronin, dans Main Street. Ils ont été rachetés par Christie's.

Blair hocha la tête.

— Très bien. Merci du conseil.

Elle se détournait, quand l'homme lança :

— Que s'est-il passé au juste ?

— Pardon ?

— Chez les voisins. Que s'est-il passé ?

Il ne lisait manifestement pas le journal local, sinon l'article sur Molly lui aurait sauté aux yeux. Sans doute était-il abonné au *New York Times* et ne frayait-il pas avec les autochtones.

Blair regarda la main protectrice qu'il gardait sur l'épaule de sa fille. Inutile de donner des cauchemars à cette enfant.

— Rien, dit-elle. Un problème de… de terrain.

Hochant la tête avec indifférence, il referma la porte.

Blair reprit sa voiture. Elle passa devant chez les Sinclair, continua. La maison suivante était entourée d'une végétation si dense qu'elle ne vit l'amorce de l'allée qu'à la dernière seconde.

Elle serpentait entre les arbres. Sur la gauche, Blair vit une cabane en bois dont la porte était ouverte et qui abritait des bicyclettes, des râteaux et autres outils. Il ne semblait pas y avoir d'autres constructions alentour. Mais brusquement, la demeure apparut. De style colonial, en bardeaux qui avaient connu des jours meilleurs. Le pseudo-chalet des Sinclair était plus ancien mais en bien meilleur état. Robbie et Janet l'avaient amoureusement entretenu.

Cette maison, en revanche, n'avait pas été repeinte depuis des décennies. Des morceaux de bardeaux, usés jusqu'à l'os, pendaient ou gisaient sur les arbustes échevelés qui ceinturaient la bâtisse. Une couronne de Noël en rameaux desséchés et pommes de pin était accrochée à la porte.

Blair se gara et alla sonner. La lumière était allumée, la télé marchait. Elle attendit patiemment, entendit enfin quelqu'un tripoter la poignée en marmonnant.

Une femme apparut et la regarda par-dessus des lunettes de lecture. On avait du mal à lui donner un âge – elle devait friser la soixantaine. Svelte, le teint jaunâtre, les cheveux coupés au carré à hauteur du menton, d'un brun qui ne paraissait pas naturel. Elle portait un cardigan, un pantalon élastiqué à la taille et avait aux pieds des chaussons en fourrure.

— Oui ? fit-elle.

— Madame Knoedler ?

— Oui.

Blair se présenta, expliqua la raison de sa visite.

— Vous faites allusion à cet article dans le journal d'aujourd'hui ? Sur la petite Sinclair ?

— En effet. Madame Knoedler, je…

— Appelez-moi Carol. Entrez.

Blair la suivit dans une cuisine où régnait un joyeux désordre. Le journal était ouvert sur la table, à la page des mots croisés dont la grille était à moitié remplie. La télé qu'on entendait était dans une autre pièce. Un jeune homme au visage osseux et très pâle, en pantalon de survêtement et T-shirt fané, était assis à la table, tirant sur sa cigarette d'un air méditatif. Ses pieds étaient nus et crasseux. Blair n'avait pas vu quelqu'un fumer à l'intérieur d'une maison depuis une éternité. La fumée la suffoqua.

— Connor, tu ne peux pas aller fumer dehors ? dit Carol.

Il écrasa sa cigarette dans un cendrier qui débordait de mégots.

— C'est qui ? demanda-t-il.

— Cette dame se renseigne sur le meurtre de Molly Sinclair.

— Pourquoi ? Ça remonte au déluge.

— Elle veut juste me parler. Va éteindre la télé, si tu ne la regardes pas.

— Je la regarde, déclara-t-il.

Il se déplia et, sans plus de formalités, sortit en traînant les pieds. Tandis que Carol mettait la bouilloire à chauffer sur la cuisinière, Blair jeta un coup d'œil par la fenêtre. On ne voyait que des arbres. Le chalet des Sinclair se trouvait quelque part dans cette direction, mais on n'en apercevait même pas le toit.

— J'aimerais pouvoir vous aider, dit Carol, malheureusement je n'ai pas beaucoup de souvenirs de ce jour-là. Ça date de quinze ans, et j'avais quatre enfants de moins de dix ans. Je ne savais plus où donner de la tête.

152

— Je cherche à reconstituer le moment où Molly est arrivée chez elle. J'avais l'espoir que l'allée des Sinclair serait visible d'ici.

— Oh non, leur maison est à l'abri des regards. Avec tous ces arbres, on a l'impression d'être en pleine forêt, ce qui m'a toujours plu. On entendait quand même des bruits, parfois.

Les poings sur les hanches, Carol réfléchit un instant.

— Je me souviens des jappements de leur chien. Mon fils Connor me tarabustait sans arrêt. « On peut avoir un chien ? S'il te plaît, maman. » Moi, j'entendais ce chien aboyer, et je me disais : il ne me manquerait plus que ça.

— Vous vous souvenez de Molly ?

Carol s'appuya contre le plan de travail, hochant la tête.

— Oui, bien sûr. Nous connaissions nos voisins. C'était une enfant adorable. Les parents ne s'en sont jamais remis. À leur place, je ne m'en serais pas remise non plus.

Pour une raison étrange, Blair éprouva tout à coup le besoin de se confier à cette femme.

— Elle était ma meilleure amie.

Une expression de tristesse contracta les traits de Carol.

— Quelle horreur... Et maintenant, il semblerait qu'on n'ait pas condamné le vrai coupable ?

— En effet, et c'est la raison de ma visite. On essaie de comprendre ce qui s'est réellement passé.

— Elle a été tuée dans les bois, en bas de cette route, de l'autre côté. N'est-ce pas ?

— C'est là qu'on a découvert son corps. Mais ce jour-là, on l'a ramenée chez elle en voiture. Or elle n'est pas entrée dans la maison.

— Alors comment s'est-elle retrouvée dans les bois ?

— C'est précisément ce qu'il nous faut savoir.

— Humm… Je voudrais vous aider. Sincèrement. Il pleuvait ce soir-là, ça je m'en souviens. Et je me souviens aussi des sirènes de police. On voyait les gyrophares entre les arbres. Ça a duré une partie de la nuit. Mais, franchement, je ne me rappelle pas autre chose. Avec la pluie, mes gamins devaient galoper partout comme des sauvages et mettre la maison sens dessus dessous.

— Et M. Knoedler ? demanda Blair d'un air innocent. Pensez-vous que votre mari pourrait avoir des informations à me donner ?

— Pourquoi me parlez-vous de lui ? rétorqua Carol, sur la défensive. Il ne vous serait d'aucune utilité.

— Il aurait pu voir ou entendre quelque chose…

— À cette heure de la journée, il était déjà ivre. Il n'aurait rien remarqué.

À ce moment, la porte de derrière s'ouvrit.

— M'man ! C'est moi.

— On est dans la cuisine, chérie !

Une jolie fille aux longues boucles brunes, en blouson de moto et jean rentré dans des bottes, entra et

154

posa sur la table un sac en papier blanc orné du logo de Walgreens[1]. Son visage parut familier à Blair.

— Je suis passée prendre ton shampoing.

Elle ôta son blouson qu'elle pendit à un perroquet encombré de vêtements, à côté de la porte.

— Merci, chérie. Je te présente… rappelez-moi votre nom ?

— Blair Butler.

— Blair, voici ma fille aînée, Jenna. Elle est assistante d'éducation au lycée, précisa fièrement Carol.

— Enchantée de faire votre connaissance, dit Jenna, souriante.

— J'ai l'impression que nous nous sommes déjà rencontrées…

— Tu n'as pas perdu trop de temps à la pharmacie ? demanda Carol.

— Non, pour une fois il n'y avait pas la queue.

— Mlle Butler me parlait de ton père.

Jenna se rembrunit.

— À quel sujet ?

Blair se rappela soudain où elle avait vu cette fille. À L'Après-Ski, où elle était venue chercher son père, l'ivrogne barbu qui faisait du tapage.

— En fait, je ne suis pas là pour lui, mais pour Molly Sinclair. Elle était ma meilleure amie. Il semblerait que l'homme qui a été condamné pour le meurtre ne soit pas coupable.

_____

1. Chaîne de pharmacies.

— Quel rapport avec mon père ? rétorqua Jenna, méfiante.

— Aucun, a priori. J'essaie juste de reconstituer les heures qui ont précédé la mort de Molly.

— Mon père était sans doute à son travail.

Carol ricana, comme si c'était là une idée cocasse.

— Vous rappelez-vous un détail quelconque ? insista Blair.

Jenna haussa les épaules.

— Je me souviens des sirènes, bien sûr.

— Tes frères voulaient aller voir, mais je leur ai dit de ne pas bouger. La police n'avait pas besoin d'eux dans les pattes. Ils ont quand même réussi à filer. Pour des garçons, des sirènes et des gyrophares... c'est irrésistible.

— On avait tous envie de savoir ce qui se passait, dit Jenna en prenant une bouteille de jus de pomme dans le réfrigérateur.

— Étiez-vous amie avec Molly ? lui demanda Blair.

— Elle avait quelques années de plus que moi. À cet âge-là, c'est un fossé infranchissable. D'ailleurs, je ne cherchais pas à me faire des copines. J'avais mes frères et ma sœur.

— Vous rappelez-vous un détail de cette journée ? répéta Blair. Avant l'arrivée de la police ?

Jenna dévissa le couvercle de la bouteille, grimaça.

— En fait, je me souviens d'un truc.

— Quoi donc, chérie ? interrogea Carol, surprise.

— Eh bien, répondit Jenna, écarquillant les yeux,

on n'oublie pas le jour où une voisine se fait assassiner. Ça ne s'oublie pas, une chose pareille.

— Certes, acquiesça Blair.

— Et maintenant que j'y repense…

Elle but une gorgée de jus de pomme d'un air songeur, reposa la bouteille sur la table.

— On jouait à cache-cache. Il pleuvait, mais je me suis faufilée dehors et j'ai couru jusqu'à la cabane. En me disant que jamais on ne me trouverait.

— On comprend pourquoi tu étais tout le temps enrhumée, bougonna Carol. Je suppose que, comme d'habitude, tu étais sortie sans manteau?

— Connor cherchait partout en braillant. Moi, j'étais dans la cabane, accroupie derrière les bicyclettes. Je ne bougeais pas un cil. Mais à un moment, j'ai entendu quelque chose. Ça venait d'à côté. De chez les Sinclair.

— Qu'avez-vous vu? demanda Blair.

— Je n'ai pas vu, rectifia Jenna. Je ne voulais pas me relever pour regarder par la fenêtre de la cabane, Connor risquait de me repérer. J'ai entendu quelqu'un frapper à la porte des Sinclair. En sanglotant, en suppliant… C'était terrible.

— Quelqu'un, c'est-à-dire… un homme, une femme, un enfant?

— Une femme, je crois. Mais c'était à peine audible, je n'ai pas compris ce qu'elle disait. Elle semblait juste… désespérée.

— Vous n'avez pas regardé dehors? s'exclama Blair, incrédule.

— Non, j'étais en train de jouer. Je me cachais. Quoique Connor m'ait tout de même trouvée. Il est entré dans la cabane, il s'est mis à fourrager dans le bazar et il m'a débusquée. J'avais perdu. Je suis retournée en courant à la maison, avec Connor à mes trousses.

— Et vous n'êtes pas allée chez les Sinclair ? Voir pourquoi on cognait de cette façon à leur porte ?

— Non, répondit solennellement Jenna. Je suppose que ça m'est sorti de l'esprit. Je n'avais que dix ans, je ne pensais qu'à jouer.

14

— Était-ce Molly, à votre avis ?

— Franchement, je n'en sais rien. Connor m'a sauté dessus en criant que j'avais perdu, j'ai répondu que ce n'était pas juste, et il m'a poursuivie jusqu'à la maison. Je n'ai plus pensé à ce que j'avais entendu. Jusqu'à ce que la police débarque.

— Vous en avez parlé aux policiers ?

Jenna fit non de la tête.

— Non, puisqu'on a retrouvé Molly dans les bois, de l'autre côté de la route. Pourquoi ? Vous pensez que c'est important ?

— Je l'ignore. À ce stade, le moindre élément nouveau pourrait avoir de l'importance.

— Eh bien, en ce qui me concerne, voilà ce que j'ai entendu.

— Je vous remercie. Je vais vous laisser.

— Si quelque chose nous revient…, dit Carol, qui n'acheva pas sa phrase.

Blair les remercia encore et rejoignit sa voiture.

Elle bouclait sa ceinture lorsqu'elle eut un texto de Rebecca.

J'ai avancé. Il faut qu'on se voie.

Blair éprouva une bouffée d'excitation. C'était comme une chasse au trésor. Puis elle pensa à Molly, assassinée. Ce n'était pas un jeu.

D'accord, écrivit-elle. *Où ?*

La Cascade ?

Un nouveau restaurant, tendance locavore. Hyperbranché. Rebecca essaierait-elle de lui faire sentir que, même si elle était revenue vivre à Yorkville, elle n'était pas n'importe qui ?

OK. Dans une demi-heure.

Blair démarra et prit la direction de La Cascade. Quoique résolue à ne pas perdre de vue le sérieux de sa mission, elle ne put s'empêcher d'être impatiente et pleine d'espoir.

Niché entre les arbres, le restaurant était une structure de bois et de verre perchée au-dessus d'une cascade. Blair était passée devant bien souvent, sans jamais y entrer. Un instant, elle se demanda si elle était correctement vêtue. Mais elle était un entrepreneur moderne, se rassura-t-elle. Les gens de sa génération ne s'habillaient pas pour sortir. Jean et baskets – la tenue passe-partout, nul ne l'ignorait, c'était même devenu une doctrine.

Elle entra et jeta un regard circulaire. Pas de Rebecca. Aurait-elle déjà pris une table ? Elle allait interroger l'hôtesse, lorsqu'elle entendit une voix l'appeler, du côté du bar.

Une femme en tailleur, jupe courte et corsage de soie, les cheveux tombant sur les épaules en vagues souples, lui faisait signe. Blair ne la reconnut pas tout de suite.

C'était pourtant bien Rebecca. Juchée sur un tabouret de bar, les jambes – qu'elle avait superbes – croisées. Bas noirs et escarpins. Blair s'approcha, bouche bée.

— Eh oui, c'est moi ! s'esclaffa Rebecca.

— Que vous est-il arrivé ?

— La chance a frappé à ma porte. Mais asseyez-vous. Qu'est-ce que vous prenez ?

Blair commanda un cocktail au barman.

— Je suis encore capable de me pomponner, plaisanta Rebecca.

Elle ressemblait aux photos qu'on trouvait sur Internet. Sophistiquée et… soignée. Quelque chose dans cette métamorphose mettait pourtant Blair mal à l'aise.

— La chance a frappé à votre porte ? répéta-t-elle en sirotant son cocktail. C'est-à-dire ?

— Oh, peu importe. Racontez-moi plutôt ce que vous avez fait aujourd'hui. On comparera nos notes.

— Eh bien, pendant que vous étiez chez le coiffeur et que vous couriez les boutiques, ironisa Blair, je suis allée voir des gens.

— Moi aussi, j'en ai vu ! protesta Rebecca. Alors, que nous rapportez-vous de votre expédition ?

— J'espérais en apprendre plus, admit Blair. J'ai parlé à Yusef, qui affirme avoir déposé Molly au bout de l'allée. Il est catégorique.

— D'accord, voilà au moins un point d'acquis.

— Les voisins immédiats des Sinclair ne sont là que depuis quelques années. Je dois passer à l'agence immobilière pour demander le nom des précédents propriétaires et essayer de les retrouver. De l'autre côté, ce sont les Knoedler… Une de leurs filles, Jenna, était là. Elle se rappelle avoir joué à cache-cache avec ses frères et sa sœur le jour de la mort de Molly. L'après-midi, elle a entendu quelqu'un frapper à la porte des Sinclair. Frénétiquement, d'après elle.

— Qui était-ce ?

— On ne sait pas. Jenna était cachée dans une cabane. Elle était gamine, elle n'a pas regardé dehors.

— Humm… ça pourrait être important.

— Au fait… votre article dans le journal, poursuivit Blair d'un ton de reproche. Vous n'avez pas l'impression de brûler les étapes ?

— Vous n'imaginez pas le nombre d'appels que j'ai reçus aujourd'hui suite à cet article, répondit Rebecca, enthousiaste. Ça se bousculait au portillon.

— Des choses intéressantes ?

— Oui. Vous êtes passée au bureau de poste, comme prévu ?

— J'y suis passée, mais le facteur faisait sa tournée.

— Eh bien, figurez-vous qu'il a lu mon article et qu'il m'a téléphoné. Jim Fox. Cet après-midi-là, notre Jim était dans les bois. Il dormait. À l'approche de Noël, il faisait double journée. Il a donc garé la camionnette à l'écart de la route, dans une clairière, pour piquer un petit roupillon entre deux tournées.

— Il a vu quelque chose?

— Il a été réveillé par un bruit sourd. Un bruit de chute. Mais il était dans le cirage. Il s'est dit qu'il avait peut-être rêvé. Comme il pleuvait, il ne voyait pas grand-chose. Mais alors qu'il s'apprêtait à repartir, il a aperçu un véhicule qui sortait des bois. Non pas la voiture de Yusef, mais un pick-up.

— Le véhicule de Monsieur Tout-le-Monde, par ici. Pourquoi n'en a-t-il pas parlé à la police?

— Parce qu'il faisait la sieste pendant ses heures de travail. De toute façon, les policiers étaient focalisés sur Muhammed, puisque quelqu'un avait vu Molly monter dans sa voiture.

— Oui, bien sûr.

— Du coup, il m'est venu une idée: et si on avait tué Molly ailleurs et qu'on ait transporté son cadavre pour l'abandonner dans les bois? Ça expliquerait le bruit sourd qu'a entendu le facteur.

— Effectivement. Mais pourquoi aurait-on fait ça?

— On a toujours plus de questions que de réponses, admit Rebecca.

Blair hocha la tête.

— Et maintenant? Quelle est notre prochaine étape?

Rebecca appela le barman et demanda l'addition.

— Ma prochaine étape, c'est New York. Je vous conseille vivement de dîner ici, vous ne serez pas déçue.

— Vous ne…? bafouilla Blair, déconcertée.

— Je ne peux pas rester, mais je vous recommande cette adresse, rétorqua Rebecca en descendant de son tabouret. Régalez-vous. À demain!

— D'accord, marmonna Blair – encore un dîner solitaire en perspective. Merci.

Elle attendit que Rebecca soit partie pour s'en aller à son tour. Pas question de se payer un repas ruineux dans ce restaurant à la mode. Elle se sentirait seule et bête.

Elle retourna donc chez son oncle. Ellis était attablé dans la cuisine, il finissait de manger.

— Malcolm est rentré ? demanda Blair en ouvrant le réfrigérateur.

— Où il est ?

— Amanda et Peter l'ont emmené faire une balade en quad. Je t'ai laissé un mot.

— Je l'ai pas lu.

La chatte vint se frotter en miaulant contre les jambes de Blair.

— Cette chatte a l'air d'avoir faim.

Ellis haussa les épaules.

— Elle a toujours faim.

— Malcolm l'a nourrie avant de partir ? rétorqua Blair, remarquant que la gamelle était vide.

— J'en sais rien et je m'en fiche.

Ellis déposa son assiette sale dans l'évier.

— Ce n'est pas mon chat, ajouta-t-il.

Blair soupira. Les miaulements de Dusty allaient la rendre folle. Elle prit son téléphone et composa le numéro de Malcolm. Elle tomba sur la messagerie.

— Malcolm, c'est Blair. Est-ce que tu as donné à manger à Dusty ? Elle a l'air affamée. Rappelle-moi.

Elle improvisa une collation, puis passa au salon où Ellis, installé dans son énorme fauteuil tout taché, lisait le journal.

— Voilà notre vie privée étalée dans le journal, rouspéta-t-il sans lever le nez, j'espère que tu es contente.

— Tu parles de l'article sur Molly, je suppose.

— C'est la journaliste qui a téléphoné l'autre jour, rétorqua Ellis d'un ton accusateur.

— Oui, elle veut découvrir la vérité sur le meurtre de Molly.

— Celle-là, je ne crois pas que la vérité l'intéresse beaucoup, maugréa-t-il en secouant le journal.

Sans lui prêter attention, Blair reprit son téléphone et fit ce qu'elle avait envie de faire depuis plusieurs jours. Une recherche sur Google au sujet de Rebecca Moore.

Elle sentit aussitôt son estomac se nouer.

Il y avait une série d'articles sur Rebecca remontant à trois ans. Ils tournaient tous autour du même thème. Journaliste télé à Los Angeles, Rebecca avait connu une ascension météorique. Quoique, semblait-il, pas assez rapide à son goût. Elle avait réalisé un reportage sur un scandale sexuel impliquant des mineurs qui éclaboussait Hollywood. Elle y interviewait un témoin, au visage flouté, qui nommait quelques pontes de l'industrie du spectacle.

Lorsqu'on lui avait demandé de citer ses sources, Rebecca s'était réfugiée derrière le premier amendement. Un autre journaliste de la chaîne télé l'avait alors démasquée. Rebecca avait fabriqué son témoin de toutes pièces : c'était un acteur, payé par elle pour jouer les dénonciateurs. Elle avait été licenciée et forcée de quitter la ville. Aucune chaîne importante ne s'aviserait désormais de l'engager. Ni à Los Angeles ni ailleurs.

— Qu'est-ce que tu as ? demanda Ellis.

Blair leva la tête, ennuyée qu'Ellis lui-même ait remarqué son désarroi.

— Rien.

Dusty, qui continuait à miauler, sauta sur l'accoudoir du fauteuil. Blair se leva brusquement.

— Je vais chercher Malcolm. Il devrait être rentré, à cette heure-ci.

— Évite de le suivre à la trace, il n'appréciera pas.

Blair ne tint pas compte du conseil. Elle voulait simplement prendre l'air, ne plus penser à ce qu'elle venait d'apprendre sur Rebecca.

Elle prit sa voiture et se rendit chez les Tucker. L'oncle Ellis avait probablement raison, Malcolm n'aimerait pas qu'elle débarque sans crier gare. Mais elle avait besoin de faire un tour.

Les Tucker habitaient une maison récente, de plain-pied, avec un double garage, dans un lotissement au fond d'une impasse, non loin de chez Ellis. Le grand jardin était soigneusement ratissé, des citrouilles et des chrysanthèmes disposés sur une balle de foin, de rigueur en cette saison, décoraient le perron.

Blair se gara derrière le SUV des Tucker et alla frapper à la porte de la coquette maison. Amanda ouvrit presque aussitôt.

— Salut, Blair, fit-elle, surprise.

— Comme j'étais dehors, j'ai décidé de venir chercher Malcolm. Je sais bien qu'il peut rentrer à pied, mais vu que j'étais dans les parages…

Amanda la regarda fixement.

— Il n'est pas chez ton oncle ?

Un frisson d'angoisse parcourut Blair.

— Non.

— Il est parti depuis longtemps. Il a dit qu'il rentrait.

— Tu en es sûre ?

— Mais oui. J'ai voulu le ramener en voiture, il a refusé. Il a dit qu'il ne voulait pas qu'on le traite comme un bébé, qu'il n'en était plus un. Il est rentré seul chez lui des milliers de fois. Et aujourd'hui, il était en colère…

— Pour quelle raison ?

Amanda rougit.

— Zach et lui ont eu… une petite dispute. Entre une minute.

Blair la suivit dans un salon méticuleusement rangé. Son cœur battait la chamade. Elle s'assit dans le fauteuil qu'Amanda lui désignait. Ne panique pas, s'exhorta-t-elle.

— Pourquoi se sont-ils disputés ?

Amanda soupira, se tordant nerveusement les mains.

— La randonnée s'est bien passée. Malheureusement, Peter a dû l'abréger, parce qu'on avait besoin de lui au travail. Ce n'était pas prévu. Les garçons ont été un peu déçus, bien sûr, mais il leur a promis que la prochaine fois… Bref, on est rentrés. Pendant que je préparais le déjeuner, Zach s'est mis à parler du moment où Malcolm viendrait vivre avec nous. Et voilà qu'ils ont commencé à se quereller. Quand, comment, et qui des deux aurait la plus belle chambre… Des bêtises de gamins. Et brusquement, Malcolm a décrété qu'il s'en allait.

Blair s'arracha un sourire.

— Ça ne me paraît pas si grave. Un simple malentendu.

— Je n'aurais sans doute pas dû le laisser partir, mais… il n'habite pas encore ici. Et il rentrait toujours à pied. Il n'y a même pas de route à traverser. Je n'ai pas eu envie qu'il se sente prisonnier…

À cet instant, Zach surgit de l'arrière de la maison et se campa près de sa mère. Il était plus petit, plus frêle que Malcolm, avec un visage ouvert.

— Qu'est-ce qui se passe ?

— Malcolm n'est pas rentré chez lui, cet après-midi.

Les yeux de Zach s'arrondirent.

— Où il est allé ?

Blair et Amanda échangèrent un regard.

— Je ne sais pas trop, répondit Blair.

L'expression candide de Zach s'effaça. Il comprenait soudain qu'on le jugeait responsable.

— C'est lui qui a commencé. Moi, je voulais pas qu'il s'en aille.

— On ne te reproche rien, dit Amanda, contenant son angoisse. Mais tu sais où il peut être ? Qu'est-ce qu'il t'a dit ?

168

Zach se dandinait, visiblement tiraillé. Blair se mordit la langue – inutile de le bousculer.

— Ben… rien.

— Nous devrions passer quelques coups de fil, suggéra Amanda.

— Oui, acquiesça Blair, désemparée. Mais je ne sais pas qui appeler.

Amanda composait déjà un numéro.

— Moi, je sais, dit-elle d'un air grave.

15

Amanda appela la mère d'un des camarades de classe de Malcolm, qui ignorait où il était mais lui suggéra de téléphoner chez un autre copain. Ce qui ne donna rien non plus. Blair écoutait, malade d'angoisse. Elle aussi avait un coup de fil à passer, hélas. Elle appela donc l'oncle Ellis, lui expliqua la situation et demanda si Malcolm ne serait pas rentré à la maison pendant son absence. Ellis explosa, l'insulta et conclut qu'il allait sortir voir s'il trouvait le gamin. Il raccrocha avant que Blair n'ait pu articuler un mot.

— C'est ma faute, dit Amanda. Il était furieux, je n'aurais jamais dû le laisser partir dans cet état. Mais il s'est mis en colère si brutalement…

— Il est déboussolé. Entre le chagrin et tous ces changements… c'est bien lourd pour lui. Peter saurait quelque chose, tu crois ?

— Il a dû retourner au travail, on lui a signalé un feu dans la montagne. On a ramené le quad, et un autre garde forestier est passé prendre Peter.

Blair se tourna vers Zach.

— À ton avis, où Malcolm pourrait-il être ? Il se cacherait, tu crois ?

Zach haussa les épaules.

— Il rêve d'aller à la chasse. Il est peut-être dans la forêt.

Blair eut soudain la vision de Molly gisant sur un tapis de feuilles détrempées, face contre terre. Elle lança un regard affolé à Amanda.

— Je vais alerter la police. Mon oncle ne le ferait pas, mais moi, je préfère les appeler.

— Tu as peut-être raison, rétorqua Amanda, très pâle.

C'était tout l'encouragement dont Blair avait besoin. Elle appela le poste de police, exposa la situation. On lui répondit qu'on lui envoyait une voiture de patrouille, et Blair donna l'adresse de l'oncle Ellis. Rempochant son téléphone, elle enfila sa veste et noua son écharpe.

— Tu n'es pas obligée de partir, lui dit Amanda.

— Imagine qu'il rentre à la maison ? Je ne veux pas qu'il se retrouve tout seul. Je vous remercie pour votre aide, tous les deux.

— Je suis désolé, bredouilla Zach. Je ne voulais pas le...

— Ne t'inquiète pas, l'interrompit Blair. Tu n'y es pour rien.

Amanda la raccompagna à la porte.

— Je me sens affreusement mal.

— Il est sans doute en train de se calmer quelque

part, rétorqua Blair avec un flegme qu'elle était loin d'éprouver.

— J'espère que tu as raison. Tu me tiens au courant ?

— Bien sûr.

Blair retourna chez son oncle aussi vite que le code de la route le lui permettait. Ellis avait manifestement pris le pick-up pour aller à la recherche de Malcolm. Elle entra dans la maison, appelant son neveu. Tout était silencieux.

Elle n'avait pas encore ôté sa veste quand une voiture de patrouille s'arrêta au pied du perron. Un policier en descendit, son équipier resta dans le véhicule.

— Bonjour, madame. Vous êtes la mère du garçon ?

— Sa tante. Sa mère est morte récemment.

Il embrassa du regard la bâtisse délabrée.

— Vous habitez ici ?

— Non, c'est la maison de mon oncle. Ma sœur vivait ici avec son fils. Mon oncle est parti à la recherche de Malcolm. Moi, j'ai passé des coups de fil ici et là.

— Le garçon avait menacé de fuguer ?

Blair enfonça ses poings dans ses poches, secouant la tête.

— Non, mais j'ai appris qu'il était en colère.

— À quel propos ?

Elle hésita.

— Oh, ce n'est qu'un… malentendu.

— Qui pourrait être important.

— Il s'est disputé avec un copain. Rien de grave, mais il a traversé des moments tellement éprouvants…

Le policier la dévisagea.

— Ils pètent les plombs, quelquefois, dit-il gentiment. Surtout les garçons. Vous avez une photo ?

— À l'intérieur.

Blair le conduisit dans le salon, où la photo de classe de Malcolm, de sa petite figure pâle sur fond bleu, trônait sur la cheminée. Elle la tendit au policier qui la retira du cadre. Elle remit le cadre vide à sa place.

— Bon, on va en faire des copies.

Elle acquiesça, l'estomac douloureusement noué.

— Merci, balbutia-t-elle.

À cet instant, ils entendirent les gravillons crisser sous les roues d'un véhicule. Blair courut à la fenêtre. L'oncle Ellis descendait du pick-up. Il était seul. Il jeta un regard noir à la voiture de patrouille, monta les marches du perron et, voyant Blair et le policier, grogna :

— Qui vous a appelé ?

— Moi, répondit Blair. Je suis inquiète. Nous avons besoin d'aide.

— C'était pas la peine de rameuter les flics !

— Pourtant tu ne l'as pas trouvé, il me semble ! riposta Blair.

— C'est pas moi qui l'ai perdu ! rugit l'oncle Ellis.

— Bon, on essaie de se calmer, intervint le policier. Dans des moments pareils, les nerfs craquent.

Ellis pivotait vers lui, comme pour le défier de se

battre, quand le téléphone sonna. Il hésita une fraction de seconde, puis décrocha. Une indéniable anxiété vibrait dans sa voix quand il marmonna :

— Allô ? Oh… bonsoir, Darlene.

Blair, qui s'était accrochée au fragile espoir que ce soit Malcolm, se détourna.

— Non, il n'est toujours pas rentré. Quoi ? Vous plaisantez. Celui-là, attendez que je l'attrape…

— C'est Malcolm ? demanda Blair.

Ellis balaya la question de la main.

— D'accord. Oui, c'est ça. À tout de suite.

Il raccrocha et se tourna vers le policier.

— Vous pouvez partir. Il va bien.

— Où est-il ? interrogea Blair.

— Avec Darlene.

S'adressant toujours au policier, Ellis montra Blair en levant les yeux au ciel :

— Désolé qu'elle vous ait dérangé pour rien.

— Pas de problème. Quand un enfant disparaît comme ça, il faut toujours le signaler.

— On va le chercher ? demanda Blair.

— Ils arrivent.

Sagement, Blair ne posa pas d'autres questions. De toute façon, Ellis ne lui dirait que ce qu'il avait envie de dire.

— Eh bien, fit le policier, je suis content que tout s'arrange. Je vous souhaite une bonne soirée.

Blair le raccompagna sur le perron.

— Merci de vous être déplacés.

— Pas de problème, répéta-t-il. On est là pour ça.

Elle le regarda descendre les marches, puis rejoignit Ellis qui paraissait très content de lui.

— C'est Darlene qui l'a trouvé ?

— Il va bien, tu n'as pas besoin d'en savoir davantage.

— Réponds-moi, bon sang !

— Ta sœur voulait qu'il vive avec Amanda, grommela Ellis en secouant la tête. Et c'est Amanda qui l'a laissé partir. Ça en dit long.

— Qu'est-ce que ça peut te faire ? s'insurgea Blair. Tu nous as seriné un million de fois que nous étions un fardeau.

Ellis pointa le menton d'un air agressif.

— Je me suis occupé de vous, non ?

— Tu t'es occupé de nous ? C'est ce que tu te dis ?

— Ça ne devait pas être si terrible, puisque ta sœur est revenue dans cette maison et qu'elle y est restée jusqu'à la fin de ses jours. Avec son fils.

— Je ne sais pas comment elle a fait, soupira Blair.

Une voiture arrivait. Blair se rua sur le perron, tandis que Darlene arrêtait sa Toyota bleue dans l'allée. Son frère Joseph était à l'avant, sur le siège passager, et on distinguait la frêle silhouette de Malcolm sur la banquette arrière.

— Malcolm…, lui dit Blair, comme le garçon, évitant son regard, descendait de voiture.

Elle voulut le prendre dans ses bras, mais il tressaillit et se déroba.

— Il est venu chez vous ? demanda-t-elle à Darlene. Il était chez vous ?

— C'est Joseph qui l'a trouvé. À la gare routière.

— J'ai téléphoné là-bas, on m'a dit qu'on ne l'avait pas vu.

— Explique-leur, Joseph.

Celui-ci, toujours vêtu de son uniforme de chauffeur, s'exécuta volontiers.

— Vous vous êtes trompée de gare. Il était à la gare routière de Philadelphie.

Déconcertée, Blair regarda Malcolm.

— Philadelphie ? Mais comment… ?

— J'ai pris le bus, dit Malcolm d'un ton âpre. Évidemment.

Joseph hocha la tête.

— Je suis descendu à la gare de Philly pour pisser et boire un café. Et je l'ai vu là, dans la salle d'attente, tout recroquevillé sur son fauteuil, tout tremblant, l'air perdu. Je connais bien cet air-là. La gare est pleine de gamins comme lui. Toujours est-il que je l'ai reconnu. Le dîner de l'autre soir, et les obsèques.

— Dieu merci, balbutia Blair.

— Je lui ai demandé ce qu'il faisait là. Pas vrai ?

Malcolm haussa les épaules.

— Ouais.

— Il était tout triste. Mûr pour rentrer au bercail. Alors je lui ai offert de le ramener.

— Et il a accepté, ajouta gravement Darlene.

— On est arrivés il y a quelques minutes.

— Petit imbécile, bougonna Ellis, non sans une certaine affection.

Malcolm gardait les yeux baissés.

176

— Merci infiniment, dit Blair à Joseph en lui serrant la main. Je vous suis vraiment reconnaissante.

— Vous entrez boire une bière? proposa Ellis.

— Non, je crois que vous avez des choses à régler, répondit vivement Darlene. Viens, Joe, on rentre.

Tandis que Malcolm montait les marches du perron, Ellis fixa un regard malheureux sur Darlene.

— Je ne me doutais pas qu'il ferait un truc pareil.

— Parlez-lui, Ellis, le sermonna Darlene. Cet enfant est manifestement en plein désarroi.

— Merci à vous deux, dit Blair.

Et, sans un mot pour son oncle, elle rentra dans la maison.

Malcolm était déjà dans l'escalier quand elle l'appela depuis le vestibule.

— Descends, Malcolm. Nous avons à parler.

Le garçon hésita. Ellis rentra à son tour, claquant la porte derrière lui.

— Viens ici, gamin. Fissa.

Lentement, avec réticence, Malcolm obéit et se dirigea vers le salon. Blair avait déjà pris place dans un fauteuil, les bras croisés sur la poitrine. Ellis s'appuya contre la cheminée, contemplant le cadre d'où on avait retiré le portrait de Malcolm. Il poussa un soupir de lassitude.

Malcolm s'affala sur le canapé.

— Ben quoi? lança-t-il avec une agressivité que sa chatte sapait en ronronnant et se frottant contre ses jambes.

— Pourquoi tu as fait ça? demanda Ellis. Sauter

dans un bus pour Philly. Tu ne connais pas la ville, tu te serais perdu.

— Je voulais juste m'en aller. Loin.

— Tu as de la chance que Joe t'ait repéré. Faire une chose pareille, quelle idiotie.

Malcolm haussa les épaules.

— Amanda m'a dit que tu t'étais disputé avec Zach, intervint Blair.

— C'était pas une dispute, protesta-t-il.

— Dans ce cas, que s'est-il passé ?

— J'en ai eu assez, voilà. Zach faisait comme s'il était seul à décider de tout. Comme si, une fois que j'habiterais chez lui, il gouvernerait, expliqua piteusement Malcolm, les yeux braqués sur Ellis. Pourquoi il faut que j'aille vivre là-bas ? enchaîna-t-il d'un ton implorant. Pourquoi je ne peux pas rester ici ?

— Moi, je n'y suis pour rien, répondit Ellis.

— En fait…, commença Blair.

— Tu avais dit que tu m'apprendrais à tirer. Et que cet été, j'aurais une barque pour pêcher sur le lac.

— Minute papillon ! Personne n'a parlé d'une barque.

— Il faut vraiment que je parte d'ici, oncle Ellis ?

— Ne change pas de sujet, gamin, bougonna Ellis après une hésitation. Tu aurais dû parler au lieu de t'enfuir.

— Moi, c'est ici que je vis ! s'écria Malcolm.

Blair se précipita vers son neveu et s'assit sur l'accoudoir du canapé. Elle aurait voulu le serrer dans ses bras, mais quand elle tendit la main, elle le sentit se hérisser. Elle se recula et noua les mains sur ses genoux.

— Ce n'est pas oncle Ellis qui a pris cette décision, mais ta maman, juste avant de mourir.

— Pourquoi elle a fait ça?

— Eh bien, ton oncle Ellis…, répondit Blair avec circonspection. Il… vieillit, tu comprends?

— Il va mourir, lui aussi? s'affola-t-il.

— Je suis en pleine forme. «Il vieillit», qu'elle dit! ricana Ellis.

Blair concentrait son attention sur Malcolm.

— Grincheux comme il est, l'oncle Ellis deviendra sans doute centenaire. Ta maman a pris ces dispositions avec les Tucker en pensant que ce serait mieux pour toi. Ils sont jeunes, tu les aimes bien, et Zach te considère comme son grand frère.

Malcolm secoua la tête.

— Zach est un crétin.

— Ce sera un énorme changement pour vous deux. Zach et toi. Vous devrez vous habituer à certaines choses. Toi comme lui. Par exemple, à avoir tout à coup un frère.

— C'est pas mon frère! s'insurgea-t-il.

— Il était terriblement inquiet pour toi. Penser que tu étais parti à cause de lui le rendait malade.

Muet, Malcolm contempla ses mains.

— Il y avait autre chose, avoua-t-il enfin.

— Quoi donc?

— Je veux que tout redevienne comme avant!

— Avant la mort de ta maman?

Malcolm acquiesça avec désespoir.

— Oui, ce serait bien. Malheureusement, cela ne dépend pas de nous.

— Je le sais ! rétorqua-t-il, furieux, en s'essuyant les yeux.

— Ta mère te manque, et elle manque aussi à Amanda. Elle lui a promis de s'occuper de toi pour toujours. C'est sa façon de garder leur amitié vivante. D'ailleurs, il faut que je l'appelle tout de suite pour la rassurer.

Blair composa le numéro d'Amanda qui décrocha aussitôt.

— Il est là, Amanda. Oui, il va bien. Il a pris un bus pour Philly, mais un ami l'a trouvé et ramené à la maison.

Elle se tourna vers Malcolm.

— Amanda veut te parler.

Il faillit refuser, puis saisit le téléphone et l'approcha de son oreille.

— Oui, marmonna-t-il. Je vais bien, oui.

Il se leva et passa dans le vestibule, où on ne l'entendrait pas.

Blair et Ellis attendirent.

— Tu es contente ? lança Ellis. Ce gosse croit que personne ne veut de lui.

— C'est toi qui ne veux pas de lui, corrigea-t-elle.

— Mais je l'aurais gardé avec moi.

Cela sonnait juste. Ellis était sincère, comprit Blair qui le dévisagea avec étonnement.

— Je n'en dirais pas autant de toi, ajouta-t-il avec mépris.

Blair ne pouvait soutenir le contraire, elle était forcée de reconnaître qu'il avait raison.

— Celeste a eu la sagesse de ne pas me le confier. Je ne suis pas une tante irréprochable.

À cet instant, Malcolm reparut et rendit son téléphone à Blair qui le fourra dans sa poche.

— Tout va bien ?

Il haussa les épaules, mais il paraissait quelque peu rasséréné.

— Zach pleurait.

— Il a eu peur pour toi.

— Ouais, sans doute. Je lui ai dit de ne pas se faire de bile.

— Très bien.

— Il est pas si nul que ça, concéda Malcolm.

— Et tu sais, même si tu n'habites plus ici, tu pourras voir ton oncle Ellis tous les jours. Tu ne seras pas loin. C'est ton oncle. Ta famille pour toujours. N'est-ce pas, Ellis ?

Celui-ci lui décocha un regard dédaigneux, mais hocha la tête.

— Moi, je ne bouge pas d'ici, marmonna-t-il.

— Et tous ces projets dont tu parlais… la barque, la chasse. Ça reste valable. N'est-ce pas, Ellis ?

— Pas si tu fais des âneries comme aujourd'hui, grommela-t-il. Je suis trop vieux pour ça.

— Qu'est-ce que je te disais, mon grand ? Il est trop vieux.

— Je m'excuse, marmonna Malcolm qui esquissa malgré tout un sourire.

La tension se dissipait.

— Si je nous préparais des œufs ? proposa Blair.

— Je déteste les œufs, répondit son neveu.

— Alors on commande une pizza !

16

Le silence régnait dans la maison. Blair s'était couchée, elle essayait de lire, mais elle avait encore les nerfs à vif, quoique la fin de la soirée se fût bien passée. La pizza était encore chaude à son arrivée, ils l'avaient dévorée dans la cuisine, tous les trois. Puis, avant de monter dans sa chambre, Malcolm lui avait donné un baiser furtif qui lui avait fait chaud au cœur.

Mais quel grand huit émotionnel, cette journée ! La disparition de Malcolm l'avait terrifiée. Elle ne cessait de penser à Molly, partie d'ici un jour, toute seule, pour aller à la rencontre d'un funeste destin.

Heureusement que Joseph Reese avait reconnu Malcolm à la gare routière de Philadelphie. L'histoire, cette fois, se terminait bien.

Soudain, elle entendit la notification sonore annonçant l'arrivée d'un texto. Rebecca.

Encore à NY. Je rentrerai très tard. Je dois vous voir demain, à la première heure. Vous pouvez venir chez moi ? Rebecca donnait son adresse.

D'accord. J'espère que votre rendez-vous a été fructueux.

Tout à fait, répondit Rebecca. *À demain.*

Aurait-elle du nouveau ? Elle disait avoir des contacts un peu partout. Peut-être l'un d'eux lui avait-il fourni une information. Il fallait l'espérer.

Elle essaya de reprendre sa lecture, sans réussir à se concentrer. Elle éteignit sa lampe de chevet, mais ne parvint pas à trouver le sommeil. Il était quatre heures du matin quand elle finit par sombrer.

Malgré la fatigue, Blair quitta la maison avant même qu'Ellis ou Malcolm ne soient réveillés. Elle roulait depuis quelques minutes quand elle réalisa qu'il était beaucoup trop tôt pour rendre visite à Rebecca, même si celle-ci lui avait dit de venir de bonne heure.

Elle s'arrêta donc dans Main Street et but un café, en attendant qu'il y ait dans le ciel plus de rose que de gris.

Rebecca habitait loin du centre, dans les bois, une vieille maison aux murs revêtus d'un crépi sali par les années, et dont la toiture était en piteux état. Malgré l'heure matinale, des volutes de fumée montaient de la cheminée. La maison avait besoin de réparations, mais la structure était solide. Rebecca en était-elle propriétaire ou simplement locataire ?

Elle se gara derrière le pick-up de la journaliste et frappa à la porte. Au bout d'un moment, elle entendit qu'on ôtait le verrou. Une femme très maigre, aux cheveux gris, apparut et la regarda par-dessus ses lunettes de lecture. Elle était chaussée de mules et enveloppée dans une robe de chambre en chenille de coton.

— Oh, je suis désolée. Je suis Blair Butler, et je cherche Rebecca Moore. J'ai dû me tromper d'adresse.

— Non, non, c'est la bonne adresse, répondit la femme sans un sourire. Mais il est un peu tôt pour une visite.

— J'ai reçu un message de Rebecca me demandant de venir de bonne heure.

— Eh bien… entrez.

Blair la suivit dans un salon vieillot. En voyant les photos de famille exposées un peu partout, elle comprit : Rebecca avait grandi dans cette maison.

— Vous êtes…

— Sa mère, oui, répondit la femme avec lassitude.

À cet instant, un homme qui se trouvait dans une autre pièce demanda d'une voix revêche :

— Qui c'est, à cette heure-ci ?

— Quelqu'un pour Rebecca.

L'homme grommela un commentaire inintelligible.

— En haut de l'escalier, à droite, dit la femme. Rebecca ! cria-t-elle.

Blair se dirigea vers le vestibule, se retourna vers la mère de la journaliste, comme pour lui demander l'autorisation de monter. Celle-ci pointa un doigt impatient vers l'escalier.

— Elle est là-haut. Sans doute en train de dormir. Elle est rentrée à pas d'heure.

Blair faillit s'en aller pour revenir plus tard, mais dans son texto Rebecca disait que c'était urgent.

— Merci…, bredouilla-t-elle.

Elle monta les marches qui craquaient. Sur le palier de l'étage mansardé, toutes les portes étaient ouvertes sauf une. Blair frappa.

— Rebecca, appela-t-elle à voix basse.

Elle n'eut pas le temps de reculer, Rebecca ouvrit brutalement la porte. Elle était pieds nus, vêtue d'une robe rouge moulante. Les cheveux encore humides, mais bien coiffés, les yeux savamment maquillés.

— Contente de vous voir, Blair. Entrez.

Blair jeta un regard autour d'elle. La chambre était un vrai capharnaüm, la moindre surface horizontale encombrée de matériel électronique ou de piles vacillantes de vêtements. Plusieurs valises, à moitié remplies, béaient sur le sol.

Rebecca ne l'invita pas à s'asseoir – de fait, il n'y avait nulle part où s'asseoir.

— Excusez la pagaille, dit-elle. Je fais mes bagages, comme vous voyez.

Blair la dévisagea.

— Où allez-vous ?

La figure de Rebecca s'illumina. Elle ouvrit les bras pour étreindre sa visiteuse.

— Ils m'ont engagée ! Ils me veulent. Une chaîne d'info sur le câble. C'est l'article sur Yusef Muhammed qui les a convaincus. Ils souhaitent que je commence tout de suite.

Blair esquiva l'accolade.

— Un seul article leur a suffi ?

— Et le fait que j'étais une journaliste vedette à Los Angeles, répondit Rebecca d'un ton léger.

— Avant que vous ne… fabriquiez un témoin de toutes pièces, objecta Blair. J'ai découvert ça sur Google.

— Je l'ai chèrement payé, croyez-moi.

— Je n'en doute pas. Vous avez donc fini par trouver le moyen de vous remettre en selle. Grâce à Yusef Muhammed.

— Disons que cette histoire m'a permis de décrocher un entretien. Ensuite, c'était à moi de jouer.

— Et vous partez aujourd'hui ?

— Dieu merci, soupira Rebecca. Vous imaginez ce que j'ai enduré ? Vivre ici, dans cette baraque, avec eux ?

Elle faisait allusion à ses parents, évidemment.

— Mais…

— Quoi donc ? Je pensais que vous seriez contente pour moi.

— Oui, bien sûr, mais…

— J'ai traversé l'enfer. Bosser pour ce journal à deux balles, vivre sous leur toit…, dit-elle en frissonnant ostensiblement. Je ne l'avais sans doute pas volé, mais maintenant je peux clore ce chapitre. Je me tire d'ici…

Blair hocha la tête, à court de mots.

— Et il fallait que je vienne à la première heure pour entendre ça ?

Rebecca cessa de s'agiter, poussa une des valises et

s'assit en soupirant sur le lit. Il n'y avait pas de place pour Blair à côté d'elle.

La journaliste contempla un instant ses mains jointes sur ses genoux, puis ôta les livres entassés sur une petite chaise Belle au bois dormant. Ils tombèrent bruyamment sur le plancher.

— Asseyez-vous.

Blair se posa précautionneusement au bord du siège.

— Franchement, je ne voulais pas vous faire ça… Je vous assure, Blair. Travailler sur cette affaire m'excitait vraiment.

— Ce n'est pas à moi qu'il faut l'expliquer, mais à Yusef Muhammed. Vous lui avez promis de l'aider.

— Je ne m'attendais pas à ce que ça arrive aussi vite. Mais je prenais des contacts et, comme je dis toujours, quand l'occasion se présente…

— Je pensais que vous preniez des contacts pour enquêter sur le meurtre de Molly, rétorqua sèchement Blair.

Rebecca grimaça.

— Écoutez, je sais que c'est important pour vous…

— Pour moi ? Pas pour vous ?

— Je croyais que si quelqu'un pouvait me comprendre, professionnellement parlant, c'était vous.

— Excusez-moi, mais je ne suis pas très contente.

— Ah oui ? Vous voulez que je reste ici, à éplucher ce petit fait divers, alors que j'ai une chance de retrouver ma place sur une chaîne nationale ?

— Pour les gens concernés, ce n'est pas un petit fait divers, répondit Blair d'un ton glacial.

Détournant le regard, Rebecca passa ses doigts aux ongles manucurés dans ses cheveux humides.

— Ce n'est pas facile pour moi non plus, figurez-vous. Je suis obligée de m'installer en Floride. Ils m'ont engagée pour l'antenne de Miami. Je n'ai pas un sou pour le déménagement, et si je ne leur conviens pas, eh bien j'aurai déménagé pour rien, je serai virée en un clin d'œil. Ça va être un genre d'ordalie. L'épreuve du feu.

Blair songeait à Yusef Muhammed, en prison depuis des années pour un crime qu'il n'avait pas commis.

— C'est ce que vous appelez une ordalie ? ironisa-t-elle.

— Vous montez sur vos grands chevaux, dit Rebecca, indifférente au sarcasme, mais en réalité vous n'êtes là que pour quelques jours. Vous ne renonceriez pas à votre carrière pour cette affaire.

— Je ne suis pas journaliste. Vous, c'est votre métier.

— Je suis habituée à traiter des sujets un peu plus importants, si vous voyez ce que je veux dire. Celui-là pourrait traîner pendant des années, or je n'ai pas des années à perdre.

— Je vois…

— Je ne fais pas du bénévolat. Il faut que je pense à moi. À mon avenir. Qui sait ? Peut-être que je parviendrai à persuader la chaîne de poursuivre l'enquête. Après tout, ils ont aimé mon article. Mais bon, pas tout de suite. Dans l'immédiat, je dois faire ce qu'ils me demandent.

Blair se leva de sa chaise rose bonbon.

— Je dirai à Yusef Muhammed que vous êtes toujours intéressée, mais pas tout de suite.

— De toute façon, quelles étaient nos chances de le sortir de là ? Objectivement.

— Objectivement, répéta Blair, plissant les lèvres et scrutant le plafond d'un air pensif, comment exprimer cela ? Vous êtes une garce doublée d'une égoïste.

Elle regarda Rebecca droit dans les yeux.

— C'est assez clair ?

Rebecca poussa un nouveau soupir.

— Je suppose que vous n'allez pas me souhaiter bonne chance dans mon nouveau job.

Muette, Blair se fraya un chemin dans le fouillis et regagna le rez-de-chaussée.

Rebecca se pencha par-dessus la balustrade de l'escalier.

— Il faut bien que je m'occupe de moi…

Sans se retourner, Blair lui fit un doigt d'honneur. Elle atteignait la porte d'entrée, quand la mère de Rebecca, toujours en robe de chambre, arriva en traînant ses mules. Elle eut l'air perplexe, mais Blair ne lui fournit pas d'explications.

Mme Moore apprendrait que sa fille partait pour Miami lorsqu'elle descendrait avec armes et bagages. Rebecca ne lui donnerait certainement pas d'autre préavis.

Bon débarras, se dit Blair, furieuse, qui sortit en claquant la porte.

17

Blair contempla un moment, à travers le pare-brise, le lugubre paysage hivernal. Il faut que je m'en aille d'ici. Je n'ai rien à y faire. Ces gens sont de vrais sauvages.

Elle mit le contact et fit demi-tour. La perspective de quitter Yorkville était indéniablement réjouissante. Partir pour ne plus jamais revenir. Mais, bien sûr, tant que Malcolm serait ici, elle aurait toujours une raison impérieuse de revenir.

Restait le problème de Yusef Muhammed. Elle avait promis à Celeste de tout mettre en œuvre pour réparer l'injustice dont il était victime. Lorsque Rebecca avait accepté de lui donner un coup de main, elle avait cru qu'elle était sur la bonne voie. Avec la désertion de la journaliste, tout lui retombait dessus. Or, malgré sa volonté d'aider Muhammed, elle n'avait pas l'étoffe d'une enquêtrice. Sans compter qu'elle avait une entreprise à gérer à Philadelphie, et sa vie à vivre.

Sortirait-il un jour de prison ? Elle redoutait d'avoir

à lui annoncer que Rebecca avait décroché un nouveau poste. La journaliste lui avait donné de l'espoir pour, du jour au lendemain, l'effacer de son esprit.

Impossible de se dérober. Elle devait lui expliquer la situation. En principe, c'eût été à Rebecca de le faire, mais elle ne le ferait pas.

De retour chez Ellis, sans ôter sa veste ni son écharpe, elle se laissa tomber lourdement sur le canapé du salon. Inutile de tergiverser davantage, il fallait appeler Muhammed. Elle toussota pour affermir sa voix, puis composa le numéro de la prison et demanda à parler au détenu.

Elle s'attendait à devoir parlementer, mais l'homme qu'elle eut en ligne fut, sinon aimable, du moins courtois. «Je vous mets en communication», lui dit-il, et quelques secondes plus tard, la voix grave de Muhammed résonna à son oreille.

— Yusef? C'est Blair Butler.

— Ouais, marmonna-t-il, circonspect.

— L'article qu'a publié le journal local sur votre affaire a suscité un certain intérêt, commença-t-elle, promenant son regard autour d'elle, sur la cheminée où la photo de Malcolm avait réintégré son cadre.

— Oui, je suis au courant. Rebecca m'en a parlé.

— Il nous faut voir maintenant si, à partir de là, nous pouvons élaborer un plan pour vous faire libérer.

— Nous? répéta-t-il, suspicieux. C'est-à-dire?

Blair soupira.

— Eh bien, c'est justement la raison de mon appel. Rebecca est obligée de s'en aller. Elle… on lui a offert un poste à Miami, qu'elle a accepté. Mais moi, je n'abandonne pas.

Elle l'entendit prendre une inspiration. Il y eut un long silence.

— Yusef?

Pas de réponse.

— Elle n'a sans doute pas le choix, pour… pour sa carrière. Elle n'est cependant pas la seule à pouvoir vous aider.

— Non, bien sûr, rétorqua-t-il avec un petit rire amer.

— C'est décevant, je sais, mais il m'a paru nécessaire de vous avertir. Il vaut mieux être au clair sur la situation.

— C'est très clair.

— Pardon?

— J'ai saisi. Quelle putain de menteuse!

Blair, pelotonnée au bout du canapé, ne protesta pas et ne prit pas la défense de Rebecca.

— Je suis navrée. Mais, surtout, ne renoncez pas.

— Renoncer? lança-t-il d'un ton froid. Pourquoi je renoncerais? Non, non. Tout ça me redonne espoir. Une journaliste promet de m'aider, elle se débrouille pour que mon histoire fasse la une de son canard, et là-dessus, elle se tire. Elle me laisse pourrir ici. Mais bon, je vous ai toujours de mon côté. Vous, la sœur de la fille qui m'a envoyé en tôle il y a quinze ans.

— Vous êtes injuste. J'ai essayé de vous expliquer que…

— D'accord. Je ne peux pas vous parler plus longtemps.

Et il lui raccrocha au nez.

Blair reposa le téléphone sur la table basse, mit sa main sur ses yeux. Il était furieux et déçu, naturellement. Celeste l'avait trahi, maintenant c'était Rebecca. Comment ne pas se révolter?

Elle n'était pas armée pour lui venir en aide, elle devait se rendre à l'évidence. Rebecca, journaliste expérimentée, était l'interlocutrice idéale, or elle avait quitté le navire. Vers qui se tourner à présent?

Elle se massait les tempes, désemparée, quand la chatte de Malcolm lui sauta sur les genoux en miaulant. Blair la caressa distraitement. Il y avait forcément quelqu'un, se disait-elle.

Soudain, elle eut une idée. Bonne ou mauvaise, elle n'en savait rien, mais il fallait tenter quelque chose. Elle se leva, sortit sur le perron et frissonna – le vent était glacial. Elle descendit les marches et s'engouffra dans sa voiture.

— Je n'ai pas de rendez-vous, mais M. Whitman pourrait-il m'accorder quelques minutes?

Les longs cils de Stacy de Soto battirent, son ongle manucuré glissa du haut en bas de la page d'un agenda démodé. Elle enfonça une touche de l'interphone avec la gomme de son crayon et patienta.

— Maître Whitman? Mlle Butler est là. Elle n'a pas de rendez-vous, mais elle souhaite vous parler.

Stacy écouta attentivement la réponse de son patron, puis leva les yeux vers Blair.

— Vous pouvez entrer.

— Oh, merci… Je ne le retiendrai pas longtemps.

Stacy regarda la pendule.

— Il a un client dans un quart d'heure.

— Je serai partie avant.

Blair toqua à la porte du bureau de l'avocat.

— Entrez !

— Maître Whitman ?

— Bonjour, Blair. Je suis content de vous revoir.

— Je suis désolée de débarquer comme ça, sans prévenir, mais j'ai vraiment besoin de votre aide.

— Je vous aiderai volontiers, si je le peux.

Blair prit une grande inspiration et se jeta à l'eau.

— Avez-vous lu l'article sur mon affaire ?

L'avocat lui sourit.

— Oui, j'ai vu. Vous avez réussi à faire publier l'histoire de Muhammed en première page. Vous avancez.

— En ce qui concerne la police, vous aviez raison : ils n'ont aucun désir de rouvrir le dossier. Mais j'ai rallié une journaliste à ma cause. Rebecca Moore. Malheureusement, elle a quitté la ville.

— Vous avez mis la machine en marche, c'est l'essentiel.

— Ça ne suffira pas pour faire sortir Yusef Muhammed de prison. Je ne sais d'ailleurs pas ce qui le pourra. Et je ne resterai pas ici des siècles, j'ai une entreprise à gérer.

— Je comprends… En quoi puis-je vous être utile ?

— Serait-il possible de vous verser une avance sur honoraires pour entamer la procédure légale au nom de Muhammed ?

— Quel genre de procédure ?

— Je ne sais pas… tout ce qui peut être fait pour accélérer sa libération. En se basant sur ce que nous avons découvert.

Whitman sourcilla.

— Je n'ai pas le droit d'accepter votre argent. Et dans l'immédiat, avec ce que vous avez trouvé, je n'irai pas loin.

— La vérité n'a donc aucune importance ? s'indigna-t-elle.

— Sur la balance de la justice, elle ne pèse effectivement pas lourd. Comme je vous l'ai déjà expliqué, le seul élément dont nous disposons relève du ouï-dire. Cet article est un début, mais il est purement spéculatif. Vous devez apporter des faits concrets.

Blair se frotta le front.

— J'espérais que Rebecca m'y aiderait. Elle a l'expérience nécessaire, elle sait mener une enquête. Moi, je suis logique, capable de poser les bonnes questions, mais je n'ai aucune formation juridique. Je ne sais même pas par où commencer. Rebecca a réussi à ce que son article fasse la une, pour que les gens le lisent et envisagent l'affaire sous un autre angle. Mais elle n'est plus là, il n'y aura pas de suite, et je crains fort qu'on se désintéresse de cette histoire. J'ai l'impression d'être revenue à mon point de départ.

— Je comprends…

— Que devrais-je faire, selon vous ?

— Il vous faut un témoignage. Quelqu'un – outre votre sœur, qui n'est plus en mesure de témoigner – qui puisse dire avec certitude où se trouvait Muhammed au moment de la mort de Molly Sinclair. Ou une preuve tangible qu'il n'est pas impliqué dans son meurtre. On ne rouvrira l'affaire qu'à cette condition.

— Mais où vais-je trouver ça après toutes ces années ? gémit Blair.

— C'est un défi de taille, acquiesça Whitman.

Il se tut un instant, puis, d'un ton circonspect :

— Vous proposiez de me verser une avance. Seriez-vous prête à rémunérer un enquêteur ?

— Oui, pourquoi pas, s'il est compétent. Je dois bien ça à Yusef Muhammed, il me semble. Avez-vous quelqu'un à me recommander ? Vous avez vous-même recours à ses services ?

— En effet.

— Je vous sens hésitant. Il est efficace ?

— Oui, il l'est, mais il peut parfois être difficile, grimaça Whitman.

— Je me moque qu'il ait bon caractère ou pas. Est-il qualifié ?

— À mon avis, oui. C'est un ancien policier.

— Il est à la retraite ?

— En quelque sorte. Il était encore jeune quand il a été forcé de quitter la police. Il a eu un problème handicapant, en l'occurrence un tremblement essentiel qui touche ses mains. Il ne pouvait plus s'entraîner au tir, il a dû démissionner.

— C'est triste pour lui.

— Je l'emploie régulièrement. Il est fiable. Pas très aimable, comme je vous disais, mais fiable.

— Ce n'est pas un ami que je cherche.

Whitman hocha la tête.

— Vous avez une minute ? Je vais l'appeler.

— J'ai tout mon temps.

18

La route grimpait en lacet à flanc de montagne, la nuit tombait. Blair roulait pleins phares, avec prudence. L'homme chez qui elle se rendait était, d'après Brooks Whitman, un solitaire endurci. Depuis sa retraite forcée, il se tenait à l'écart de ses congénères. Le plus loin possible.

Whitman l'avait donc appelé et lui avait expliqué la situation. L'enquêteur n'était pas chez lui, mais il avait accepté de recevoir Blair en fin d'après-midi. Aussi, dans la lumière déclinante, cherchait-elle la tanière de Tom Olson, au milieu des bois.

Elle n'était pas sûre qu'engager un détective privé soit la solution, mais elle n'avait pas d'autre choix. Whitman lui avait certifié qu'on pouvait lui faire confiance.

— Évitez simplement d'interférer dans son travail, lui avait conseillé l'avocat. Donnez-lui son chèque et mettez-vous sur la touche.

— Avec plaisir, avait-elle dit.

Elle avait cependant hésité en apprenant que Tom Olson était flic à l'époque du meurtre de Molly. Elle craignait qu'il ne penche du côté de la police locale, mais, toujours selon Whitman, Olson se targuait d'être impartial.

Blair tourna dans l'allée menant à une petite maison. Il n'y avait pas de lumière, seul un rocking-chair sur la véranda indiquait qu'elle était habitée.

Blair frappa à la porte. Pas de réponse. Elle frappa de nouveau. De la véranda, elle voyait pourtant qu'à l'intérieur, la télé était allumée.

— Monsieur Olson? appela-t-elle.

— Il est là, dit une voix revêche. Derrière vous.

Blair sursauta, se retourna d'un bond. Tom Olson s'approchait, trimballant une lourde caisse remplie de bois de chauffage.

— Oh, bonsoir… Je suis Blair Butler.

Quadragénaire, Tom Olson avait des cheveux ni blonds ni gris, une moustache et une courte barbe qui encadraient un visage pâle, creusé de rides, où brillaient des yeux délavés. Il avait l'air d'un homme qui ne s'exposait jamais au soleil.

Il tourna adroitement la poignée de la porte.

— Entrez.

Blair le suivit et attendit, debout, qu'il ait rangé le bois dans le panier à bûches à côté du poêle où, derrière la façade vitrée, brûlait un feu qui réchauffait la pièce. C'était d'ailleurs l'unique note chaleureuse dans le décor. Les seules sources de lumière, outre les fenêtres dépourvues de rideaux, étaient un tube au néon dans la cuisine et l'écran de télé, concourant à créer une atmosphère froide et glauque.

Tom Olson éteignit le téléviseur.

— Asseyez-vous.

Blair se posa au bord d'une chaise en bois. Le mobilier était réduit à sa plus simple expression. Pas le moindre objet décoratif. Pas de livres ni de magazines, aucune photo. Sur la table, un ordinateur portable voisinait avec un mug de café.

Tom s'installa dans un fauteuil.

— Donc, attaqua-t-il sans autre préambule, votre sœur, sur son lit de mort, a fourni un alibi à Muhammed.

— Exactement. Elle m'a révélé qu'elle se trouvait avec lui quand il a fait monter Molly dans sa voiture et l'a ensuite déposée chez elle. Je suis absolument sûre qu'elle disait la vérité, mais d'après M. Whitman, ça ne tiendra pas devant un tribunal. Il faut, selon lui, du concret pour étayer les déclarations de ma sœur, sinon on n'obtiendra jamais la révision du procès.

— Pourquoi a-t-elle attendu si longtemps ?

Blair hésita.

— C'est important ?

— Répondez-moi, ne me faites pas perdre mon temps.

— Elle avait peur que mon oncle découvre sa... relation avec Muhammed. Ils étaient... proches.

— Proches comment ? Amants ?

— Je ne peux pas l'affirmer, mais oui, probablement.

— Et pourquoi a-t-elle finalement décidé de parler ?

201

— Quand elle a compris qu'elle allait mourir, elle a dû se dire qu'elle emporterait dans sa tombe les espoirs de Muhammed, s'il en avait encore. De plus, à ce stade, mon oncle ne pouvait plus lui faire de mal.

— Pourquoi vous en parler à vous ?

Blair haussa les épaules.

— Elle avait confiance en moi, je suppose.

Plissant les lèvres, Tom Olson la dévisagea.

— Vous êtes sa seule famille ?

— Elle a un fils, mais il n'a que dix ans.

— Elle s'est donc délestée sur vous de son coupable secret.

— Nous avons traversé de dures épreuves dans notre enfance. Nous étions extrêmement soudées. C'était moins le cas ces dernières années. Nous menions des vies très différentes.

— C'est pourtant à vous qu'elle s'est confiée.

— Elle voulait que j'essaie de le disculper. Sans doute pensait-elle que je ne me déroberais pas. Et moi, j'ai cru qu'il me suffirait de rapporter ses paroles à la police. J'ai déchanté.

— Mettre Muhammed derrière les barreaux a nécessité des heures et des heures de travail, rétorqua-t-il. Ils ne le libéreront pas de bon gré.

— Me Whitman dit que vous étiez policier au moment des faits. Quelle est votre position ? Étiez-vous, vous aussi, convaincu de tenir le vrai coupable ?

— À l'époque ? Absolument.

— Et maintenant ? Admettez-vous qu'il s'agit peut-être d'une terrible erreur judiciaire ?

— Je ne sais pas… Je vais étudier ça.

— Rebecca Moore et moi-même avons découvert deux petites choses qui, à mon avis, ne sont pas dénuées d'intérêt…

Elle attendit qu'il l'encourage à poursuivre. Comme il se taisait, elle enchaîna :

— Ce jour-là, Muhammed a déposé Molly chez elle, au bout de l'allée. Il en est certain. On ignore comment elle s'est retrouvée dans les bois, là où on a découvert son corps. Mais un facteur qui était dans les parages, et qui faisait une petite sieste dans sa fourgonnette, affirme avoir entendu un bruit… de chute. Peut-être le bruit que fait un cadavre dont on se débarrasse et qui tombe sur le sol. Et une voisine a entendu quelqu'un – ce n'était pas Molly – frapper à la porte des Sinclair cet après-midi-là en implorant de l'aide.

Tom Olson hocha la tête sans se départir de sa réserve.

— Cela pourrait effectivement avoir un rapport avec l'affaire. Ou pas.

Le détective se tut de nouveau.

— Je tiens à préciser un point : je vous engage pour enquêter et innocenter Muhammed.

— On verra comment ça tournera…

— J'ai juré à ma sœur de le sortir de là.

— Écoutez, je n'ai pour l'instant que votre théorie. Soit dit sans vous vexer, il m'en faut davantage.

S'appuyant lourdement sur les accoudoirs de son fauteuil, il se leva.

— Je vais creuser. C'est tout ce que je peux vous promettre.

C'est peu, pensa Blair.

— Vous quittez la ville ? ajouta-t-il d'un ton brusque.

— Je… oui, je suis obligée de partir. Je dirige une entreprise à Philadelphie. Pourquoi ? C'est un problème ?

— Pas pour moi. Je n'aime pas avoir le client sur le dos.

Blair se leva à son tour et extirpa de sa poche un chèque qu'elle lui tendit.

— Ça suffira pour commencer ?

Olson lut la somme et laissa tomber le chèque sur la malle ancienne qui faisait office de table basse.

— C'est un oui ? demanda-t-elle.

— Je vais voir ce que je peux faire pour vous.

— Eh bien alors… merci.

Elle lui donna sa carte, avec son numéro de téléphone et son adresse mail.

— Quoi que vous découvriez, je veux en être informée.

— D'accord. Mais je ne vous promets rien.

— Je comprends.

— Ne me téléphonez pas tous les jours. Si j'ai du nouveau, je vous appellerai.

— Parfait. Je suis généralement très occupée.

L'entretien semblait terminé.

— Bon…, bredouilla-t-elle. Merci encore.

Tom Olson balaya l'air de la main, comme pour

chasser une mouche, et saisit un tisonnier pour activer le feu dans le poêle.

Blair hésita, mais le détective n'avait manifestement plus rien à lui dire. À votre aise, pensa-t-elle. Sans un regard en arrière, elle sortit de la petite maison et regagna sa voiture.

C'est bien, se dit-elle. Tu as engagé quelqu'un pour enquêter. Tu as tenu ta promesse à Celeste. Tu ne peux rien faire de plus.

Il n'y avait personne à la maison, pas trace de Malcolm. Blair eut un frisson d'angoisse. Quand Ellis arriva quelques minutes plus tard, elle l'attendait dans le vestibule.

— Où est Malcolm ?

— Dans sa nouvelle famille, répondit-il, sarcastique. Il y passera la nuit.

Blair fut soulagée et contente de l'apprendre.

— C'est lui qui en a eu envie ?

— Je suppose que oui. Ils lui ont téléphoné et, quand il a raccroché, il m'a demandé de le conduire chez eux.

Blair observa son oncle d'un œil plus compatissant qu'auparavant.

— Je sais que tu ne veux que son bonheur, comme moi.

— Je veux surtout qu'il me lâche la grappe, ricana-t-il.

— Je prépare le dîner ? proposa-t-elle, dans un esprit de conciliation.

— Pas pour moi, je sors. J'emmène Darlene à la cafétéria du club VFW.

Blair ne se vexa pas. La cafétéria ne la tentait pas le moins du monde, et cette sortie ressemblait fort à un rendez-vous galant – ce qui était assez confondant.

— Quelle bonne idée, rétorqua-t-elle, masquant son étonnement. J'ai l'impression que Darlene et toi devenez très amis.

— Ça pose un problème ? lança-t-il d'un ton accusateur.

— Non, pas du tout.

— Il y a ce qu'il faut dans le frigo pour ton dîner.

— Oui, je me débrouillerai. J'ai ma valise à faire.

— Tu vas où ?

— Je rentre à Philly.

— Tu fais bien.

— C'est aussi mon avis. Je partirai certainement de bonne heure.

— Il y aura moins de circulation, rétorqua Ellis qui faisait cliqueter ses clés, visiblement pressé de s'en aller.

— À demain.

Cette nuit-là, Blair eut du mal à s'endormir. Pourtant la perspective de rentrer chez elle la réconfortait. Elle ne s'était jamais sentie chez elle dans cette maison, cette ville, hormis durant la brève période où Molly et elle étaient amies.

Penser à Molly réveillait le chagrin d'autrefois, mais elle devait dominer sa tristesse. Elle avait fait tout son possible pour Molly et pour Muhammed. Il était temps de retrouver sa vraie vie.

La lumière grise de l'aube filtrait à travers les voilages quand Blair finit par sombrer. Elle fut tirée d'un profond sommeil par le sanglot d'un saxophone. Elle crut d'abord que c'était son réveil puis, émergeant peu à peu, reconnut la sonnerie de son téléphone.

— Allô?

— C'est Janet, Blair. Janet Sinclair.

— Bonjour, marmonna-t-elle.

— Lucille vient de m'appeler.

Comme Blair, encore mal réveillée, ne réagissait pas, Janet précisa:

— La mère de Yusef Muhammed.

— Oh… oui, bien sûr.

— Elle est à l'hôpital, où on a transporté son fils ce matin à l'aube.

Blair sursauta.

— Pour quelle raison?

— Tentative de suicide.

— Oh non…

— Si, hélas. Il a laissé une lettre où il dit qu'il n'a plus d'espoir.

— Seigneur…

— Je crois qu'il a très mal pris que Rebecca le laisse tomber.

Et que je m'en aille, comme si je l'abandonnais aussi, songea Blair avec remords.

— Où est-il? demanda-t-elle.

— Ici, à Yorkville. J'ai dit à Lucille que vous

passeriez le voir. J'ai pensé que ça lui ferait sans doute du bien.

— Je vais y aller. Je m'habille et j'y vais.

À l'hôpital, tout était calme. Les équipes du matin venaient juste de prendre leur service et la relève de leurs collègues qui avaient veillé toute la nuit sur les patients. Blair marcha droit sur le distributeur pour se payer un café, puis s'approcha de la réceptionniste qui, à cette heure matinale, était anormalement guillerette.

— Je cherche Yusef Muhammed, dit Blair. On l'a amené de la prison.

— Ah oui…, fit son interlocutrice qui pianota sur le clavier de son ordinateur. Il est toujours aux urgences. Vous êtes de la famille ?

— Je suis son avocate, répondit Blair, qui n'avait pas oublié son expérience à la prison.

— Très bien, approuva la réceptionniste, et elle commença à expliquer où se trouvait le service des urgences.

— Je sais où c'est, coupa Blair.

Elle préférait écourter la conversation et s'orienter par ses propres moyens. Sa ruse avait étonnamment bien fonctionné, mais il ne fallait pas tenter le diable. Elle tourna donc les talons et se dirigea vers les ascenseurs.

Au sous-sol, elle suivit les flèches jusqu'aux urgences où elle n'eut pas de peine à localiser Muhammed. Deux policiers en uniforme, armés, montaient la garde devant un box fermé par un mince rideau.

L'un d'eux arrêta Blair d'un geste.

— Stop ! Qui êtes-vous ?

— Blair Butler.

Il baissa les yeux sur son bloc-notes.

— Je n'ai pas de Blair Butler sur ma liste.

— Mais je suis son avocate ! protesta-t-elle.

— Votre pièce d'identité.

— S'il vous plaît, rétorqua-t-elle, prenant un ton exaspéré. On vient de me prévenir pour mon client, j'ai accouru. Je n'ai pas pensé à prendre mes papiers.

— Dans ce cas, je ne peux pas vous laisser entrer.

— J'ai le droit de voir mon client, insista-t-elle, se demandant si elle ne risquait pas de gros ennuis en se faisant passer pour une auxiliaire de justice.

À cet instant, le rideau du box s'ouvrit sur la mère de Yusef, Lucille Jones. Malgré les années, Blair la reconnut aussitôt. Lucille paraissait exténuée et bouleversée. Elle regarda Blair droit dans les yeux.

— Merci d'être venue, madame Butler. Vous voulez parler à Yusef ?

— En effet.

— Je vais chercher du thé. Entrez donc.

Les policiers hésitèrent à contredire la mère du détenu que le choc et l'angoisse tourneboulaient visiblement.

— Vous connaissez cette femme ? demanda l'un d'eux.

— Évidemment ! s'indigna Lucille. C'est l'avocate de mon fils.

— Bon, d'accord, grommela le policier. Allez-y.

Blair pénétra dans le box, murmurant au passage un merci à Lucille qui lui tenait le rideau et le laissa retomber derrière elle. Blair s'assit sur la chaise placée à côté du lit.

Muhammed gisait sur le drap blanc, les yeux clos, son visage noir exsangue et couvert de marbrures terreuses. Il était relié aux machines qui l'entouraient, dont les voyants clignotaient, par des câbles et des tubulures transparentes. Son poignet gauche était attaché au lit par des menottes. Sur son cou on voyait une plaie violacée, irrégulière. La marque d'une corde, pensa Blair. Il avait tenté de se pendre.

À cette idée, elle se sentit défaillir. Dans quels abîmes de désespoir un être humain pouvait-il plonger? Cet homme était innocent, il croupissait en prison depuis quinze ans, et elle lui avait fait miroiter un espoir pour ensuite l'anéantir.

— Je suis désolée, souffla-t-elle.

Les paupières de Muhammed battirent, il tourna légèrement la tête et posa sur Blair un regard éteint. Sans dire un mot.

Elle inspira profondément. Elle avait prévu de repartir pour se consacrer à son travail – créer des tissus humains en 3D et sauver des vies. Un travail essentiel, qui donnerait de l'espoir et des perspectives à des personnes qui n'en avaient plus. Elle croyait en ce qu'elle faisait et y prenait du plaisir. On avait de l'admiration pour elle, on lui enviait son savoir.

Mais en regardant cet homme qui avait voulu se tuer et y avait presque réussi, elle se sentait honteuse.

Soudain, tout ce qu'elle pourrait faire à Philadelphie semblait beaucoup moins important que sa vie à lui. Il était dans une situation atroce, elle avait promis de l'aider, or elle s'apprêtait à le laisser tomber.

— Pourquoi désolée? articula-t-il d'une voix rauque, à peine audible.

— Pour une foule de choses. Notamment pour Rebecca. J'ai compris qu'en réalité elle ne pensait qu'à ses propres intérêts. Quant à moi, j'étais prête à partir avant que tout soit réglé. J'ai engagé un détective, il se débrouillera mieux que moi...

— Tom Olson, dit Muhammed avec un calme teinté de mépris. Un ancien flic qui a travaillé sur l'affaire!

— Je sais, mais il m'a certifié qu'il...

Muhammed referma les yeux.

— Ce type m'a arrêté il y a quinze ans. Et c'est lui que vous choisissez pour me sortir de là.

— Je suis navrée. Il m'a certifié qu'il serait impartial...

Muhammed laissa échapper une exclamation incrédule.

— Il m'a appelé hier soir. Pour me déclarer qu'il n'y avait aucune chance que je sois libéré un jour.

— Il vous a dit ça? rétorqua-t-elle, déconcertée.

— Oui, et il ne plaisantait pas!

Une toux violente l'interrompit.

— Je suis navrée, répéta Blair. Ça va?

Il s'étouffait.

— Yusef? s'écria Lucille en écartant le rideau. Ça va, mon fils?

— Non, non ! gronda l'un des policiers de faction. Une seule personne à la fois. Attendez que l'avocate soit sortie.

— Laissez-moi passer. Mon fils se sent mal !

— Je m'en vais, dit Blair en se levant.

Muhammed tourna la tête sur l'oreiller. Une larme roula sur sa joue gauche et se perdit dans son oreille.

Blair posa une main timide sur la sienne, qui était glacée.

— Écoutez-moi… Je sais que vous n'avez pas tué Molly. Je ne partirai pas tant qu'on ne vous aura pas innocenté.

L'homme menotté au montant du lit demeura silencieux.

Réussirait-elle à tenir parole ? Rebecca avait déserté, et Tom Olson s'amusait à enfoncer Muhammed. Elle n'avait aucune aide à attendre.

Elle avait bien failli s'esquiver, mais le destin en avait décidé autrement. La vie de cet homme ne comptait pour personne, hormis Dieu et Lucille Jones. Cette existence dépendait maintenant de son opiniâtreté. Elle assumerait sa responsabilité. C'était aussi simple que ça. Et aussi fou.

— Je vous le jure, murmura-t-elle.

19

Blair cogna à la porte. La voiture de Tom Olson était là, et elle entendait du bruit dans la maison. Mais il ne répondait pas.

— Ouvrez cette porte ! cria-t-elle. Je ne m'en irai pas.

Elle entendit enfin le verrou tourner et la porte s'ouvrit sur Tom Olson. Pieds nus, en T-shirt effrangé et pantalon de pyjama en flanelle à carreaux, il la foudroya du regard.

— Vous savez quelle heure il est ?

— Oui. Je peux entrer ?

— Puisque vous êtes là…, marmonna-t-il en lui tournant le dos. On gèle, je vais m'habiller.

Blair pénétra dans la pièce où flottait une odeur de café frais. Il venait d'allumer le poêle, mais la température était encore glaciale. Elle jeta un coup d'œil à sa montre : sept heures du matin. Elle s'en fichait. C'était bien fait pour lui.

Elle s'assit sur la même chaise que la veille. Tom

reparut au bout de quelques minutes, en jean et épaisse chemise chamois. Il n'avait pas noué les lacets de ses chaussures de sécurité. Sans prêter attention à Blair, il remit du bois dans le poêle dont il referma la porte. Puis il versa du café dans un mug.

— Vous en voulez ?

Elle fit non de la tête.

Il s'assit en face d'elle, dans son fauteuil inclinable, et la dévisagea.

— J'ai accepté votre argent, je suis donc à votre service, mais cela ne vous autorise pas à débarquer ici quand bon vous semble.

— J'espère que vous n'avez pas encaissé le chèque, parce que je veux le récupérer.

Les yeux de Tom s'étrécirent.

— Quel est le problème ? Vous trouvez que les résultats tardent trop ? Vous pensiez que j'aurais toutes les réponses en douze heures ?

— J'arrive de l'hôpital, rétorqua-t-elle posément. Yusef Muhammed a tenté de se suicider cette nuit.

Il ne tressaillit même pas, ne manifesta pas la moindre émotion.

— Il n'a pas réussi, si je comprends bien ?

— Ce n'est pas grâce à vous.

— Une minute… En quoi suis-je responsable ?

— Vous lui avez téléphoné hier, répondit-elle d'un ton âpre, pour lui dire que vous êtes l'un des policiers qui l'ont arrêté et que je vous ai engagé pour reprendre l'enquête. Vous avez ajouté, je cite : il n'y a aucune chance que vous soyez libéré un jour.

Tom porta son mug à ses lèvres d'une main qui tremblait.

— C'est vrai. Il ne sortira sans doute jamais de prison.

— Espèce de salaud…, murmura-t-elle. Rendez-moi mon chèque.

— Il a raccroché sans me laisser le temps d'expliquer pourquoi je disais ça, poursuivit-il, imperturbable. Je peux vous l'expliquer, à vous ? Puisque vous êtes là.

Muette, Blair darda sur lui un regard méprisant.

— Bon… Savez-vous combien de personnes sont actuellement incarcérées aux États-Unis ? Un million et demi. Et combien de détenus ont été innocentés l'an dernier ? Cent cinquante-sept. Cent cinquante-sept ! répéta-t-il. Dans cette masse de détenus, combien, selon vous, clament leur innocence ? Un million et demi !

— Épargnez-moi votre tirade sur les prisons et les gauchistes au cœur trop sensible. Contentez-vous de me rendre mon chèque.

Tom soupira, reposa précautionneusement sa tasse et se leva pour aller ouvrir le tiroir du bureau, à l'autre bout de la pièce. Il y prit le chèque qu'il tendit à Blair. Elle y jeta un coup d'œil, le replia et le fourra dans sa poche. Puis elle se leva à son tour.

— Ceci met un terme à notre collaboration, déclara-t-elle.

— Croyez-le ou non, je lui ai dit ça uniquement pour ne pas lui donner de faux espoirs. Les statistiques sont implacables.

— Eh bien, bravo, répliqua-t-elle avec une ironie mordante. Il a pris vos paroles au pied de la lettre, vous pouvez être satisfait.

Tom se rassit.

— Cette mission paraît impossible, se défendit-il. Cela ne signifie pas que j'étais décidé à bâcler le boulot.

— Peu importe, rétorqua-t-elle en se dirigeant vers la porte. Je me débrouillerai seule. Dans la mesure où vous en vivez, enquêter n'est sûrement pas si compliqué.

À sa stupéfaction, Tom lui sourit.

— Touché !

Secouant la tête, elle tourna la poignée de la porte.

— Hier soir, j'ai pris quelques notes sur notre affaire, enchaîna-t-il. Vous devriez les emporter.

Elle pivota.

— Vous avez pris des notes ? Pourquoi ?

— Je vous l'ai dit : j'avais l'intention de me mettre au travail.

— Pourquoi me les donner ?

— Je n'en aurai plus besoin, et vous, ça pourrait vous aider.

Elle le dévisagea, tentée, mais refusant de l'admettre. Il lui fit signe d'approcher.

— Allez, rasseyez-vous une minute. Les notes sont sur le bureau.

Blair avait envie de sortir en claquant la porte – ce qui serait inutilement théâtral. Elle avait récupéré son chèque, la vie de Yusef Muhammed était en jeu, et elle ne savait pas par où commencer. Il était pourtant

216

essentiel d'agir rapidement. Si Tom Olson avait des idées sur l'affaire, pourquoi ne pas en prendre connaissance ?

Elle reprit sa place sur la chaise en bois. Tom fouilla dans les documents qui jonchaient le bureau, rassembla des fiches qu'il lui remit.

— Tout ça ? s'étonna-t-elle.

— Une bonne préparation, c'est la clé.

Blair feuilleta les papiers. Il y avait là des listes de questions auxquelles il faudrait répondre et de personnes à interroger. Une page entière de preuves concrètes qu'il voulait réexaminer. Des notes sur Molly, Yusef Muhammed et Celeste. Des plans des rues du quartier de Molly.

Elle regarda Tom, qui s'était rassis et l'observait par-dessus le bord de son mug.

— Vous n'avez pas chômé, reconnut-elle à contre-cœur.

— Croyez-le ou non, j'avais hâte de commencer l'enquête. Ce que vous m'avez dit au sujet de votre sœur a piqué ma curiosité. Sur un plan juridique, ce n'est cependant pas très utile. On surestime la valeur d'une confession faite sur un lit de mort...

— Je m'en suis rendu compte, rétorqua-t-elle tristement.

— Vous semblez néanmoins convaincue qu'elle vous a dit la vérité. De fait, à ce stade-là, pourquoi se serait-elle donné la peine de mentir ?

— C'est exactement mon avis.

— En reconsidérant les choses à la lumière de

l'aveu de Celeste, j'ai repéré de nombreuses failles potentielles dans l'enquête qui a été menée. Ces notes vous donneront un point de départ.

Soupirant, Blair les parcourut de nouveau. Puis elle leva les yeux vers lui.

— J'ai l'impression que vous étiez réellement prêt à réétudier le dossier.

— J'en avais effectivement l'intention.

— Mais alors pourquoi avez-vous été aussi brutal avec Muhammed, au risque de le pousser au suicide ?

— Je vous l'ai expliqué.

— Vous avez tout de même rudoyé un homme emprisonné à tort, que vous étiez censé soutenir.

Il la dévisagea d'un air froid et distant. Il ne s'excuserait pas, comprit-elle.

— J'ai besoin d'aide, admit-elle. Je dois aller jusqu'au bout, mais c'est… écrasant.

— Voulez-vous que je vous donne un coup de main ?

Blair contempla les papiers qu'elle tenait.

— Eh bien… oui.

— Dans ce cas, je veux bien essayer.

Elle hésita, partagée entre le soulagement et la méfiance.

— Je suis déterminée à rester à Yorkville jusqu'à ce que tout soit réglé. Mais je n'attendrai pas les bras croisés que vous obteniez des résultats. Je compte m'impliquer totalement. Soit vous me donnez des tâches à exécuter, soit vous me laissez vous accompagner.

Tom haussa les épaules.

— Vous pouvez me suivre, à condition de ne pas me gêner – ça, je ne le tolérerai pas.

— Compris. Vous voulez, je suppose, que je vous rende votre chèque.

— Et comment !

Il glissa le chèque dans sa poche de poitrine qu'il tapota d'un geste possessif.

— Quand commençons-nous ? demanda-t-elle.

— Examinons d'abord ce que nous savons. En commençant par le crime.

Les lueurs grisâtres du matin faisaient place à la lumière laiteuse de midi. Dans le séjour de la petite maison, Tom et Blair repassaient le film des dernières heures de Molly. Tom lui avait demandé de raconter tout ce qu'elle savait de cette lointaine journée.

Quand elle eut terminé, il se carra dans son fauteuil, visiblement en pleine réflexion.

— À quoi pensez-vous ?

— Vous dites que cette gamine, en jouant à cache-cache…

— Jenna.

— Cette Jenna affirme avoir entendu quelqu'un frapper à la porte des Sinclair en réclamant de l'aide.

— Tout à fait. D'après elle, personne n'a ouvert.

— Cela se passait donc avant le retour de Molly. Les parents n'étaient pas là, et il semblerait que Molly n'ait jamais franchi le seuil de la maison.

— C'est ça.

Tom étudia attentivement le plan du quartier, tapotant ses lèvres du bout des doigts.

— Les plus proches voisins sont les Knoedler.

— Oui, c'est bien leur nom.

— Je les connais. Quand j'étais flic, j'ai dû intervenir chez eux à plusieurs reprises.

— Pour quelle raison ?

— Violences domestiques. Randy Knoedler avait le vin mauvais.

— Il est violent ?

Tom acquiesça.

— On l'a embarqué une ou deux fois pour coups et blessures.

— Maintenant que vous le dites, je me souviens que Janet Sinclair avait peur de laisser Molly seule à la maison. À cause d'un voisin agressif.

— Sûrement Randy. On l'arrêtait, ensuite de quoi sa femme refusait de porter plainte.

Blair sentit son cœur manquer un battement.

— Vous croyez qu'il s'en serait pris à Molly ?

— Voilà précisément ce qu'il nous faut découvrir, répondit-il, pensif. Ainsi que l'identité de la personne qui frappait à la porte. Une voisine, peut-être ? Qui aurait couru chez les Sinclair pour échapper à la colère d'un proche ? À moins que cette personne ne soit venue en voiture ?

Il regarda Blair.

— Le témoin a-t-il vu, ou plutôt dans notre cas, entendu une voiture ?

— Jenna ne l'a pas précisé. Nous pourrions lui poser la question.

Tom, qui examinait toujours le plan, ne répondit pas. Blair approcha sa chaise.

— Ce plan est récent. Il y a quinze ans, cette maison n'existait pas, dit-elle, posant le doigt sur la demeure où elle s'était rendue, entourée d'une pelouse en pente douce amoureusement entretenue.

Tom haussa les sourcils.

— Exact. Nous avons besoin de l'ancien plan.

— Où peut-on se le procurer ?

— À la mairie. Et nous devons impérativement retourner voir les Knoedler. Cette personne qui frappait à la porte des Sinclair... c'est peut-être important. On y va.

— C'est moi qui conduis.

Il hésita, elle crut qu'il allait protester, mais il se borna à dire :

— La balade risque de se prolonger, je vous préviens.

— Pas de problème, rétorqua-t-elle, impassible.

— Parfait. En route.

20

Tandis que Blair conduisait, Tom était au téléphone avec quelqu'un du poste de police. Il s'exprimait par monosyllabes, comme s'il ne tenait pas à ce que Blair sache de quoi il parlait. Il raccrocha alors qu'ils atteignaient Main Street et lui indiqua où tourner pour rejoindre la mairie.

— Je sais où c'est, s'agaça-t-elle. J'ai vécu dans cette ville, je vous signale.

— Il y a eu du changement.

— Pas à ce point.

Elle se gara juste en face de la mairie. Une fois à l'intérieur du bâtiment, Blair se sentit perdue, mais Tom, qui savait manifestement où s'adresser, se dirigea droit vers le service du cadastre.

— Bonjour, Tom, susurra l'employée, derrière son comptoir, avec un sourire provocant.

— Comment allez-vous, Melanie ?

La quadragénaire arborait un chignon compliqué, des tonnes de fard à paupières et un sweater trop juste qui moulait ses bourrelets.

— Super-bien. Quel bon vent vous amène ?

— Ma cliente et moi, expliqua-t-il, désignant Blair, souhaitons examiner vos cartes topographiques datant d'une quinzaine d'années.

— Quel secteur de la ville ?

— Fulling Mill Road.

Hochant la tête, l'employée se campa devant une bibliothèque ancienne où s'alignaient de gros registres. Elle en délogea un, avec difficulté, et le posa sur le comptoir. En la remerciant, Tom ouvrit le volume. Une odeur de moisi leur monta au nez. À l'évidence, on avait rarement feuilleté ces pages.

Épaule contre épaule, ils étudièrent les cartes et les dessins topographiques du secteur. Blair fut vite capable de transformer mentalement ces dessins et cartes aériennes en images 3D.

— Là, dit-elle, pointant le doigt vers une case assortie de chiffres. C'est la maison des Sinclair.

Tom acquiesça.

— Et là, celle des Knoedler, ajouta-t-elle en montrant une autre case, plus bas dans la rue qui avait été divisée en grandes parcelles.

— Et dans la direction opposée… rien. Des arbres, des bois.

— Ah bon ?

— Je vous disais bien qu'il y a eu du changement. Beaucoup de constructions neuves.

Blair vérifia la date au dos du registre. C'était la bonne période.

— Mes souvenirs sont flous mais, à en juger par cette carte, tous ces terrains étaient nus.

— Jusqu'à celui-ci, rétorqua Tom, désignant une vaste parcelle le long de la route sinueuse. Il appartenait aux Warriner. Il y a deux bâtiments dessus. Et au-delà de ce terrain, une autre parcelle aussi grande, complètement isolée. Après ce virage.

— Je vois.

— Mais de chez Molly à cet endroit, ça fait une trotte. Un kilomètre et demi, au bas mot.

Tom referma le registre et appela l'employée.

— Merci, Melanie.

— Vous avez trouvé ce que vous cherchiez ? demanda-t-elle aimablement.

— Peut-être.

Blair frissonna quand ils sortirent de la mairie et regagnèrent sa voiture.

— Et maintenant ?

— On commence par les Knoedler.

— D'accord.

— Mais d'abord, si ça ne vous ennuie pas, on s'arrête au Wawa, dit-il en désignant la supérette de la station-service qui, vu le ballet de voitures sur le parking, était le magasin le plus prospère de la ville.

— Très bien.

— Je vais m'acheter un sandwich. Je vous prends quelque chose ?

— Non merci, je n'ai pas faim.

Tom descendit de la Nissan et, à grandes enjambées, se dirigea vers la supérette. Il ouvrit la porte pour permettre à une jeune maman qui manœuvrait

224

une poussette de sortir, puis s'engouffra dans la boutique.

Avoir un ancien flic à bord était une chance, songea Blair, d'autant que cette affaire paraissait le captiver – à moins qu'il ne soit un excellent comédien.

Son estomac gargouillait et elle regretta de ne pas avoir demandé à Tom de lui rapporter un sandwich. Bien sûr, elle pouvait aller se le chercher – après tout, c'était elle qui payait les heures de travail du détective –, mais cela les retarderait. Or elle n'avait pas une minute à perdre.

Tom reparut bientôt, un grand gobelet dans une main, dans l'autre un sandwich enveloppé dans du papier.

Blair se pencha pour lui ouvrir la portière. Il se glissa sur son siège, posa le gobelet – avec deux pailles, remarqua-t-elle – dans le porte-gobelet, puis partagea le sandwich en deux. Il lui en tendit une moitié, dans son emballage.

— Il m'a semblé que vous aviez faim.

Elle lui lança un regard surpris.

— Jambon et fromage. Vous n'êtes pas végan, j'espère ?

— Non, répondit-elle dans un sourire, en mordant dans le pain. J'avais faim, c'est vrai. Je suis debout depuis l'aube.

— Je sais. À peine levée, vous frappiez à ma porte.

Il but une gorgée à la paille.

— La deuxième paille est pour vous, si ça vous tente. Thé glacé.

— Merci, j'ai de l'eau, rétorqua-t-elle en attrapant une bouteille en plastique derrière son siège.

Ils mangèrent un moment en silence.

— Alors comme ça, vous avez grandi ici.

Blair acquiesça, les yeux rivés sur le pare-brise.

— Après la mort de notre mère, ma sœur et moi nous sommes installées chez l'oncle Ellis. Le demi-frère de ma mère. Beaucoup plus âgé qu'elle.

— Ellis Dietz.

— Lui-même.

— Il a toujours son bric-à-brac nazi ?

Blair se sentit rougir.

— Vous étiez au courant ?

— Tout le monde le savait. Quand j'étais gamin, on voulait tous voir sa collection. Ça nous semblait sortir tout droit d'un film sur la Seconde Guerre mondiale.

— Vivre au milieu de ces objets était horrible.

— Je m'en doute. On considérait votre oncle comme un vieil original.

— Ce qu'il était, soupira-t-elle.

— Il l'est encore ?

— Depuis quelque temps, il fréquente une femme qui a sur lui une influence positive. Cela arrive trop tard pour moi et ma sœur, mais c'est tout de même une bonne chose. Elle s'appelle Darlene, elle travaille au centre de soins palliatifs. Elle vient de s'installer ici avec son frère. Joe Reese, il est chauffeur de bus.

— Ah oui, je vois qui c'est.

— Vous connaissez donc tout le monde ?

Tom haussa les épaules.

— Je connais pas mal de gens.

— Et vous avez toujours vécu à Yorkville ?

— Vous dites ça sur un ton ! la réprimanda-t-il. Certaines personnes sont très contentes d'habiter ici.

— Sans doute… Moi, cette ville me rappellera toujours la mort de ma mère, la cohabitation avec l'oncle Ellis, et la honte d'avoir ce drapeau confédéré sur la façade de la maison. Et maintenant, en plus, le décès de ma sœur.

Elle secoua doucement la tête.

— Cela ne fait pas beaucoup de souvenirs heureux. Vous êtes manifestement plus attaché que moi à Yorkville.

— Oh, je ne sais pas. Mon ex-femme et moi avons acheté la maison que j'occupe toujours. La maison de mes rêves, à l'époque. Aujourd'hui, elle me rappelle seulement le fiasco de mon mariage.

Blair lui jeta un regard oblique.

— Me Whitman dit que vous avez dû quitter la police à cause de vos mains qui tremblent.

Il acquiesça.

— J'ai pourtant remarqué que vous aviez une arme sur vous. Comment ça se fait ?

— Je n'avais plus la précision de tir qu'exige le métier de policier. Mais je suis encore capable de tirer. Et je me suis aperçu que, dans mon boulot, une arme est un accessoire utile. Même si on ne s'en sert pas, un pistolet a un grand pouvoir de persuasion.

Blair éclata de rire, charmée par sa franchise, lui qui devait être d'ordinaire plutôt taciturne.

— Oui, j'imagine…

À cet instant, le son rauque d'un saxophone résonna dans la voiture, en introduction à un plaintif « *Mother, mother…* », Blair fouilla dans sa poche, à la recherche de son portable.

— C'est votre sonnerie de téléphone ? *What's Going On…* Ce n'est pas une chanson récente, commenta Tom.

— Je l'adore. C'était la chanson préférée de ma mère. Je trouve la voix de Marvin Gaye… obsédante.

— Je crois que c'était un homme tourmenté. Vous savez qu'il a été tué par son père ?

— Je le savais, oui. Allô, Eric ? Comment vas-tu ?

Le boulot, articula-t-elle en silence pour Tom.

— Vous avez fini ? demanda celui-ci, tendant la main.

Elle enveloppa le reste de sandwich dans le bout de papier qu'elle posa au creux de sa paume. Il ouvrit la portière et sortit de la voiture.

Elle expliqua brièvement à Eric pourquoi elle devait différer son retour, tandis que Tom allait jeter les reliefs de leur déjeuner à la poubelle, près de l'entrée de la supérette. Il remonta dans la voiture et bouclait sa ceinture quand Blair raccrocha et rempocha son téléphone.

— Prêt ?

Il fit oui de la tête.

Ils traversèrent les bois où le corps de Molly avait été découvert, montèrent ensuite la côte jusqu'au croisement de Fulling Mill Road.

— C'est cette rue, dit Blair.

Elle tourna à gauche puis, quelques mètres plus loin, dans l'allée des Knoedler. Il y avait déjà une voiture et un pick-up, derrière lequel elle se gara.

Ce fut Carol Knoedler qui vint ouvrir quand ils sonnèrent à la porte. Elle les dévisagea d'un air perplexe mais affable.

— Bonjour, madame Knoedler. Je suis Blair Butler. Je suis déjà venue l'autre jour, je vous ai posé des questions sur Molly Sinclair. Sur le meurtre…

— Ah oui, répondit vaguement Carol, qui tourna le regard vers Tom.

— Je vous présente Tom Olson. Il est détective privé.

— Ah… et vous avez trouvé quelque chose ?

— Rien de concret pour l'instant. Jenna est là ? Je souhaiterais lui parler, si c'est possible.

— Elle est en haut. Entrez, je l'appelle.

Blair suivit Carol à l'intérieur. Tom lui emboîta le pas et referma la porte.

— Jenna ! cria Carol. Quelqu'un pour toi !

Blair la remercia, Carol hocha aimablement la tête – Blair eut cependant le sentiment que son interlocutrice n'avait qu'un souvenir flou de sa précédente visite.

— Voulez-vous vous asseoir ?

— Non merci, ne vous dérangez pas.

Tom, qui observait le décor, prit la parole :

— Randy Knoedler habite toujours ici ?

— Plus maintenant, répondit Carol avec raideur. Nous sommes divorcés.

— De qui parlez-vous ? lança Jenna qui descendait l'escalier.

— De ton père.

Le visage de Jenna se rembrunit aussitôt.

— Pourquoi vous vous intéressez à lui ?

Son ton agressif n'impressionna pas Tom.

— Il vivait dans cette maison lorsque Molly Sinclair a été assassinée ?

— Quelle importance ?

— Votre père a été arrêté à plusieurs reprises pour voies de fait.

— Mais cela n'avait aucun rapport avec Molly, objecta Carol.

— Voies de fait, coups et blessures…

— Il était terriblement… stressé, bafouilla nerveusement Carol. Alors, parfois, il… il ne se contrôlait plus.

— Tu lui trouves encore des excuses, l'accusa Jenna. C'est incroyable.

— Tout ça est si loin, rétorqua Carol pour la calmer. De l'eau a coulé sous les ponts, il vaut mieux oublier.

— Elle a quand même fini par divorcer, enchaîna Jenna. Il nous pourrissait la vie.

— À quand remonte le divorce ? l'interrogea Tom.

Jenna haussa les épaules.

— Environ… combien ?

— Huit ans, murmura Carol.

— Mais pourquoi vous nous parlez de mon père ?

— Il était connu pour son caractère violent. Je me demandais s'il habitait ici au moment de la mort de Molly.

Jenna leva les mains.

— Il ne l'a pas tuée, si c'est ce à quoi vous pensez. Il n'était pas comme ça.

— Vous voulez dire qu'il se limitait à la famille ?

Jenna ne répondit pas mais braqua sur lui un regard noir.

— Je me demandais aussi, poursuivit Tom, si ce jour-là l'un d'entre vous n'aurait pas couru chez les voisins chercher de l'aide…

— C'est ridicule, répondit Jenna. Jamais nous n'aurions fait ça.

— Vous en êtes sûre ? intervint Blair.

— Évidemment qu'elle en est sûre, dit Carol.

— Jenna, ajouta Blair, vous souvenez-vous de…

— Non. Désolée. J'aimerais vous aider, mais…

— Encore une question, excusez-moi, l'interrompit Tom. Qu'est-ce qui a précipité le divorce ?

— Mes enfants m'y ont poussée, répondit Carol à voix basse.

— Ce ne sont pas vos oignons, fit aigrement Jenna. Et maintenant, il vaudrait mieux que vous partiez.

— Très bien, dit Blair. Nous vous laissons.

— Où puis-je trouver votre père ? demanda Tom d'un ton impérieux.

— Il vit à Arborside.

— Son adresse ?

— Loring Road. C'est une petite ville, vous le trouverez facilement.

— Pourrions-nous jeter un coup d'œil à la cabane qui se trouve sur votre terrain ?

— Pourquoi ?

— J'essaie seulement de me représenter ce qui s'est passé.

— Eh bien, allez-y, répondit froidement Jenna.

Puis, prenant sa mère par le bras :

— Viens, maman, je te prépare une tasse de thé.

— Merci, ma chérie.

Jenna referma la porte d'entrée. Blair et Tom hésitèrent, comme s'ils attendaient que la porte se rouvre. Ce fut lui qui se détourna le premier pour rejoindre la voiture.

— Votre avis ? interrogea Blair.

— Randy Knoedler était violent, il frappait sa femme. Ce jour-là, pendant que les gosses jouaient, il s'en est peut-être pris à Carol. Qui sait ? Elle le nie, mais elle aurait pu courir chez les voisins demander de l'aide.

— Oui, c'est possible. Mais les enfants l'auraient remarqué, non ?

— Pas forcément. Les gamins ont une mémoire sélective. Les petits Knoedler vivaient dans un climat de tension permanente, ils étaient probablement habitués à faire la sourde oreille.

C'était plausible, en effet.

— Quel genre de fille était Molly ? Était-elle timide ? Si elle avait surpris les Knoedler en pleine bagarre, aurait-elle tenté de… je ne sais pas… de s'interposer ?

— Non, elle n'était pas timide. Elle osait s'exprimer, je l'admirais d'ailleurs pour ça. Vous croyez que les choses se sont passées de cette façon ?

— Je me pose la question depuis que vous avez mentionné les Knoedler. Tous les flics connaissaient Randy. Un sale type.

Blair hocha pensivement la tête.

— Et maintenant?

— Allons jeter un coup d'œil à cette cabane.

Blair fit une marche arrière dans l'allée, jusqu'à un grand pré jouxtant la remise. Elle s'y engagea, exécuta un demi-tour et coupa le moteur.

La porte de la cabane était fermée par un loquet qui ne tenait plus. Décidément, chez les Knoedler, tout était délabré.

Blair tira la porte. Une bouffée d'air froid et humide leur emplit les narines.

— Laissez-moi passer le premier, dit Tom.

Baissant la tête, il pénétra dans la remise, puis fit signe à Blair de le suivre.

Il y avait là un fouillis d'outils de jardinage, de matériel de sport et de bicyclettes rouillées.

— C'est une bonne cachette, commenta Tom.

Blair se baissa pour regarder par la petite fenêtre percée dans la paroi.

— D'ici, on ne voit pas la maison des Sinclair.

Tom s'accroupit à côté d'elle.

— Non, mais si on regarde entre ces arbres, on aperçoit l'allée. S'il y avait des gens, là-bas, Jenna pouvait certainement les entendre. Assez bien, même, pour reconnaître les voix.

À cet instant, la porte se rouvrit à la volée, et un grand jeune homme au visage osseux, les poings serrés, les fusilla des yeux.

— Connor, dit Blair, gênée.

— Qu'est-ce que vous fichez là ?

— Nous avons l'autorisation de votre mère.

— Elle est toute chamboulée à cause de vous !

Tom leva les mains en un geste d'apaisement.

— Elle nous a permis de faire un petit tour dans la propriété. Nous étions sur le point de partir.

Il attendit que Blair soit sortie de la cabane pour demander au jeune homme :

— Vous voyez parfois votre père ?

— Non, jamais, répondit Connor, agressif.

— Vous avez son adresse ?

— Il vit à Arborside.

— Ce n'est qu'à une heure d'ici.

— Oui, ce n'est pas assez loin.

— Merci du renseignement.

— Je vais vous dire une chose : mon père était un salaud, mais il n'a pas fait de mal à cette fille.

— Comment pouvez-vous en être sûr ?

— Pourquoi il se serait attaqué à elle ? Il nous avait sous la main, répondit amèrement Connor.

— Je suis désolée de vous rappeler ces mauvais souvenirs, dit Blair.

— Ils sont toujours présents.

— Je m'étonne que votre mère ait finalement trouvé le courage de le mettre dehors, déclara Tom. La plupart des victimes de violences conjugales sont trop terrifiées pour ça.

Connor regarda au loin, une expression de tristesse peinte sur le visage.

— Je lui ai dit que si elle ne divorçait pas, je le

234

tuerais. Ce n'étaient pas des paroles en l'air, elle le savait.

Tom tapota le bras maigre du jeune homme.

— C'était courageux de votre part. Vous avez fait ce qu'il fallait.

Frissonnante, Blair s'engouffra dans la voiture et mit le contact. Tom s'assit à côté d'elle.

— Ils se sont débarrassés de ce salaud, c'est une chance, murmura-t-elle.

— Une chance?

— Tout est relatif, concéda Blair.

— Ils ont surtout de la chance qu'il ne les ait pas tous tués.

21

Ils quittèrent la propriété des Knoedler, passèrent devant l'allée qui donnait accès à la maison de Molly puis devant plusieurs résidences cossues, construites loin de la chaussée – notamment celle dont Blair avait rencontré le nouveau propriétaire. La route en lacet montait à l'assaut de la montagne et coupait d'autres rues.

— Je ne me souviens pas vraiment de ce quartier, dit Blair. Après la mort de Molly, je ne venais plus par ici.

Elle roulait au pas. Quelques flocons de neige tourbillonnaient autour de la voiture.

— Tournez là, ordonna Tom.

C'était la dernière maison. La route continuait, mais elle était ensuite flanquée de parois rocheuses. Aussi loin que portait le regard, on ne voyait que des arbres.

Blair s'engagea dans le chemin que Tom lui avait indiqué et ralentit encore.

— Attendez…, marmonna-t-elle. Cet endroit ne m'est pas inconnu.

— Après la côte, il y a le réservoir. Et la centrale électrique. Je ne pense pas que quelqu'un aurait pu courir chez les Sinclair en venant de par ici. C'est la dernière maison sur cette route. La maison des Warriner, on l'appelle encore comme ça.

— Ce devait être le nom de jeune fille d'Eileen Reese. Warriner… Je vous ai dit que mon oncle fréquentait la sœur de Joe Reese, vous vous rappelez ? Eh bien, elle vit ici avec lui. C'est son frère jumeau, il était marié avec Eileen, qui a grandi dans cette maison. Une ancienne ferme. Je crois que les terres ne sont plus exploitées, mais la propriété est très étendue.

— Vous connaissez les lieux, et c'est maintenant que vous vous en rendez compte ?

— Je ne suis venue qu'une fois, se justifia-t-elle. Je suivais le pick-up de mon oncle qui conduisait comme un fou, et nous sommes arrivés par l'autre côté.

Tom observait la maison.

— J'ai l'impression qu'il n'y a personne. Je ne vois pas de lumière.

Blair hocha la tête. La voiture de Darlene n'était pas là, celle de Joe non plus.

— Darlene et son frère doivent être au travail.

Elle s'arrêta, observa elle aussi la maison – presque aussi délabrée que celle de l'oncle Ellis – et la grange, plus loin, qui ne paraissait pas en meilleur état.

— On jette un coup d'œil ? suggéra Tom.

— À quoi ?

— Joe Reese et sa femme vivaient là quand Molly a été tuée.

— Il vaudrait mieux ne pas traîner dans les parages, rétorqua Blair – elle pensait à la fureur de l'oncle Ellis s'il apprenait que sa nièce et un détective privé furetaient autour de la maison de Darlene. D'ailleurs, le soir du dîner, Joe Reese m'a dit que sa femme et lui faisaient une retraite au moment du meurtre.

— Tous les autres habitants du secteur sont des nouveaux venus. Il n'y a que les Reese qui pourraient éventuellement se rappeler quelque chose.

Blair soupira, masquant son appréhension. Tom sortit de la voiture et s'approcha de la bâtisse. Personne en vue.

— Qu'est-ce que vous cherchez ? lui lança-t-elle, irritée – elle l'avait suivi.

— Je ne sais pas. Je m'imprègne de l'atmosphère. À l'époque, entre la maison des Sinclair et ici, il n'y avait que des bois. Du coup, ça m'intrigue.

Il descendit les marches du perron. Blair pensa qu'il retournait à la voiture mais, virant de bord, il se dirigea vers la grange. Il regarda par une fenêtre obscurcie par la saleté. Blair était derrière lui, les gravillons boueux crissant sous ses pas. Elle pivota pour observer la maison qui se découpait sur fond d'arbres et de ciel dont le gris s'assombrissait. Elle frissonna.

— Moi, je vais à la voiture.

Tom s'apprêtait à lui emboîter le pas quand il s'arrêta net. Surprise, Blair regarda par-dessus son épaule.

Joe Reese, en salopette et veste en polaire, chaussé de lourdes bottes, tournait l'angle de la grange. Il portait une poubelle qui débordait. Il tendait la main pour ouvrir la porte quand il les vit.

— Qu'est-ce que vous foutez là ? s'exclama-t-il.

— Désolé de vous surprendre, monsieur Reese. Nous pensions qu'il n'y avait personne.

— Qui êtes-vous ?

— Tom Olson, je suis détective privé. Avant, j'étais policier. Nous nous sommes déjà rencontrés. Et voici Blair Butler.

— Elle, je la connais.

— J'espère que nous ne vous dérangeons pas trop. Nous avons appelé, mais personne n'a répondu. Et nous n'avons pas aperçu de voiture.

— Qu'est-ce que vous voulez ? demanda Joe à Blair. Votre oncle sait que vous êtes là ?

— Je ne crois pas. D'ailleurs, ça ne le concerne pas.

— Nous ne voulions pas vous faire peur, s'excusa Tom.

— Je n'ai pas eu peur. J'étais juste en train de rentrer la poubelle dans la grange. Je stocke les ordures dans ces grandes poubelles jusqu'à ce qu'il y en ait assez pour aller à la déchetterie. Comme je n'ai pas d'animaux, la grange ne sert plus à grand-chose.

— Ah, fit Blair qui ne savait pas quoi dire.

Joe tourna les yeux vers Tom.

— Vous n'avez pas répondu. Qu'est-ce qui vous amène par ici ?

— Nous enquêtons sur le meurtre de Molly Sinclair,

déclara sans détour Tom. Cela s'est passé il y a quinze ans, vous vous en souvenez peut-être…

— Vous avez parlé de cette affaire le soir où vous êtes venue dîner avec votre oncle, dit Joe à Blair.

— Effectivement. Je suis toujours à la recherche d'un élément nouveau. C'est pour cette raison que j'ai engagé M. Olson.

— Moi, je ne sais rien du tout. Je n'étais même pas là quand c'est arrivé. Je faisais une retraite avec mon épouse.

— Vous l'avez effectivement mentionné, acquiesça Blair.

— À votre retour, avez-vous remarqué des traces quelconques indiquant que quelqu'un aurait pu s'installer dans votre propriété pendant votre absence ? Essayez de vous souvenir.

— Si c'était le cas, je m'en souviendrais ! s'indigna Joe. Pourquoi quelqu'un se serait installé ici ?

— Je ne sais pas. Une maison vide. Le propriétaire absent… L'après-midi où Molly est morte, une personne inconnue est allée frapper à la porte des Sinclair en implorant de l'aide. Nous essayons de comprendre d'où elle venait. Nous avons étudié une carte aérienne à la mairie, or les endroits d'où pouvait venir cette fameuse personne ne sont pas si nombreux le long de cette route. Alors nous avons décidé de faire un tour dans le coin, pour voir.

— Bonne chance pour reconstituer ce qui s'est passé il y a quinze ans, ricana Joe. Moi, je ne me rappelle même pas ce qui s'est passé la semaine dernière.

— Ce ne sera pas facile, reconnut Tom.

— Ce n'est pas le type qui est en prison qui a fait le coup, c'est sûr?

— À peu près sûr.

— Eh bien moi, je ne peux rien pour vous.

— Navré de vous avoir dérangé, dit Tom qui fit un signe à Blair et s'éloigna en direction de la voiture.

— Pas de problème, répondit Joe en ouvrant la porte de la grange.

Blair se retourna à demi pour le suivre des yeux. Elle remarqua alors que quelque chose était collé au dos de sa veste en polaire. Elle faillit revenir vers lui pour le lui enlever, hésita, craignant que ce geste à l'égard d'un quasi-inconnu paraisse trop familier.

— Monsieur Reese! lança-t-elle. Vous avez...

Comme il semblait ne pas l'entendre, elle fit quelques pas vers lui.

— Monsieur Reese... Joe...

Elle se figea soudain. Elle venait de reconnaître la chose collée à sa veste.

Cette fois, il l'avait entendue. Il pivota.

— Qu'est-ce que vous voulez?

Elle secoua la tête.

— Vous ne m'avez pas appelé?

— Non, je... rien.

Tom, qui était devant la voiture, s'impatientait.

— Blair! Les clés?

— J'arrive! répondit-elle et elle se hâta de le rejoindre.

— Nous avons perdu notre temps, dit Tom quand elle démarra.

Silencieuse, Blair manœuvra pour regagner la route et, roulant au pas, descendit le chemin creusé d'ornières.

Elle sentit que Tom la scrutait.

— Qu'est-ce que vous avez ?

Elle attendit d'être au croisement, regarda à droite et à gauche. À cette heure de la journée, certains conducteurs allumaient leurs phares, d'autres non. Les siens s'allumaient automatiquement, mais elle ne voulait pas couper la route à quelqu'un.

— Quelque chose vous tracasse, insista Tom.

Blair gardait les yeux rivés sur la chaussée. La lumière faiblissait, les flocons de neige tourbillonnaient autour de la voiture.

— Quand il est entré dans la grange, je me suis retournée pour le regarder…

— Oui ?

— C'est sans doute insignifiant…

— Dites toujours.

— Il avait un truc qui dépassait de la poche de sa polaire.

— Quoi donc ?

Blair hésita.

— Une socquette.

— Quand on met tout ensemble dans le sèche-linge, sans trier, ça arrive. Mais vous ne faites peut-être pas votre lessive ?

— C'était une socquette rose et duveteuse. Une socquette de petite fille. Ou de très jeune fille.

Tom fronça les sourcils.

— Elle appartient peut-être à sa sœur.

— Non, Darlene ne porterait pas des socquettes de gamine.

— Elle les porte peut-être au lit ou après la douche.

Une remarque d'homme qui avait vécu avec des femmes et savait ce qu'elles mettaient parfois pour se sentir à l'aise. Elle fit non de la tête.

— Elle était trop petite pour Darlene.

— Il n'a pas eu d'enfants avec sa femme, n'est-ce pas ? Et Darlene ?

— Elle a un fils adulte qui vit dans le Colorado.

— Vous vous êtes dit que cette socquette pourrait avoir appartenu à Molly ?

— Après toutes ces années ? se moqua-t-elle. Non... mais j'ai eu une drôle de sensation. On est là pour Molly, on cherche à comprendre ce qui s'est passé, et lui... il a une socquette de petite fille qui dépasse de la poche de sa veste.

Tom regardait droit devant lui, le front plissé.

— Pourquoi aurait-il une chose de ce genre chez lui..., continua Blair.

— Je l'ignore.

— Je me demande juste...

— Quoi donc ?

— Non, c'est idiot. De toute façon, Joe et sa femme faisaient une retraite quand Molly a été tuée.

— C'est ce qu'il raconte, corrigea Tom.

Blair frissonna malgré elle et accéléra pour s'engager sur la route.

— Ne nous emballons pas, soupira-t-elle. Nous nous raccrochons au moindre détail parce que nous n'avons rien et que c'est horriblement frustrant. Je ne peux pas m'éterniser ici, mais je ne peux pas non plus partir avant d'avoir fait quelque chose pour Muhammed.

— Vous avez fait quelque chose pour lui. Vous m'avez engagé.

— Je doute qu'il soit de cet avis, rétorqua-t-elle tristement.

Ils roulèrent un moment en silence. La fatigue et le découragement saturaient l'atmosphère. Ce fut Tom qui reprit la parole :

— Je crois que maintenant il faut aller à Arborside dénicher Randy Knoedler. Je ne suis pas persuadé qu'il se soit limité à sa famille.

Blair acquiesça distraitement.

— J'ai l'impression que vous n'en pouvez plus.

— Non… ça va, répondit-elle sans conviction.

— Il est peut-être temps de nous séparer pour aujourd'hui.

— Peut-être…

— Si vous me rameniez chez moi ?

Blair s'exécuta. Elle s'arrêta devant chez lui. Avant de descendre de la voiture, il la dévisagea.

— Ne perdez pas courage. Une enquête est un long processus. Je suppose que c'est pareil avec vos ordinateurs.

— Oui, mais avec eux, je sais où je vais. Savoir où je vais… ça me manque.

Il sortit, toqua à la vitre.

— Je vous appelle.

— D'accord, merci.

Elle le regarda monter les marches de la véranda, nimbé de la lumière des phares. Il lui fit au revoir de la main et disparut. Blair fit demi-tour pour rentrer chez elle. Chez Ellis, rectifia-t-elle. Si seulement elle avait pu rentrer chez elle.

22

Une odeur de poulet et de boulettes de pâtes au jus flottait dans l'air lorsque Blair poussa la porte d'entrée. Elle se dirigea droit vers la cuisine. Malcolm y était attablé avec Darlene qui lui remplissait son assiette de ragoût.

— Ça sent bon ! dit Blair.

— Asseyez-vous donc, rétorqua aimablement Darlene. Joignez-vous à nous.

Par réflexe, Blair faillit refuser et se retirer dans sa chambre, malgré la faim qui la tenaillait.

— Votre oncle doit travailler tard ce soir. Il m'a demandé de préparer le dîner de ce grand garçon.

Elle adressa un sourire à Malcolm qui feignit de ne pas s'en apercevoir.

— Il y en a plus qu'assez pour nous tous. Asseyez-vous donc.

— D'accord, dit Blair en s'installant vis-à-vis de son neveu. Si vous êtes sûre qu'il y en a assez...

Darlene lui servit une louche de ragoût.

— Comment vas-tu, Malcolm ? demanda Blair. Tu t'es bien amusé chez Amanda ? À la soirée pyjama ?

Il haussa les épaules.

— C'était pas vraiment une soirée pyjama, vu que ce sera bientôt ma maison.

— Tu as raison. J'ai l'impression que tu t'habitues à cette idée.

Avec un nouveau haussement d'épaules, Malcolm enfourna un morceau de poulet.

Darlene leva les yeux au ciel, sans cesser de sourire.

— Oh, Darlene, c'est délicieux ! la félicita Blair. C'est vous qui l'avez fait ?

— Oui, mais pas aujourd'hui. J'avais quelques barquettes au congélateur, j'en ai apporté une.

— C'est vraiment très gentil de votre part.

— Je suis contente d'être ici avec vous deux. Mon frère dîne avec les membres de son club de gentlemen, à l'église. Là-bas, à la ferme, je me sens parfois... bien seule.

— J'étais chez vous cet après-midi. Je vous ai manquée.

— Ah oui ? Mais que faisiez-vous là-bas ?

— Vous savez que j'ai engagé un détective pour enquêter sur la mort de Molly. Nous nous sommes arrêtés dans toutes les maisons le long de la route où vivaient les Sinclair à l'époque. Votre frère était là, nous avons bavardé un petit moment. Il ne se souvient pas de grand-chose. Sa femme et lui étaient absents au moment du meurtre. Ils faisaient une retraite.

— Oui, cela leur arrivait souvent.

— Et où allaient-ils ? Dans la région ?

— À trois heures d'ici, près de Gettysburg. Ma belle-sœur adorait ces retraites. Personnellement, en ce qui concerne la religion, j'ai toujours eu des réserves. Nous en avons vu de toutes les couleurs quand nous étions jeunes, cela vous rend un peu cynique…

— Comme je vous comprends, rétorqua gravement Blair.

— Ma belle-sœur, en revanche, était… très pieuse. Elle était redoutable.

— Je me suis toujours demandé en quoi consistaient ces retraites.

— Oh… étude des textes sacrés, formation pastorale, ateliers…

— Vous vous rappelez le nom de l'endroit où ils allaient ?

— Non. Mais je me souviens de la description que m'en faisait Eileen. Un domaine de plusieurs hectares avec un lac. On aurait cru qu'elle parlait d'un hôtel de luxe.

— Je serai obligé d'aller à l'église quand je vivrai chez les Tucker ? les interrompit brusquement Malcolm.

Blair hésita.

— Amanda t'en a parlé ?

— Non, mais je sais qu'ils vont à l'église.

— Tu pourrais peut-être les accompagner une fois, pour voir, rétorqua prudemment Blair. Mais personne ne peut t'obliger à avoir la foi. C'est personnel.

— Eh ben, ils peuvent dire ce qu'ils veulent, moi j'irai pas ! décréta Malcolm.

Il abattit son poing, fermé sur sa fourchette, sur la table, faisant sauter son assiette qui atterrit sur ses cuisses. Il se leva d'un bond en glapissant.

Darlene tenta d'éponger le ragoût renversé sur sa chemise et son sweat à capuche, en vain.

— Il vaut mieux que tu ailles te changer, dit-elle. Et redescends tes affaires sales.

Calmé, Malcolm s'empressa d'obéir. Blair essuya la table et les deux femmes se remirent à manger. Malcolm les rejoignit bientôt, portant ses vêtements poisseux.

— Je les laverai pour toi, dit gentiment Darlene. Je te ressers du ragoût ?

— Oui, s'il vous plaît, répondit Malcolm, penaud.

— C'était succulent, soupira Blair. Merci.

— De rien, rétorqua gaiement Darlene.

Blair racla son assiette et se leva.

— Je vais vous laisser, tous les deux. J'ai du travail.

Ordonnant à Malcolm de s'asseoir, Darlene lui remplit une assiette puis alla mettre les vêtements sales à la machine, dans l'arrière-cuisine.

Blair, quant à elle, monta l'escalier quatre à quatre. Une fois dans sa chambre, elle prit son iPad et entreprit de répertorier les lieux de retraite spirituelle dans la région de Gettysburg. Un nom revenait sans cesse : La Communauté. Elle cliqua sur le lien, qui ouvrait la page d'accueil du site web. Des prières sur fond de coucher de soleil, des photos de gens souriants attablés dans une cafétéria, des clichés de l'institution en été.

On proposait aux retraitants toute une gamme d'ateliers sur divers sujets, des problèmes de la jeunesse à la musique comme vecteur de prière, ainsi que des séances de réflexion couvrant aussi tous les sujets imaginables, de la toxicomanie à l'identité sexuelle. Voilà une Église qui s'efforçait de rester dans le coup, songea Blair.

Mais était-ce la bonne? Elle parcourut la liste des animateurs, examinant les photos d'hommes et de femmes à la mise soignée, cherchant ceux qui paraissaient assez âgés pour faire partie de la congrégation depuis longtemps. Un certain Adam Sawyer, qui animait les groupes de réflexion sur le mariage, retint son attention. Les Reese auraient-ils participé à un atelier de ce genre, en ce lointain mois de novembre?

On indiquait les coordonnées d'Adam Sawyer. Blair hésita un instant et composa le numéro.

La sonnerie retentit plusieurs fois, puis un homme à la voix grave décrocha.

— Monsieur Sawyer?

— C'est moi.

— Blair Butler à l'appareil. J'ai trouvé vos coordonnées sur le site de La Communauté. J'ai cru comprendre que vous animiez les groupes de réflexion sur le mariage. Mon mari et moi traversons une période difficile, et nous nous demandions si nous pourrions suivre avec vous une thérapie de couple.

— Vous serez les bienvenus, naturellement.

— C'est un ami à moi, Joe Reese, qui m'a donné cette idée. Il m'a dit que ce travail les avait aidés, sa défunte épouse et lui.

— Les Reese, oui… Un couple charmant.

Le cœur de Blair s'arrêta.

— Oui, ils sont charmants. Enfin… ils l'étaient, se corrigea-t-elle.

— Je n'ai pas vu Joe depuis deux ou trois ans. Depuis la mort d'Eileen, en fait. Comment va-t-il ?

— Aussi bien que possible. C'est dur de perdre son conjoint de cette façon.

— Aussi brutalement.

Blair voulait poser d'autres questions, mais il risquait de s'apercevoir qu'elle en savait fort peu sur les Reese. D'ailleurs, elle était censée se renseigner pour sauver son propre mariage.

— Joe m'a dit, si je ne me trompe pas, que leur premier séjour à La Communauté remonte à quinze ans. Vous y étiez déjà ?

— Je plaide coupable, plaisanta-t-il. Ma femme et moi animons ces ateliers depuis près de vingt ans.

— Oh, mais c'est merveilleux, dit Blair, honteuse d'avoir cette conversation – qu'est-ce que cela prouvait, après tout ?

— Ça marche bien. Nous avons pour philosophie d'aider les retraitants à partager leurs idées et leur expérience. Mon épouse anime le groupe des femmes, et moi celui des hommes.

— Les hommes et les femmes ne sont pas ensemble ?

— Ah non… Joe ne vous l'a pas signalé ? Ils sont séparés pendant toute la semaine. De cette manière, ils peuvent vider leur sac devant un auditoire compréhensif qui ne les jugera pas.

— Vous voulez dire qu'ils sont séparés pendant les séances de travail.

— Non, madame. Ils sont séparés durant la semaine entière. Ils se retrouvent parfois autour d'un repas, mais ils dorment dans des bâtiments différents.

Maintenant, le cœur de Blair cognait dans sa poitrine.

— Je ne suis pas sûre que mon mari apprécierait. Et si quelqu'un décidait de… mettons… s'éclipser un moment, son conjoint ne le saurait pas.

— Cela arrive parfois, admit Adam Sawyer en riant.

— Vous ne surveillez pas les participants ?

— Les surveiller ? Non, ce n'est pas nécessaire. Ils sont adultes et ils sont tous là pour la même raison. Craignez-vous que votre mari n'adhère pas à cette démarche ? Qu'il s'inscrive pour ensuite se rétracter ?

— À vrai dire, c'est surtout moi qui envisage cette retraite.

— Il est normal qu'un des conjoints soit plus… enthousiaste que l'autre. Au début, du moins.

— Mais j'ai peur qu'il s'en aille sans que je m'en aperçoive.

— C'est possible, bien sûr. Nous sommes dans un lieu de retraite spirituelle, pas dans un camp de prisonniers, rétorqua-t-il gentiment. Si cela peut vous rassurer, nous obtenons des résultats remarquables.

— Je comprends.

— Réfléchissez-y, priez. J'espère que votre mari et vous déciderez de venir. Je ne vous promets pas de régler vos problèmes, mais nous pouvons essayer.

— Je vous remercie.

Elle raccrochait lorsque la porte d'entrée claqua. Elle reconnut le pas lourd de l'oncle Ellis. Il appela

Darlene, qui ne répondit pas immédiatement. Puis elle entendit Malcolm monter l'escalier en courant et refermer la porte de sa chambre. Elle resta immobile, contemplant le champ d'étoiles qui brillait dans le ciel bleu nuit.

Elle reprit son téléphone et composa le numéro de Tom Olson.

— Bonsoir, Tom.

— Salut.

— Vous pouvez parler ? Où êtes-vous ?

— Dans ma voiture.

— Vous roulez ?

— Non, je suis garé.

Tout à coup, des voix furieuses s'élevèrent au rez-de-chaussée. Blair ne comprit pas ce qui se disait, mais à l'évidence Darlene et Ellis se disputaient. Elle en fut surprise, ils semblaient s'entendre si bien. Ellis tempêtait, Darlene répondait, calme mais glaciale.

Fin de la lune de miel, pensa-t-elle.

— Blair ?

— Excusez-moi, j'étais distraite. J'ai trouvé le lieu de retraite que fréquentaient les Reese. Je viens de parler au type qui s'en occupe.

— Et alors ? fit négligemment Tom.

— Figurez-vous que les ateliers sur le mariage ne sont pas mixtes. Les maris et leurs épouses ne se voient quasiment pas. Ils arrivent ensemble, ils mangent quelquefois ensemble, mais ils dorment dans des dortoirs différents et participent séparément aux activités.

— Et alors ? s'impatienta Tom.

— Et alors, Joe Reese aurait pu s'absenter sans que sa femme s'en rende compte.

— Possible.

— Ça ne paraît pas vous intéresser, dit-elle, déçue par sa réaction.

— Si, si, ça m'intéresse, mais là, je suis à Arborside. Je surveille un bar où Randy Knoedler a ses habitudes. J'attends qu'il rapplique. Il n'était pas chez lui. J'ai parlé avec plusieurs personnes, d'après elles, il ne loupe jamais une occasion de prendre une bonne cuite.

Blair hocha la tête sans répondre.

— S'il ne se montre pas, je sais où il travaille. J'irai là-bas demain. D'une façon ou d'une autre, je le trouverai.

— Vous devriez peut-être entrer dans ce bar boire un verre.

— Pourquoi pas, rétorqua-t-il en riant.

— Vous avez l'air convaincu que Randy Knoedler est la clé de l'énigme.

— Pas forcément. J'essaie simplement de ne rien laisser au hasard.

— Eh bien, je ne vous retiens pas davantage.

— Vous avez fait du bon boulot, s'empressa-t-il de dire pour la rassurer. J'étais enclin à éliminer Joe Reese, mais je n'arrête pas de penser à cette socquette rose. Comme vous, je suppose.

— En effet.

Au rez-de-chaussée, la porte d'entrée claqua. Ellis vociférait. Pauvre Darlene, se dit Blair, elle entrevoit le véritable Ellis. Elle est trop bien pour lui, il vaut mieux qu'elle le comprenne maintenant.

Puis elle songea que Tom et elle se posaient des questions sur le frère de Darlene. Son jumeau. Soudain, cela paraissait tiré par les cheveux. Un chauffeur de bus. Un diacre. Un peu terne, certes, mais gentil. Pas le genre d'homme qui frapperait une gamine de treize ans et la laisserait mourir dans les bois.

Blair était mal à l'aise, tout à coup. Si Darlene apprenait qu'ils soupçonnaient son frère, elle en serait profondément blessée. Elle ne méritait pas ça.

— Tout cela est si loin, soupira-t-elle.

— C'est-à-dire?

Elle sentit qu'il se fermait.

— Après tout ce temps, ça semble… sans espoir.

— C'est votre argent. Si vous n'avez pas envie de payer.

— Je ne dis pas ça, mais avouez que ce n'est pas gagné.

Tom resta un instant silencieux.

— Je crois que ça vaut la peine de creuser ces pistes. Même si je ne vous promets rien.

— Je comprends…

Elle entendit une voiture démarrer. Écartant le rideau, elle vit la petite voiture de Darlene s'éloigner.

— Je vous rappelle, dit Tom.

Sans lui laisser le temps de répondre, il raccrocha. Blair ferma les yeux. Le silence régnait de nouveau dans la maison. Un silence lourd.

— Au revoir, murmura-t-elle.

23

Le lendemain matin, Blair alla toquer à la porte de Malcolm.

— Je nous prépare le petit déjeuner. De quoi as-tu envie ?

— Pancakes, répondit-il, avant de froncer les sourcils : tu sais les faire ?

— Mais oui. C'était même une de mes spécialités, figure-toi. Donne-moi un petit quart d'heure.

Elle allait refermer la porte quand il lui demanda :

— Tu sais si mon sweat à capuche est sec ? Darlene l'a lavé hier soir.

— Je vais voir s'il est dans le sèche-linge.

Elle passa devant la chambre d'Ellis, plongée dans l'obscurité. Elle l'avait entendu partir à l'aube et se félicitait de ne pas avoir à lui parler. Après la scène de la veille, il était vraisemblablement d'une humeur de dogue.

Elle descendit au rez-de-chaussée où elle alluma les lumières. Encore une journée lugubre en perspective.

Elle prenait le mélange pour pancakes dans le placard de la cuisine quand elle repensa au sweat de Malcolm. Elle alla voir dans l'arrière-cuisine. Le sèche-linge était vide. Les vêtements de Malcolm étaient restés dans la machine à laver, ils étaient encore humides et collés contre la paroi du tambour. Elle les en sortit et les mit à sécher. Puis elle retourna s'occuper des pancakes.

Elle n'en raffolait plus comme avant, mais elle ne plaisantait pas en affirmant à Malcolm avoir été la reine du pancake. Celeste et elle, quand elles étaient gamines, n'avaient souvent que ça pour dîner. Maintenant, les rares matins où elle prenait un vrai petit déjeuner, elle préférait une *frittata* aux légumes arrosée d'un cocktail mimosa.

Mais elle n'avait pas oublié la bonne odeur des pancakes de l'enfance, qui lui rappelait les dimanches matin avec sa mère. Après la mort de celle-ci, cette odeur, pour sa sœur et elle, signifiait qu'elles savaient se confectionner un repas chaud sans l'aide de l'oncle Ellis – qu'il leur accordait de si mauvaise grâce.

Malcolm la rejoignit dans la cuisine.

— Tu as trouvé mon sweat ?

— Il est dans le sèche-linge. Il sera sec quand nous aurons fini de manger.

Malcolm s'affala sur une chaise, le nez sur son portable. Blair servit les pancakes, et son neveu s'y attaqua avec appétit.

— C'est bon, dit-il.

— Je n'ai pas perdu la main, rétorqua Blair en souriant.

Elle saisissait sa fourchette quand son téléphone sonna.

Darlene, constata-t-elle avec étonnement.

— Je suis désolée de vous déranger, mais je crois que j'ai laissé mes médicaments sur la table de la cuisine.

— Ils sont à côté de moi, je regarde.

Au bout de la table s'alignaient plusieurs flacons en plastique orange transparent, avec des couvercles blancs. La plupart appartenaient à l'oncle Ellis, comme l'indiquaient les étiquettes. Mais sur l'un d'eux était inscrit le nom de Darlene. Ils avaient regroupé leurs médicaments, c'était touchant. L'amour au troisième âge.

— Ah, les voilà.

— C'est bien ce que je pensais. Je suis partie tellement vite.

— Vous pouvez venir les récupérer quand vous voulez. Ils seront sur la table.

— C'est que je…, bredouilla Darlene d'un ton anxieux. Je n'ai pas très envie de passer chez vous.

— Oh…, fit Blair, stupéfaite.

— Je ne tiens pas à croiser… votre oncle. Puis-je vous demander une faveur ? Vous serait-il possible de me les apporter ?

— Mais bien sûr. Où travaillez-vous, aujourd'hui ?

— Oh, trop loin pour vous. C'est à quarante minutes du centre.

— Mais si vous en avez besoin…

— Je ne les prends qu'après le dîner. Cela vous

ennuierait-il de me les apporter chez moi ? J'enverrais
bien mon frère les chercher, mais je crois qu'aujourd'hui, il fait le trajet jusqu'à New York.

— Cela ne m'ennuie pas. Au contraire.

— Vous me sauvez.

— C'est le moins que je puisse faire. Sans indis-
crétion... quel est le problème avec mon oncle ? Je
pensais que vous vous entendiez bien, tous les deux.

Il y eut un silence à l'autre bout du fil, un soupir.

— Je le croyais aussi. Mais hier soir...

Blair attendit la suite, qui ne vint pas.

— Je vous ai entendus vous disputer.

Darlene hésita, puis :

— Autant vous le dire. En allant mettre les affaires
de Malcolm à la machine... vous vous souvenez qu'il
a renversé son assiette.

— Oui, tout à fait.

— Je cherchais l'adoucissant, j'ai ouvert le placard
au-dessus du lave-linge et là... j'ai cru avoir la berlue.
Le placard était bourré de souvenirs nazis. Un casque.
Des pièces d'uniforme. Des médailles avec des croix
gammées. Des insignes SS. Des brochures de propa-
gande. C'était... abominable.

— Ah... vous n'étiez donc pas au courant.

— Vous, vous le saviez ?

— Naturellement. J'ai eu ces merdes – excusez ma
grossièreté – sous les yeux pendant toute mon enfance.
C'était horrible. Je pensais que vous le saviez.

— Seigneur, non... Je n'aurais jamais... non, non.
Mon père était soldat pendant la Seconde Guerre

mondiale. Il a été tué par les nazis avant ma naissance. Quand ma mère l'a appris, elle a sombré
dans la dépression, il a fallu l'hospitaliser. C'est là
que mon frère et moi sommes nés. Dans un hôpital psychiatrique. On nous a séparés et expédiés
chez des parents qui nous ont élevés. C'était atroce.
Comprenez-moi bien : je suis fière de mon père qui
est mort pour sa patrie. Mais que quelqu'un puisse
idolâtrer les nazis ? Quand j'ai demandé à votre oncle
comment il avait pu avoir l'idée de collectionner ces
choses-là, il m'a répondu… oh, peu importe. C'était
affreux, tout simplement. Je n'en croyais pas mes
oreilles.

La voix de Darlene vibrait d'indignation.

— Je suis navrée, Darlene.

— Vous n'y êtes pour rien, ma grande.

— Cela me fait honte, depuis toujours.

— Vous n'avez pas à avoir honte. C'est à votre
oncle de se sentir honteux.

— Je suis quand même désolée que vous ayez
trouvé ces saletés.

— Il vaut mieux que je les aie découvertes maintenant, avant d'aller plus loin, rétorqua amèrement
Darlene.

— Vous ne semblez pas vouloir vous réconcilier
avec lui.

— Cela me serait impossible.

Le ton était catégorique.

— Eh bien, ne vous inquiétez pas, je vous rappor-
terai vos médicaments.

— Il y a une boîte pour les paquets, sur le côté de la maison. Vous n'aurez qu'à les laisser là.

— Entendu. Je suis vraiment navrée.

Quand Blair raccrocha, elle s'aperçut que Malcolm l'observait.

— Qu'est-ce qui s'est passé avec Darlene?

— Elle a oublié son flacon de pilules.

— Elle est fâchée contre l'oncle Ellis.

Blair hocha lentement la tête.

— Elle reviendra?

— Je ne le pense pas.

— Mais pourquoi? se plaignit-il.

Que savait-il des nazis? se demanda Blair. Était-il en mesure de comprendre? Elle préféra minimiser cette partie de l'affaire.

— Ils n'ont pas les mêmes idées.

— C'est parce qu'il aime les nazis, hein?

Blair fut sidérée. Son neveu la regardait fixement. Elle acquiesça.

Malcolm planta rageusement sa fourchette dans son pancake.

— Mais pourquoi il fait ça? Tout le monde sait que c'étaient des monstres.

— Tu as raison, rétorqua-t-elle, soulagée de l'entendre parler ainsi. Ils étaient monstrueux, et je n'ai jamais compris pourquoi l'oncle Ellis les trouvait si fascinants. Entre nous, je m'étonne qu'il n'ait pas essayé de t'intéresser à sa collection.

— Oh, il a essayé. Maman s'en est aperçue et elle l'a drôlement engueulé.

Celeste avait tout de même eu ce courage, songea Blair.

— Pour ta maman et moi, c'était épouvantable d'avoir ces horreurs dans la maison.

— J'aimais bien quand Darlene venait ici, ajouta-t-il tristement.

— Je sais…

Dieu merci, se dit-elle en contemplant son neveu, tu partiras bientôt de cette maison. Chez Amanda, il n'y aura pas de souvenirs fascistes. Et Ellis sera libre d'exposer à sa guise toute sa collection.

— Je ne comprends pas, reprit Malcolm, comme s'il lisait dans son esprit. L'oncle Ellis n'est pas méchant. Pourquoi il aime ces machins-là ?

— Bonne question, soupira Blair.

Malcolm était parti pour l'école, et Blair pliait le linge lorsque son téléphone sonna. C'était Eric, son assistant.

— Blair, commença-t-il, et elle perçut dans sa voix une certaine anxiété. Tu sais si tu en as encore pour longtemps ?

— Pas très longtemps.

— On essaie tous de te remplacer, mais…

— Eric… s'il ne tenait qu'à moi, je serais déjà là. J'espère pouvoir rentrer bientôt. Je crois que nous sommes sur la bonne voie, dit-elle sans grande conviction, pour gagner un peu de temps.

— On ne peut pas perdre le contrat Hahneman.

— On ne le perdra pas, rétorqua-t-elle avec une assurance qu'elle était loin d'éprouver.

Eric parut rassuré. Il lui demanda de lui donner, le plus rapidement possible, la date de son retour. Elle répondit que cela ne tarderait plus et, quand elle eut raccroché, se sentit plus tiraillée que jamais. Elle voulait reprendre son travail. Mais la vie d'un homme était en jeu. Qu'y avait-il de plus important ?

Tom avait-il tiré quelque chose de Randy Knoedler ? Elle lui posa la question par SMS, attendit une réponse qui ne vint pas. Elle prit sa douche et, au moment de quitter la maison, consulta sa messagerie, de crainte d'avoir loupé un appel pendant qu'elle faisait sa toilette. Pas de nouvelles de Tom. Elle fourra dans son sac le médicament de Darlene et sortit.

Elle était sur Fulling Mill Road, près de chez les Reese, lorsqu'elle vit un pick-up déboucher du chemin et lui barrer le passage. L'oncle Ellis était au volant, l'air bizarrement gêné. Elle mit le clignotant, attendit qu'il tourne. Leurs regards se croisèrent. Quand Ellis la reconnut, la colère flamba dans ses yeux. Il lui fit signe de continuer tout droit.

Blair le regarda comme s'il s'adressait à elle depuis la lune. Je n'ai plus à t'écouter, vieux schnock. Je n'ai pas à t'obéir.

Constatant que ses gesticulations étaient sans effet, Ellis tourna et s'arrêta à la hauteur de la Nissan, au milieu de la chaussée. Il baissa sa vitre.

Blair l'imita et le dévisagea, impassible.

— Qu'est-ce que tu fais là ? aboya-t-il.

— Je rends un petit service à Darlene. Mais je pourrais te poser la même question.

— Fiche le camp. Ne te mêle pas de mes affaires.

Un instant, Blair le plaignit. Darlene ne voulait plus de lui.

— Il semblerait qu'elle n'ait pas apprécié ta collection.

— On ne te demande pas ton avis. Tout le monde se fout de ton opinion.

Une voiture s'arrêta derrière la Nissan, le conducteur attendit, sans klaxonner, qu'ils aient fini de discuter.

— Je te laisse, dit Blair.

Elle remonta sa vitre pour ne pas entendre ce que lui criait son oncle, lui fit au revoir de la main et s'engagea sur le chemin.

24

Tout était calme chez les Reese. Blair s'arrêta près de la maison sombre et silencieuse, repéra sur le côté la boîte à colis que Darlene avait mentionnée au téléphone. Glissant le flacon de pilules dans sa poche, elle descendit de la voiture. L'herbe gelée, parsemée de plaques de neige, crissa sous ses pas.

Tout n'était pas si paisible, constata-t-elle en s'approchant de la porte latérale. La partie inférieure du battant était en bois plein, surmontée d'une imposte à petits carreaux – le plus proche de la poignée était brisé, des éclats de verre jonchaient le sol.

Blair scruta l'allée déserte. Mais qu'est-ce qui t'a pris, oncle Ellis ? Car c'était forcément lui. Darlene et son frère ne seraient pas partis au travail en laissant tout ce verre par terre. Et elle revoyait la mine coupable d'Ellis quand, au bout du chemin, il attendait que la voie soit libre pour tourner.

Il avait bel et bien commis un délit. Il était furieux contre Darlene, d'accord, mais elle n'aurait pas cru qu'il s'abaisserait à fracturer sa porte.

Son premier réflexe fut de ne toucher à rien, de déposer le flacon de pilules dans la boîte et de repartir. À leur retour, Joe et Darlene comprendraient vite qui était le responsable. Et Ellis récolterait ce qu'il avait semé.

Mais la curiosité prit le dessus. Il avait manifestement brisé le carreau pour s'introduire chez Darlene. Dans quel but? Tout casser? Jusqu'où était-il allé?

Elle s'approcha de la porte, essayant de ne pas marcher sur les débris. Des pointes de verre restaient accrochées au meneau, et des filets de sang tachaient la peinture blanche du chambranle, là où Ellis avait passé la main pour atteindre le verrou. Blair hésita, elle n'avait pas envie de se blesser.

Avait-il pris la peine de reverrouiller la porte en partant?

Elle tourna la poignée, la porte s'ouvrit. Facile, se dit-elle en franchissant prudemment le seuil de la cuisine. Il lui fallut un instant pour accommoder sa vision à la pénombre, mais elle eut l'impression que tout était en ordre. Sur la table, des fleurs dans un petit pichet. Un torchon soigneusement plié à côté de l'évier. Quelques assiettes dans l'égouttoir à vaisselle.

Pour en avoir le cœur net, elle actionna l'interrupteur près de la porte. Oui, tout était en ordre, hormis les gouttes de sang qui formaient un chemin à travers la pièce. Elle les suivit, veillant à ne pas marcher dessus. Elle traversa ainsi la salle à manger, le salon. Rien ne paraissait avoir été dérangé. Les gouttes de sang se perdaient dans les motifs du tapis d'Orient, puis réapparaissaient et menaient vers l'escalier. C'est dingue, songea-t-elle. Quelle mouche avait piqué Ellis?

Elle gravit les marches, vit que les traces sanglantes conduisaient à une chambre, sur la droite, dont la porte était fermée. Elle eut soudain peur d'entrer dans la pièce. Jusqu'à quel point Ellis s'était-il déchaîné? Et s'il était tombé nez à nez avec quelqu'un et avait déversé sur lui sa fureur? Quoique hargneux et mal embouché, il n'avait jamais été violent envers Blair ou Celeste. Il en était capable, mais ce n'était pas forcément dans sa nature.

Tu devrais peut-être appeler la police, se dit-elle. Elle crispa les doigts sur son téléphone, indécise. Non… mieux valait savoir ce que les flics trouveraient derrière cette porte. Voir si elle pouvait réparer les dégâts. Elle ne voulait pas, et elle en était surprise, que son oncle soit arrêté – pas s'il y avait moyen de l'éviter.

Je pense surtout à Malcolm, se dit-elle encore. Ce garçon en avait assez subi comme ça, il n'avait pas besoin d'un autre bouleversement dans sa vie. L'oncle Ellis en prison. Pas question, sauf s'il avait commis un acte vraiment odieux.

Blair tourna résolument la poignée de la porte qui s'ouvrit lentement. Serrant les dents, elle entra. La chambre, manifestement celle de Darlene, était bien rangée. Le grand lit en laiton était fait, la courtepointe tirée. Sur la commode s'alignaient plusieurs photos dans leurs cadres, un peigne et une brosse à cheveux. Les tiroirs étaient fermés, tout était intact. Mais sur le lit, comme s'ils attendaient le retour de la maîtresse des lieux, étaient disposés un cardigan en tricot au col orné de violettes en tissu, ainsi qu'un bonnet bleu et violet et des gants assortis. Blair discerna des taches sombres sur la manche du cardigan. Il y avait un mot qu'elle lut sans y toucher – elle avait reconnu l'écriture de son oncle.

J'ai vu cet ensemble dans un magasin du centre-ville et je l'ai acheté pour vous. J'espérais vous voir le porter pendant les fêtes. Je suppose que maintenant, cela n'arrivera pas. Mais gardez-le quand même, je n'en aurai pas l'utilité. Sincèrement, Ellis.

Contre toute attente, Blair eut les larmes aux yeux. Oh, Ellis, songea-t-elle, contemplant l'ensemble étalé sur le lit. Qu'est-ce qui a bien pu te faire penser que c'était une bonne idée? T'introduire dans la maison et laisser ça dans sa chambre? Tu crois que c'est le meilleur moyen de conquérir une femme? Ce sont plutôt les harceleurs qui se comportent de cette façon.

Elle avait cependant rarement vu cette facette de la personnalité de son oncle. Sentimental, plein d'espoir, rêvant encore de fêtes heureuses avec la femme idéale. Que lui était-il arrivé au fil des ans? Comment un cœur tendre pouvait-il battre dans la poitrine d'un sympathisant nazi? Comment un être pouvait-il abriter de telles contradictions?

Elle examina les taches de sang sur la manche. Elles ne partiraient pas. Le cardigan ne serait jamais porté.

Que faire maintenant? Rien, décida-t-elle. Ce geste romantique mais fâcheux n'était nullement menaçant. Seulement stupide. Et cela ne la concernait pas.

Tu devrais ficher le camp d'ici, se tança-t-elle. Avant que quelqu'un ne te tombe dessus. C'était le plus raisonnable. Mais penser que Darlene en rentrant allait trouver ces traces sanglantes menant à sa chambre... Elle ne méritait pas ça. Elle avait été charmante et gentille. Avec Ellis. Avec Malcolm. Et même avec elle.

Sans plus hésiter, elle courut dans la salle de bains chercher quelque chose pour nettoyer le sol. Dans le placard à linge, elle découvrit, appuyé contre la cloison, un balai laveur dont l'éponge avait à l'évidence beaucoup servi – le sang ne l'abîmerait pas davantage. Elle la mouilla sous le robinet, l'essora légèrement et, retournant dans la chambre, effaça la traînée rougeâtre sur le sol. Jetant un dernier regard au cardigan à la manche tachée, au bonnet et aux gants, elle soupira tristement et se détourna. Elle laisserait tout sur le lit, avec le mot d'Ellis. Que Darlene l'accepte ou non, c'était son cadeau.

Armée de son balai, Blair lava le palier, puis l'escalier et les pièces du bas. Impossible d'enlever les taches de sang sur le tapis, mais avec un peu de chance, personne ne les remarquerait. Elle nettoya la salle à manger et la cuisine, puis rinça l'éponge dans l'évier. Impossible de la ravoir, elle avait fait son temps.

Blair regarda sous l'évier, dans le placard d'angle. Pas d'éponge de rechange. Dommage, mais ils n'auraient qu'à en racheter une. La maison paraissait tout de même moins sinistre. Quand elle verrait Darlene, elle lui expliquerait qu'elle avait seulement cherché à lui épargner un spectacle peu ragoûtant.

Elle retira l'éponge et la fourra dans un sac en plastique déniché dans le placard. Maintenant, le verre. Avec le manche du balai, elle acheva de faire tomber le carreau cassé et ramassa le tout dans une pelle à poussière. Elle réussit à faire disparaître tous les éclats de verre, à l'intérieur comme à l'extérieur, vida la pelle dans le sac en plastique dont elle noua les poignées. Elle faillit le jeter dans la poubelle, puis se souvint du conteneur de la grange. Ne laisse pas ça dans la maison, se dit-elle. Le verre risquait de percer le plastique et de blesser quelqu'un.

Empoignant le sac, elle sortit et referma la porte de la cuisine. La vitre cassée donnait à la maison un air d'abandon. Elle pourrait chercher un bout de carton pour remplacer provisoirement le carreau… Non, elle en avait assez fait pour réparer les dégâts commis par son oncle. Elle déposa le flacon de pilules dans la boîte à colis et se dirigea vers la grange.

La porte s'ouvrit aisément, grâce au sillon que le battant avait creusé dans le sol. Elle chercha l'interrupteur à tâtons. Une ampoule nue pendait au bout d'un long fil électrique, si faible qu'elle éclairait à peine l'espace. Des box vides occupaient tout un côté du bâtiment. Deux grands conteneurs noirs s'appuyaient contre le mur du fond.

Blair s'avançait quand, tout à coup, quelque chose fila sur le sol cimenté. Elle ne le vit que du coin de l'œil et, quand elle se retourna, cela avait disparu. Mais elle imaginait sans peine de quoi il s'agissait et en avait l'estomac barbouillé. Un rat. Que serait une grange sans quelques rongeurs? Même si un rat préférait en principe loger dans une grange abritant d'autres animaux, afin d'avoir de la nourriture à voler et du grain où creuser ses galeries.

Il ne ressortira pas tout de suite, se dit-elle. Ces bestioles ne tiennent pas à rencontrer des humains – et réciproquement. Elle courut néanmoins vers le premier conteneur dont elle souleva le couvercle.

Il était presque plein de déchets jetés là n'importe comment, dans des sacs en plastique ou en papier, ou carrément en vrac. Une odeur écœurante s'en dégageait. Autant regarder ce qu'il y avait dans le second conteneur. Ah, celui-ci était quasiment vide.

Bon, très bien. Elle souleva de nouveau le couvercle du premier conteneur et posa son sac en plastique sur la pile d'ordures. Elle hésita un instant, puis tourna les talons pour se diriger vers la porte.

Quelque chose la turlupinait, et elle n'arrivait pas à mettre le doigt dessus. Elle sortit dans la pâle lumière, respira l'air frais.

Allez, ça suffit. Elle rejoignit sa voiture, déverrouilla les portières. Elle était mal à l'aise.

Elle se retourna pour regarder la grange, resta là un moment, indécise. «Ce ne sont pas tes oignons», dit-elle à voix haute. Mais elle ne pouvait pas faire comme si elle n'avait rien vu.

Elle revint sur ses pas, rouvrit la porte et ralluma la lumière, s'attendant presque à ce que le rat soit là, devant elle, à la fixer d'un air de défi. Elle s'approcha du conteneur, souleva le couvercle. Heureusement que

271

les éclats de verre étaient enveloppés dans le sac en plastique, sinon cela lui aurait singulièrement compliqué la tâche.

Avec précaution, elle saisit la petite boîte en carton entrevue quand elle avait ouvert le conteneur la première fois.

La vue de cette boîte l'avait troublée, mais elle n'avait compris pourquoi qu'à l'instant où elle s'apprêtait à monter dans sa voiture.

Elle eut un haut-le-corps en découvrant ce que contenait la boîte et la rejeta d'un geste brusque dans le conteneur dont elle laissa retomber le couvercle.

Que se passait-il ici ?

25

Son cœur battait à cent à l'heure. Elle faillit relever le couvercle, reprendre la boîte et… quoi ? L'emporter ? Pour quoi faire ? Qu'on jette à la poubelle une boîte de tampons hygiéniques avec quelques tampons usagés glissés dans leur sachet n'avait en soi rien de suspect ni même de surprenant. Nul n'y trouverait rien à redire.

Quelque chose clochait, pourtant, Blair en était sûre. Cette boîte n'avait rien à faire ici. Personne, dans cette maison, n'avait besoin de tampons. Ils n'appartenaient évidemment pas à Joe. Ce n'était pas Darlene qui les avait utilisés, et les Reese n'avaient pas d'invitée. Personne d'assez jeune pour avoir ses règles.

Pourtant cette boîte était là, dans ce conteneur. Réclamant une explication.

Reprends-toi, se morigéna-t-elle. Ça ne signifie rien, il y a forcément une explication tout à fait logique. D'ailleurs que peux-tu faire ? Annoncer que tu as fouillé dans leur poubelle, que tu as trouvé une boîte de tampons et que tu exiges des réponses ? On n'imaginait pas conversation plus scabreuse. Et pourquoi? Dans quel but? Depuis quand les gens devaient-ils rendre des comptes au sujet de ce qu'ils jetaient à la poubelle?

Blair remit la boîte dans le conteneur dont elle baissa le couvercle. Rentre chez toi, tout cela ne te concerne pas. Tu ne devrais même pas être ici.

Elle fit demi-tour et se dirigeait de nouveau vers la porte quand une odeur – incongrue dans cette grange vide – lui chatouilla les narines: Elle s'immobilisa, renifla. Était-ce une hallucination?

Mais non, elle ne rêvait pas.

C'était bien une odeur de cuisine.

De soupe.

Une odeur tellement banale, tellement… normale. Évoquant une marmite en train de mijoter sur le feu, quelqu'un qui remplissait les assiettes creuses du déjeuner. Des images qui faisaient chaud au cœur.

À ceci près qu'il n'y avait personne ici. Et pas un chat dans les environs.

Blair ouvrit la porte et regarda au-dehors. Rien n'avait bougé. Aucune voiture n'était arrivée depuis tout à l'heure. On n'avait pas allumé la lumière dans la maison.

Je perds la boule, se dit-elle.

Soudain, un souvenir lui revint. L'autre jour, quand elle était venue ici avec Tom, ils avaient cru qu'il n'y avait personne, puis ils avaient vu Joe Reese apparaître, tournant le coin de la grange.

Peut-être Joe ou Darlene étaient-ils rentrés et avaient-ils garé leur véhicule derrière la grange.

274

Peut-être rapportaient-ils de chez le traiteur un pot de soupe chaude qui embaumait. Oui, il y avait certainement une voiture, là-bas, de l'autre côté. Forcément. C'était la seule explication possible.

Elle éteignit la lumière et sortit.

— Hou, hou ! Il y a quelqu'un ?

Elle ne voyait que sa propre voiture sur le chemin. Pas de réponse.

Elle retourna vers la maison, jeta un coup d'œil par l'imposte de la porte latérale. La cuisine était toujours plongée dans la pénombre, les brûleurs de la gazinière éteints. Peut-être y avait-il un plat au four, dont on avait programmé la cuisson avec départ différé. À moins que les Reese possèdent une mijoteuse électrique programmable.

Glissant la main par le carreau cassé, Blair tourna le verrou et entra. Tout en sachant qu'elle ne trouverait rien. Car l'odeur de soupe s'était dissipée dès qu'elle avait quitté la grange. Elle fouilla cependant la cuisine du regard.

Rien. Personne.

Elle ne s'attarda pas. Elle était déjà restée bien trop longtemps à jouer les intruses. Elle referma la porte et rejoignit sa voiture. Quoi qu'il se passe ici, cela ne me regarde pas.

Mais alors qu'elle mettait le contact, son esprit battait la campagne. Aurait-elle eu une sorte d'hallucination olfactive ? Elle resta un moment immobile, plongée dans ses réflexions. Si son imagination la trompait, l'odeur devait avoir complètement disparu.

Elle avait une formation scientifique, l'habitude de se livrer à des expériences contrôlables. Penser qu'elle était le jouet de son imagination, sans autre explication, était pour elle contre nature.

Elle ressortit de la voiture. Sans couper le moteur, elle revint vers la grange. Dès qu'elle en tira la porte, elle constata qu'elle n'avait pas rêvé. Ce n'était pas une illusion. L'odeur était bien là. Une odeur de soupe.

— Qui est là ? cria-t-elle. Il y a quelqu'un ?

Toujours pas de réponse. Elle ressortit et, cette fois, décida de faire le tour du bâtiment, dans l'espoir de trouver une voiture, voire un campeur qui aurait planté sa tente dans le pré derrière la grange. Quelqu'un qui n'aurait probablement pas dû se trouver là. Craignant de surprendre un squatteur, elle appelait en marchant : « Ohé ! Il y a quelqu'un ? »

Rien. Elle s'immobilisa sur le chemin gravillonné, derrière la grange, scrutant les alentours. Rien ne bougeait dans le pré constellé de plaques de neige, hormis un petit vent qui courait sur l'herbe roussie.

Étrangement, l'odeur de soupe était plus forte ici qu'à l'intérieur.

Elle pivota et examina le bâtiment. Le mur était haut et aveugle, percé de trois portes fermières. Des portes de box dont le vantail du haut était condamné par des planches en croix, celui du bas visiblement solide.

Blair essaya de les ouvrir, l'une après l'autre, mais elles étaient certainement verrouillées de l'intérieur. Normal, se dit-elle. La grange n'abritait aucun animal, on ne se servait plus des box.

Elle passa la main sur les vantaux, alignés parfaitement avec le mur. Elle regarda le pré. Hormis un faucon qui décrivait des cercles dans le ciel, tout était tranquille.

Elle retourna dans la grange, s'approcha des box, dans le fond.

Il y avait encore, pendues à des crochets, des pièces de harnachement au cuir et aux boucles ternis. Une bride, des sangles, des étriers. Elle ouvrit la porte d'un box, s'avança. Du foin était répandu sur le sol où, à n'en pas douter, des rats s'étaient fait un nid. Cette idée lui donna la chair de poule, mais la curiosité l'emporta. Une fourche et une pelle rouillées s'appuyaient contre le mur du fond. Une couverture indienne, fanée et moisie, accrochée à la cloison latérale, donnait au décor un petit air western.

On percevait de vagues relents de fumier, maintenant que l'odeur de soupe se dissipait. Car elle aurait bientôt disparu, et Blair ne serait plus en mesure de dire avec certitude si elle avait ou non rêvé. Elle interrogerait Darlene. Peut-être y avait-il dans le coin des courants d'air qui charriaient des odeurs provenant de chez les voisins les plus proches. De toute façon, ça ne me regarde pas, se répéta-t-elle.

À cet instant, elle entendit un bruit ténu, vit une petite bête détaler.

Il faut que je m'en aille.

Impossible malheureusement de sortir par l'arrière, par les box, ce qui lui aurait épargné de retraverser la grange et de croiser un rat. À l'évidence, les portes n'avaient pas été ouvertes depuis une éternité. Pour vérifier, elle secoua le loquet. Bloqué par la rouille. Inutile d'essayer d'ouvrir le vantail du haut. Même si elle y arrivait, il lui faudrait se hisser par-dessus la partie basse – à coup sûr, quelques méchantes échardes se planteraient dans son jean.

N'y aurait-il pas une porte latérale, là-bas, du côté du dernier box, masquée par la couverture indienne ?

Oui, elle ne se trompait pas. Il y avait bien une porte cadenassée. Elle secoua le cadenas, au cas improbable où il serait ouvert. Il était solidement verrouillé. Elle remarqua alors le judas percé dans le battant, y colla son œil. Elle eut d'abord l'impression de regarder un mur nu, puis comprit qu'il s'agissait d'un espace vide, de la taille d'un petit vestibule. Dans le fond, elle discerna, au-dessus d'une marche, une autre porte également cadenassée.

Qu'est-ce que Joe Reese pouvait avoir à garder aussi jalousement sous clé ? À en juger par l'aspect de la maison, il ne possédait sans doute pas d'objets de grande valeur. Blair avait vu, dans les beaux quartiers de la ville, des demeures moins bien protégées.

Quoi qu'il en soit, elle ne pourrait pas sortir par ces portes-là. Elle secoua encore le cadenas, puis laissa retomber la couverture et pivota. Il lui faudrait donc traverser la grange, en espérant ne pas se retrouver avec un rat pendu à ses baskets.

Elle se détournait quand, du coin de l'œil, elle perçut un mouvement au bas de la porte. Un autre rat ? Elle s'écarta d'un bond, les nerfs à vif, scrutant le sol.

Elle fronça les sourcils, regarda mieux.

Trois minces filets d'eau s'écoulaient sous la porte. Goutte à goutte. Blair secoua la tête, en pleine confusion. Du calme, ne recommence pas à imaginer n'importe quoi. De la neige fondue s'était probablement infiltrée dans la grange, jusqu'au réduit derrière cette porte hermétiquement close. Voilà tout.

Elle souleva néanmoins la couverture et, s'accroupissant, tâta le liquide d'un doigt hésitant qu'elle porta à son nez. De l'eau ou peut-être de l'essence ? Elle flaira son doigt. Stupéfaite, en grimaçant, elle goûta le liquide du bout de la langue.

Ses yeux s'arrondirent. Elle se redressa, le cœur battant.

Du savon. De l'eau savonneuse. Sous cette porte cadenassée.

Elle était tellement médusée qu'elle faillit perdre l'équilibre. Elle saisit le cadenas, le secoua de nouveau. En vain. Elle se mit à tambouriner à la porte.

— Ohé ! Il y a quelqu'un ? Répondez-moi ! Il y a quelqu'un ?

Elle regarda par le judas, ne vit rien. Frappa le battant de ses paumes.

— Qui êtes-vous ?

Soudain, une voix dure s'éleva :

— Qu'est-ce que vous faites là ?

26

Blair se retourna avec un cri de frayeur. Joe Reese était entré sans bruit dans la grange. Il se tenait juste derrière elle.

— Oh mon Dieu, vous m'avez fait peur ! accusa-t-elle – elle laissa retomber la couverture indienne et s'écarta de la porte. Je ne vous ai pas entendu arriver.

— Votre voiture est dans l'allée. Que faites-vous ici ?

— Dans la grange ? Ou chez vous ?

— Les deux, répondit-il avec une moue.

Sois franche, se dit-elle. Elle avait une bonne raison de venir ici, même si cette brève visite s'était singulièrement compliquée.

— Eh bien, hier soir, Darlene a laissé chez nous un flacon de pilules, expliqua-t-elle. Elle m'a téléphoné ce matin pour me demander de les déposer dans votre boîte à colis. Ce que j'ai fait.

— Quelqu'un a cassé la vitre de ma porte. C'est vous ? Pourquoi vouliez-vous vous introduire dans ma maison ?

— Ah non, ce n'est pas moi, ironisa-t-elle – mais cette dénégation lui sembla sonner faux. Le carreau était cassé quand je suis arrivée.

— Impossible. Il n'y a pas de verre par terre.

— Je... je l'ai balayé.

— Vous l'avez balayé, répéta Joe, dubitatif. Vous n'avez pas brisé la vitre, mais vous avez balayé les éclats de verre.

— Cela paraît un peu bizarre, je vous l'accorde, mais je ne voulais pas que quelqu'un se blesse. J'ai ramassé les débris de verre et je les ai jetés.

— Attendez que je comprenne... Vous prétendez être passée déposer un médicament dans ma boîte à colis. Mais vous avez trouvé un carreau cassé, alors vous avez tout nettoyé, ensuite de quoi vous avez fureté dans ma grange. Excusez-moi, mais ça ne tient pas debout.

Il était sceptique, Blair ne pouvait pas le lui reprocher – sa petite histoire était assez invraisemblable.

— Une chose en a entraîné une autre...

— Vous êtes entrée dans la maison ?

— Oui, forcément, pour prendre la balayette et la pelle à poussière. J'ai tout remis en place.

— Mais pourquoi ? s'énerva-t-il.

Blair soupira. Darlene ne tarderait pas à rentrer, elle découvrirait le cardigan sur son lit, comprendrait que c'était Ellis le responsable. Elle le dirait à Joe. À quoi bon essayer de couvrir son oncle ?

— Bon... autant vous le dire. En arrivant ici, j'ai vu mon oncle qui partait. Il était venu remettre un cadeau à

281

Darlene. Il a brisé la vitre pour pénétrer dans la maison et laisser le cadeau dans la chambre de votre sœur.

Joe la dévisagea.

— Votre oncle a cassé mon carreau pour s'introduire chez moi.

— Oui… Je ne le défends pas, mais il n'avait pas les idées claires. Il était bouleversé. Darlene s'est fâchée contre lui.

— Pour être honnête, j'espère qu'elle l'a enfin largué.

— Je crois que oui. Je suis désolée pour votre vitre.

— Je ne comprends pas pourquoi elle s'est liée avec lui. Tout le monde sait qu'il a une case en moins.

Blair ne répliqua pas.

— Ce doit être un comportement habituel dans votre famille… J'arrive chez moi, je trouve ma vitre cassée et vous dans ma grange.

Il l'asticotait. Elle lui avait avoué la vérité, elle avait dénoncé son oncle, mais ce n'était pas suffisant pour Joe Reese.

— J'avais une excellente raison de venir ici : le médicament que Darlene m'a demandé de lui rapporter.

— Ah oui, le médicament…, rétorqua-t-il, feignant l'humilité.

Continuer à se justifier ne servirait qu'à la faire paraître encore plus coupable. D'ailleurs, elle aussi avait des questions à poser. Elle désigna la couverture indienne.

— Cette porte… où mène-t-elle ?

— L'ancienne sellerie. Comme on n'a plus de chevaux, on ne l'utilise pas.

— Alors pourquoi la porte est-elle cadenassée ?

— Ça ne vous regarde pas.

— C'était une simple question.

— La réponse est tout aussi simple. La porte est cadenassée parce que j'ai là-dedans… des choses de valeur. De toute façon, qui vous a autorisée à venir fouiner par ici ?

— J'ai cru sentir une odeur de cuisine, répliqua-t-elle, butée. Ensuite, j'ai vu de l'eau couler sous la porte. De l'eau savonneuse. Comme de l'eau de vaisselle.

— D'où tenez-vous ça ?

— Je… je l'ai touchée.

— Par terre ? Ici, c'était une écurie. Pourquoi avez-vous fait ça ?

Blair éprouva une subite bouffée de colère. À l'entendre, elle s'était conduite de manière insensée. Comme si la curiosité était une forme de folie. Elle avait remarqué quelque chose de bizarre et cherché une explication. Pourquoi la traitait-il comme une criminelle ?

— Par curiosité. Je cherchais à comprendre…

Joe darda sur elle des yeux étrécis.

— Je vous le répète, il n'y a rien là-dedans. J'y remise seulement du bois et des outils dont je ne me sers plus.

— Vous venez de dire que vous y gardiez des objets de valeur.

— Cette maison est à moi, ce qui s'y trouve est à moi, rétorqua-t-il d'une voix sourde. En quoi ce que je fais dans ma grange vous concerne ?

— J'ai senti une odeur de cuisine, insista Blair.

Il inspira profondément.

— Ce n'est pas possible. Il n'y a personne ici. Maintenant, sortez de ma grange et allez-vous-en.

— Vous ne voulez même pas en avoir le cœur net ?

— Je n'en ai pas besoin. Vous n'auriez pas reçu un coup sur la tête, dernièrement ? Il me semble avoir lu quelque part que les gens souffrant de traumatisme crânien sentent des odeurs qui n'existent pas. Vous devriez vous faire examiner.

— Pourquoi y a-t-il des tampons périodiques dans votre poubelle ? lança-t-elle sans réfléchir.

Joe resta bouche bée. Derrière ses lunettes, ses yeux jetaient des éclairs.

— Vous avez fouillé dans mes poubelles ? demanda-t-il d'un ton menaçant.

— J'y ai jeté les débris de verre, se défendit-elle.

Elle dépassait les bornes, elle en était consciente. Fouiller dans les poubelles, prétendre sentir des odeurs de soupe, exiger qu'on déverrouille une porte dans une grange vide. N'importe qui la jugerait cinglée. Elle voyait la colère se répandre sur les traits de Joe Reese, comme si elle avait touché un nerf sensible.

Tout à coup, elle se remémora la socquette rose qui dépassait de la poche de cet homme.

Et si…

On avait tous entendu parler d'histoires de ce

genre. On avait vu des reportages aux actualités. Ces choses-là existaient.

Et si quelqu'un était enfermé dans ce réduit ? Séquestré ? Si Joe n'avait rien à cacher, pourquoi refusait-il d'ouvrir cette porte ?

— Pourriez-vous, s'il vous plaît, déverrouiller ces portes ? Celle-ci et l'autre, derrière ?

La fureur flamba dans le regard froid de Joe, un flot de sang colora ses joues.

— Il faut vous en aller.

— Ça ne prendra qu'une minute, rétorqua-t-elle, soutenant son regard. Après, je vous laisse tranquille.

Il prit son téléphone dans sa poche.

— Ça suffit, je n'ai pas à négocier avec vous. Vous avez pénétré dans ma propriété sans mon autorisation. J'ai été gentil, mais là, je vais être forcé d'appeler la police…

Il avait raison, elle était entrée chez lui sans y être invitée. Quand les policiers apprendraient qu'elle s'était introduite dans la maison, qu'elle avait nettoyé les traces sanglantes laissées par son oncle, ils risquaient de l'embarquer. Et quel argument invoquerait-elle ? Qu'elle soupçonnait Joe Reese de séquestrer quelqu'un ? Quelqu'un qui portait des socquettes roses et faisait cuire de la soupe ?

Tout cela paraissait soudain absurde.

Elle imaginait parfaitement la réaction des policiers. Joe ne voulait pas de Blair chez lui, c'était son droit le plus strict. Ils ne l'obligeraient pas à ouvrir cette porte.

Cette histoire n'avait décidément ni queue ni tête,

mais l'attitude de Joe la troublait. Il n'avait pas exprimé la moindre curiosité, seulement de la colère et de l'indignation. Certains individus sont plus secrets que d'autres, se dit-elle. Elle avait besoin de réfléchir, de se remettre. N'insiste pas, en tout cas pour le moment. Présente tes excuses et va-t'en d'ici.

Elle leva les mains en signe de reddition.

— D'accord. Excusez-moi. Je m'en vais.

— Trop tard, grogna-t-il.

Il composa un numéro, colla le téléphone à son oreille.

— Allô, ici Joe Reese, je voudrais signaler une effraction. On s'est introduit dans ma propriété, sur Fulling Mill Road…

Elle n'avait qu'à rejoindre en courant sa voiture qui l'attendait dans l'allée. Sans doute s'en tiendrait-il là. Il voulait seulement qu'elle s'en aille.

Laisse tomber. C'est le plus simple.

Mais vu la situation, la solution la plus simple était-elle la bonne ?

D'un air de défi, elle extirpa son téléphone de sa poche.

— Qui appelez-vous ? murmura-t-il.

— Le détective que j'ai engagé pour m'aider à enquêter sur la mort de Molly Sinclair. Tom Olson. Si vous demandez aux flics de venir ici, j'aimerais qu'il soit présent. C'est un ancien policier, il travaillait dans cette ville.

Elle ne savait pas trop pourquoi elle lui disait tout ça, elle voulait seulement le prévenir qu'elle avait

286

aussi des relations dans la police. Et, pour une raison qui lui échappait, elle voulait que quelqu'un sache où elle se trouvait.

Baissant les yeux, elle composa le numéro de Tom et appuya sur la touche d'appel.

— Oui, j'attends, dit Joe d'une voix bizarrement forte, comme s'il faisait semblant d'avoir un interlocuteur au bout du fil.

Elle l'entendit se déplacer dans son dos. Collant son portable à son oreille, elle se retourna. Il avait rempoché son téléphone. La mâchoire crispée, le regard glacial, il brandissait une pelle.

La pelle fendit l'air comme au ralenti.

— Non…, cria Blair en levant les bras pour se protéger. Non !

Elle sentit le coup, puis les ténèbres l'engloutirent.

27

— Allô ?

Perplexe, Tom Olson vérifia que la communication n'était pas coupée.

— Blair ? Où êtes-vous ?

Pas de réponse. Il n'était rentré que depuis quelques minutes. Le téléphone avait sonné, le nom de Blair s'était affiché sur l'écran. Cela lui avait fait plaisir. Il comptait justement l'appeler.

— Blair ?

Rien. Il attendit un moment puis raccrocha. Il fit chauffer de l'eau, consulta ses mails, mit du bois dans le poêle. Il s'assit, contemplant le feu.

Son escapade à Arborside avait été fatigante et infructueuse. Randy Knoedler, qui ne voulait pas d'ennuis, s'était montré soucieux de se présenter comme un allié de la police. Il affirmait ne rien savoir sur la mort de Molly Sinclair. Somme toute, Tom était enclin à le croire. Il avait rencontré nombre d'individus comme Randy, des types capables, quand ils avaient bu, de cogner leurs proches qui avaient la malchance de passer à leur portée. Par méchanceté et pour le plaisir, et aussi parce qu'ils estimaient en avoir le droit en tant que chefs de famille. Mais s'en prendre à un voisin… c'était une autre paire de manches. Cela pouvait leur coûter cher, tandis qu'à la maison – malheureusement –, ils ne risquaient rien.

Tom reprit son téléphone et rappela Blair. Elle était sur répondeur.

Il aurait dû se préparer quelque chose à manger, ou lire un peu, mais il était agité. Il voulait parler à Blair. Faire le point avec elle.

Cette fille l'attirait, il en était conscient. Raison de plus pour garder ses distances, se dit-il fermement. Elle allait retourner à Philly, à quoi bon chercher à commencer une histoire avec quelqu'un qui menait une vie si différente de la sienne. En plus, tu es trop vieux. Elle a une quinzaine d'années de moins que toi.

Il renversa la tête contre le dossier du fauteuil et ferma les yeux. Il essaya de se reposer. Impossible. Il regardait sans cesse son téléphone. Blair ne le rappelait pas.

Oublie, ne fais pas une fixation sur elle. Il était habitué à sa solitude, et même il l'appréciait. Les femmes étaient des créatures compliquées, dans le meilleur des cas. Naguère, il était plus optimiste. Plus… romantique. Il songea à sa femme, qu'il avait follement aimée à l'époque de leur rencontre. Ils s'étaient installés ensemble, et leur couple avait craqué sous le poids de récriminations triviales. Ils ne se querellaient jamais pour des choses graves. Les enfants, la carrière, le sexe… jamais ils ne trouvaient le temps de se disputer pour ça, trop occupés à traverser le champ de mines du quotidien.

Ses moindres habitudes agaçaient sa compagne – les plats qu'il aimait, sa façon de s'habiller, de ranger ses affaires. Au début, il s'efforçait d'en tenir compte, mais peu à peu il avait eu la sensation qu'elle lui reprochait jusqu'à son existence. S'il s'avisait de lui faire remarquer qu'elle était mesquine, ou qu'elle râlait pour un rien, elle fondait en larmes et se répandait en accusations. Suivait la punition par le silence.

Et chaque jour, cela recommençait. Plus Tom s'efforçait de la satisfaire, plus il semblait l'exaspérer. La fin de leur histoire lui avait laissé un sentiment d'échec et de soulagement. Surtout de soulagement, pour être honnête. Il en était venu à redouter sa présence. Elle ne lui manquait pas. La vie de couple ne lui manquait pas. Le jeu n'en valait pas la chandelle.

Il jeta un coup d'œil à sa montre. Une heure s'était écoulée depuis qu'il avait reçu cet appel. Blair ne s'amuserait pas à ça. Ce n'était pas son genre. Elle était directe. Elle disait ce qu'elle pensait. Elle vous rappelait.

Il lui était arrivé quelque chose. Un mauvais pressentiment le tenaillait. Quand on parcourait la ville en posant des tas de questions, voilà ce qu'on récoltait. Les gens commençaient à vous en vouloir.

Il essaya encore de la joindre, tomba de nouveau sur la boîte vocale. Il fallait remettre du bois dans le poêle, les flammes crachotaient. Mais sans plus réfléchir, il se leva et enfila sa veste.

Ce fut un jeune garçon au regard méfiant qui ouvrit la porte. Un chat se frottait contre sa jambe. Ce devait être Malcolm.

— Je cherche Blair, lui dit Tom.

— Elle est pas là.

— Sais-tu où je peux la trouver ?

Le gamin se retourna et cria :

— Oncle Ellis ! Elle est où, Blair ?

Tom entendit un grommellement, un pas lourd.

— Qui la demande ?

— Un monsieur.

Ellis Dietz s'encadra sur le seuil, dominant de toute sa taille le gamin et le chat. Il dévisagea Tom.

— Vous êtes qui ?

— Tom Olson. Blair m'a engagé pour l'aider dans l'affaire Yusef Muhammed.

— Ah oui. Elle n'est pas là.

— Savez-vous où je peux la trouver ? répéta Tom. Elle ne répond pas au téléphone.

Ellis se planta un cure-dents dans la bouche et, négligemment, entreprit de se nettoyer les dents :

— Je peux pas vous dire, je l'ai pas vue depuis…

— Depuis ?

— … un bon moment, ronchonna Ellis.

— C'est-à-dire ?

Tom imaginait Blair grandissant avec ce rustre pour tuteur. Comment s'était-elle débrouillée pour ne pas mal tourner ?

Ellis paraissait se tâter. Il plissa les lèvres, sans cesser de se curer distraitement les dents.

— Monsieur Dietz ?

— Ce matin, elle est allée chez les Reese, sur Fulling Mill Road.

Le cœur de Tom fit une embardée. Il lui avait pourtant recommandé de ne pas aller là-bas seule.

— Pourquoi ?

— Elle avait quelque chose à rendre à Darlene. La sœur de Reese.

— C'était si important ?

— J'en sais rien, moi. Elle a le don de débarquer là où elle n'est pas la bienvenue.

Comme quand elle est venue vivre ici, par exemple, songea Tom.

— En tout cas, elle m'a pas donné de nouvelles depuis.

— Il est arrivé quelque chose à Blair ? demanda Malcolm qui se dandinait nerveusement derrière son oncle.

— Mais non, elle va bien, répondit Ellis.

— Pourquoi vous la cherchez ? insista le gamin.

Tom évita son regard interrogateur. Il aurait voulu répondre : elle est injoignable et j'ai peur qu'elle ait provoqué une personne dangereuse. Je suis inquiet. Au lieu de quoi, il se borna à dire :

— Je veux juste lui parler.

— Eh ben, vous la trouverez pas ici, rétorqua Ellis d'un ton agressif.

Tom grimaça, descendit les marches de la véranda.

— Et s'il lui était arrivé quelque chose ? balbutia anxieusement Malcolm.

— Ta tante est capable de prendre soin d'elle, rétorqua Ellis, passant la main dans ses cheveux gras. Allez, rentre.

Mais Malcolm ne bougea pas, il suivait des yeux Tom qui regagnait son pick-up.

— Rentre, je te dis ! ordonna Ellis.

Il s'aperçut alors que des larmes coulaient sur le visage de son petit-neveu.

— Allons bon ! Qu'est-ce que tu as, à pleurer comme une fille ?

Il y avait deux véhicules sur le chemin des Reese : un pick-up et une voiture arborant sur le pare-chocs un autocollant du centre de soins palliatifs.

En approchant de la porte, sur le côté de la maison, Tom remarqua qu'un carreau de l'imposte manquait, remplacé par un morceau de carton. Il frappa et, au bout d'un moment, entendit quelqu'un crier :

— Je viens !

Darlene ouvrit la porte. Elle avait les yeux rougis, comme si elle avait pleuré, mais lui adressa un sourire chaleureux.

— Bonsoir…

— Bonsoir, madame. Je m'appelle Tom Olson, je… travaille avec Blair Butler sur une… disons, une affaire non résolue.

— L'affaire de Muhammed et Molly Sinclair.

— C'est çela, oui. Je n'ai pas réussi à la joindre, or son oncle pense qu'elle est peut-être venue chez vous.

— Elle est venue, effectivement, mais elle n'est plus là. Entrez donc…

Tom la suivit avec réticence jusqu'au salon, où Joe Reese, dans sa tenue de chauffeur de bus – il n'avait ôté que la cravate –, lisait le journal. La télé braillait, branchée sur Fox News.

— C'est un détective privé, Joe. Tom Olson. Je vous présente mon frère, Joe Reese.

— On s'est déjà rencontrés, articula ce dernier. Il était là, l'autre jour.

— Ah bon ? s'étonna Darlene.

— Il était avec la nièce de Dietz. Blair.

— Ah bon ? Comment ça se fait ?

Tom songea à la socquette rose qui dépassait de la poche de Joe Reese.

— Nous avions quelques questions au sujet de Molly Sinclair.

Joe haussa les épaules, comme si tout cela était insignifiant.

— J'ai oublié de t'en parler.

— Si ce n'est pas indiscret… pourquoi Blair est-elle venue aujourd'hui ? demanda Tom.

— Pour moi, répondit Darlene qui s'assit au coin du canapé. Elle m'a rapporté un médicament que j'avais laissé chez son oncle. Lui et moi ne sommes plus… en bons termes.

— Vous l'avez donc vue ?

— Non, je n'étais pas là. Mais mon frère l'a vue. N'est-ce pas, Joe ?

Celui-ci baissa son journal, regardant Tom d'un air timide.

— Effectivement. Elle est passée en vitesse.

Tom observa pensivement cet homme vieillissant. Disait-il la vérité ? Sous prétexte de rapporter le médicament, Blair en avait-elle profité pour l'interroger ?

— Je sais que Blair souhaitait discuter un peu avec vous. Vous a-t-elle parlé de Molly Sinclair ?

Joe soutint son regard sans ciller.

— Non, elle ne l'a pas mentionnée.

— Pourquoi le ferait-elle ? intervint Darlene, déconcertée.

— Elle a déposé le flacon de pilules et elle est partie, poursuivit Joe.

— A-t-elle dit où elle allait ?

— Elle n'a rien dit. Elle était pressée.

— Elle est peut-être retournée à Philadelphie, suggéra Darlene. Elle a de grandes responsabilités. Elle a créé sa société. Je sais qu'elle a hâte de rentrer chez elle.

— Elle ne partirait tout de même pas sans prévenir son oncle ?

— Elle ne s'entend pas bien avec lui. Maintenant, je comprends pourquoi. J'ai découvert une facette peu reluisante du personnage. Figurez-vous qu'il collectionne des souvenirs nazis.

— Ah oui…

— Cela ne semble pas vous surprendre.

— Il a toujours été comme ça. Il avait même accroché un gigantesque drapeau confédéré sur sa véranda. Ce qui lui valait quelques inimitiés.

— Tu savais ça, Joe ? demanda Darlene.

— Personne en ville n'ignore qu'il est cinglé, soupira son frère. Je ne t'ai rien dit parce que tu avais l'air de bien l'aimer.

— Si j'avais été au courant dès le début, je ne me serais pas liée avec lui, protesta-t-elle. Franchement, Joe, tu aurais pu me prévenir !

— Désolé, rétorqua-t-il humblement.

— Bref, reprit Darlene, quand j'ai découvert ça, je lui ai déclaré que je ne voulais plus le voir. Mais il ne m'a pas laissée tranquille pour autant. J'en veux pour preuve le carreau qu'il a cassé pour entrer dans la maison. Il croyait me reconquérir avec des cadeaux.

— Il n'avait pas le droit de faire ça ! s'indigna Joe. Je vais lui envoyer la facture pour le remplacement de la vitre.

— Toujours est-il que je ne reproche pas à Blair d'être partie sans me laisser un mot, enchaîna Darlene en secouant la tête. Et je suis sûre qu'elle vous donnera de ses nouvelles.

Joe se replongea dans son journal, l'air lointain.

— Je l'espère, dit Tom.

— Si elle me fait signe, je lui dirai de vous appeler.

Tom les remercia et prit congé. Tout en regagnant son véhicule, il imaginait Blair, rapportant le

médicament de Darlene, croisant Joe Reese. Disant…
rien ? Non, ça ne collait pas.

Il observa la grange, les prés au-delà.

Où êtes-vous, Blair ? Que vous est-il arrivé ?

28

Elle était frigorifiée, des élancements lui taraudaient le crâne, le moindre centimètre carré de sa tête et de son visage était douloureux. Jusqu'à ses cheveux qui lui faisaient mal. Elle essaya d'ouvrir les yeux, eut la sensation qu'on appuyait sur ses paupières pour les sceller.

Sa joue était écrasée sur le ciment glacé du sol. Avait-elle toujours ses dents ? Elle les tâta de sa langue desséchée, constata avec soulagement qu'elles étaient toutes là. Puis, à mesure que des pensées cohérentes commençaient à se former dans son esprit, son cœur se mit à cogner. Joe Reese l'avait frappée avec une pelle. Lui avait-il fracturé le crâne ? Était-il dangereux de bouger la tête ? Est-ce qu'elle saignait ? Elle ne se souvenait plus de rien après le coup.

Où suis-je ? Elle voulait ouvrir les yeux, mais elle avait peur. Et s'il était là, face à elle, attendant justement qu'elle ouvre les yeux, qu'elle le regarde ? S'il attendait qu'elle reprenne conscience pour la frapper de nouveau ? Pour jouir de sa terreur. Elle ne serait pas surprise qu'il ait des pulsions sadiques.

Elle se mit à trembler, de froid et d'angoisse. Les paupières closes, elle s'inspecta mentalement. Elle avait ses vêtements sur elle. Ouf... Mais sa peau semblait abrasée, comme si on lui avait frotté les coudes, les genoux et l'abdomen au papier de verre. Sa cheville droite l'élançait – une entorse ? Elle n'avait plus ses chaussures.

Elle sentit alors quelque chose lui frôler la figure. Comme une aile de papillon.

— Ne touche pas, chuchota une voix dure, sifflante.

Cette voix inattendue acheva de la réveiller et de la ramener à la réalité. Elle poussa un cri, ouvrit les yeux. La pièce était sombre, hormis un mince filet de lumière.

Sa vue s'accommodant à la pénombre, elle distingua une silhouette recroquevillée non loin de sa tête. Les battements de son cœur redoublèrent. Un chien ? Mais non, c'était un petit être humain. Elle discerna une frimousse crasseuse. Deux yeux qui luisaient dans l'obscurité et qui, par-dessous une tignasse ébouriffée, étaient braqués sur elle.

— Réveille-toi, murmura l'enfant, lui soufflant au nez une haleine fétide.

— Trista, écarte-toi, ordonna la voix âpre.

L'enfant sursauta et s'écarta vivement.

Blair tourna les yeux vers le coin de la pièce d'où provenait cette voix et vit quelqu'un, sur une chaise en plastique moulé, qui l'observait.

Elle essaya de se redresser sur un coude, mais elle avait les bras en caoutchouc. Elle retomba sur le sol glacé.

La silhouette se leva et s'approcha. C'était une jeune femme qui s'accroupit près d'elle. Pâle comme un papillon de lune et d'une maigreur affligeante. Des cheveux blonds pendaient de chaque côté de son visage. Ses habits dégageaient une odeur infecte, de poussière et de saleté.

Les sourcils froncés, elle examina Blair.

— Vous saignez. Comment ça va ?

Blair déglutit. Elle ne savait que répondre. Elle ouvrit la bouche, se tut. La douleur qui lui forait le crâne était si violente qu'elle pouvait à peine garder les yeux ouverts.

— Où suis-je ? balbutia-t-elle.

— Dans la grange. L'ancienne sellerie, en fait. Il vous a tabassée et traînée jusqu'ici.

— Il m'a frappée avec une pelle...

La femme examina longuement, en grimaçant, la blessure que Blair avait au cuir chevelu, puis se dirigea vers une étagère sur le côté de la pièce. Elle y prit une bassine.

Blair sentit des gouttes d'eau sur sa figure. Elle frissonna. La femme tamponna la plaie avec un chiffon en tissu éponge.

— Tenez, dit-elle. Appliquez-le sur l'endroit qui vous fait mal.

Blair saisit docilement le chiffon, le pressa sur la blessure et, comme par magie, fut aussitôt soulagée.

— Merci…

— Ne me remerciez pas. Il faudrait nettoyer la plaie, mais je n'ai rien de propre. À tous les coups, ça va s'infecter.

— Ce linge mouillé me fait quand même du bien, rétorqua humblement Blair.

La femme se redressa, contemplant l'inconnue affalée sur le sol.

— Où est-ce qu'il vous a capturée ?

— Capturée ? bredouilla Blair.

Comme si Joe Reese était un chasseur, et elle sa proie.

— Ici. Je fouinais dans la grange, et… il m'a surprise. Il m'a dit de partir.

— Vous auriez dû, murmura la femme.

— Oui, j'aurais dû.

Elles restèrent un moment silencieuses, chacune pensant à sa propre situation.

— Qu'est-ce que vous cherchiez ?

— J'étais intriguée. J'ai senti une odeur de nourriture. Comme si on faisait cuire quelque chose.

— Pas cuire, réchauffer simplement. Au micro-ondes. C'est tout ce qu'on a.

Blair promena son regard dans la pièce – les commodités étaient effectivement réduites à leur plus simple expression.

— J'ai aussi découvert des tampons périodiques dans la poubelle.

— Les miens.

— Et j'ai vu de l'eau couler sous la porte.

— C'est moi qui l'ai fait couler. J'ai entendu du bruit, j'ai essayé d'attirer l'attention.

— Vous avez réussi.

— Hurler ne sert à rien. J'ai déjà essayé, des milliers de fois. J'ai pensé que peut-être, si je jetais de l'eau sous la porte, elle s'écoulerait dans la grange et que quelqu'un la remarquerait.

— Elle s'est bien égouttée dans la grange. Je l'ai vue.

Une lueur brilla dans les yeux de la femme à l'idée que son plan avait fonctionné. Puis son regard s'éteignit, comme on souffle une chandelle.

— Je lui ai demandé d'ouvrir la porte, expliqua Blair. Il a d'abord dit qu'il allait appeler la police. Mais quand je l'ai mis au défi de le faire et que j'ai essayé d'alerter un détective que je connais... il m'a assommée.

— Il y avait quelqu'un avec vous ? rétorqua son interlocutrice avec impatience. Quelqu'un sait où vous êtes ?

— Non, malheureusement. J'étais seule.

La jeune femme se plia en deux avec un gémissement de douleur. Elle tomba à genoux sur le ciment, croisant sur son ventre ses bras maigres comme des allumettes.

— Maman, supplia la petite fille, effrayée.

— Je suis désolée, murmura Blair.

— Je suis désolée, maman, répéta l'enfant en se penchant sur sa mère.

Celle-ci lui agrippa la main, secouant la tête. Blair

sentait les larmes ruisseler sur son visage. Elle pensa à Tom qui lui avait recommandé de ne pas venir ici seule. Tom... Partirez-vous à ma recherche ? Essaierez-vous de me retrouver ?

Une minute. Le téléphone. Appelle-le. Appelle quelqu'un. Une fraction de seconde, elle reprit espoir, fouilla frénétiquement dans ses poches et dut se rendre à l'évidence. Joe lui avait confisqué son portable.

Elle ferma les yeux, les élancements qui lui vrillaient le crâne reprirent de plus belle, pires qu'avant. En voulant trouver des réponses au sujet de Molly, elle était tombée dans ce piège. Elle pensa à Joe Reese, à cette socquette rose. La socquette de cette petite fille. Une nausée la secoua, mais elle ne vomit pas.

L'enfant se mit à renifler.

— Ça va, lui murmura sa mère. Tout va bien.

Impuissante, Blair les observait. Depuis combien de temps attendaient-elles du secours ?

La jeune femme s'efforçait de se ressaisir pour rassurer sa fille. Elle finit par se tourner vers Blair, entoura l'enfant de son bras et l'attira contre elle.

— Je m'appelle Ariel. Et elle, c'est Trista.

Blair les regarda tour à tour, avec difficulté.

— Moi, je m'appelle Blair.

Ariel alla se rasseoir sur la chaise en plastique.

— Vous devriez vous lever, le sol est glacé, ça ne vous fait pas de bien.

Blair tenta de nouveau de se redresser sur un coude. Cette fois, ce fut un peu plus facile. Aspirant une goulée d'air humide et nauséabond, elle réussit à s'asseoir. Le froid du ciment s'insinuait dans ses os.

Trista accourut, lui tapota l'épaule et essaya de ses petites mains sales de l'aider à se relever. Sa gravité, son désir de se rendre utile émurent Blair.

— Merci, souffla-t-elle.

— Viens là, Trista, ordonna Ariel.

La fillette lâcha aussitôt Blair et trottina jusqu'à sa mère. Elle monta sur ses genoux, et Ariel la serra de nouveau contre sa maigre poitrine.

La chaise était trop légère pour soutenir le poids de deux personnes normales, mais Ariel et Trista n'étaient pas plus lourdes à elles deux qu'un adolescent famélique. Elles se cramponnaient l'une à l'autre, le regard rivé sur leur invitée inattendue.

— Elle n'a jamais vu personne d'autre que lui et moi, expliqua posément Ariel.

— Personne ?

— Non. Elle est née ici.

Maintenant habituée à la pénombre, Blair étudiait le lugubre décor. Il n'y avait quasiment rien dans la pièce. Un banc et une table de bridge. Un petit micro-ondes sur les étagères, une bassine, quelques assiettes, des bols. Une glacière. Une poubelle en plastique. Un tel manque de confort était sidérant. Blair s'efforça de ne pas montrer son écœurement.

— Depuis combien de temps êtes-vous là ? demanda-t-elle avec douceur.

Ariel secoua la tête – elle ne voulait pas répondre ou ne savait tout simplement pas ?

304

— Combien de temps ? insista-t-elle.

— Je ne sais plus.

Blair ferma les yeux, ravalant ses larmes. Elle dut fournir pour cela un tel effort que ses lèvres et ses mains se mirent à trembler.

— J'avais quinze ans quand il m'a capturée.

Encore cette image d'une créature traquée et capturée. Blair s'éclaircit la gorge.

— Quel âge avez-vous à présent ?

— Je ne sais pas, soupira Ariel.

Blair la dévisagea.

— En quelle année êtes-vous née ?

— 1990.

— Seigneur…, souffla Blair.

29

Amanda retira le thermomètre de la bouche de Zach et regarda le chiffre inscrit sur l'écran.

— La température a un peu baissé, constata-t-elle.

Son fils avait la figure rouge, les cheveux humides de sueur. Elle lui tâta le front, comme si elle doutait de la précision du thermomètre et ne se fiait qu'à sa main pour évaluer l'état du jeune malade.

— Tu es moins brûlant.

Zach leva vers elle un regard apathique.

— Il faut que j'aille à l'école, demain?

— Non, pas d'école, mon grand. Tu n'as plus qu'à rester couché un jour ou deux.

Comme elle secouait le thermomètre et le rangeait dans son étui, on sonna à la porte. Elle fronça les sourcils.

— Il y a quelqu'un, commenta Zach.

— Papa va ouvrir.

— Je peux avoir un autre soda au gingembre?

— Je vais te le chercher. Tu veux des crackers?

— Oui, s'il te plaît.

— D'accord. Je reviens.

Elle se pencha et lui planta un baiser sur le front. Puis, le laissant jouer mollement avec sa Game Boy, elle alla dans la cuisine, ouvrit un paquet de crackers et prit un soda dans le réfrigérateur.

Peter la rejoignit.

— Nous avons de la compagnie, annonça-t-il.

— J'ai entendu la sonnette. Qui est-ce?

— Ellis Dietz et Malcolm.

— Ellis? Il est là? Qu'est-ce qu'il veut? Il ne vient jamais ici.

— Je crois qu'il veut nous laisser Malcolm. Il vaudrait peut-être mieux que tu lui parles.

Elle lui tendit une assiette et une tasse en plastique.

— Tu apportes ça à Zach, s'il te plaît?

— D'accord.

Amanda passa au salon. Ellis était debout près de la porte, flanqué de Malcolm qui bâillait. Amanda posa sur l'épaule du garçon une main protectrice.

— Bonjour, Malcolm. Comment vas-tu, mon chou?

— Je suis fatigué.

— Je vois ça. Que se passe-t-il? demanda-t-elle à Ellis. Il est un peu tard pour une visite.

— Blair n'est pas rentrée, grommela-t-il. Résultat, le gosse est tout chamboulé.

— Un monsieur est venu voir si tante Blair était là. Un détective. Il pense qu'il lui est peut-être arrivé quelque chose.

— Sans doute une fausse alerte, rétorqua Ellis. Mais

bon, il n'a pas arrêté de m'enquiquiner pour que j'aille la chercher.

— Elle a disparu, dit gravement Malcolm.

— Oh non ! s'exclama Amanda.

— Mais non, elle n'a pas disparu, fit Ellis. N'empêche que, pour lui fermer son clapet, j'ai dû promettre de la retrouver. Enfin bref, je ne vais pas le traîner partout. Il peut rester avec vous ?

— Le problème, c'est que Zach est contagieux. Je ne veux pas que Malcolm tombe malade.

Ellis la dévisagea.

— S'il doit vivre ici, ça arrivera un jour ou l'autre, vaudrait mieux vous y faire.

— Vous avez raison, acquiesça Amanda. Tu as faim ? demanda-t-elle à Malcolm. Tu as mangé ?

— Oui…

— Eh bien alors, installe-toi. Mais ne va pas dans la chambre de Zach, je ne tiens pas à ce qu'il te refile ses microbes.

— D'accord.

Malcolm embrassa Ellis qui l'étreignit brièvement, avec maladresse.

— Tu retrouves tante Blair, hein ?

Puis, traînant son sac à dos sur le sol, il se dirigea vers sa future chambre. Peter, le croisant dans le couloir, lui ébouriffa les cheveux.

— Salut, mon grand.

— Salut, marmonna Malcolm en étouffant un bâillement.

— Ne t'approche pas de Zach.

— Manda me l'a déjà dit.

Ellis ouvrit la porte, prêt à partir. Amanda le retint par la manche.

— Attendez, Ellis. Pourquoi ce détective pense-t-il qu'il est arrivé quelque chose à Blair ?

Peter se campa derrière son épouse, les bras croisés sur la poitrine.

— Elle ne répond pas au téléphone. Et personne ne l'a vue.

— Elle est habituée à se débrouiller seule, rétorqua Amanda.

— Vous avez eu de ses nouvelles, vous ?

— Non.

— Elle vous dit toujours où elle va ? interrogea Peter.

— Non, mais le détective avait prévu de la voir. Il a fichu la trouille à Malcolm. Moi, je ne crois pas que ce soit bien grave, mais il vaut quand même mieux que j'essaie de la trouver. Elle est encore sous ma responsabilité.

Amanda et Peter échangèrent un regard mi-amusé mi-incrédule.

— Je suis sûre qu'elle apprécierait, dit Amanda.

— Je pourrais vous donner un coup de main, proposa Peter. Faire le tour de la ville, demander aux gens s'ils l'ont aperçue.

— Vous pourriez chercher sa voiture. Une Nissan neuve, grise.

— D'accord. Vous avez une photo d'elle à me donner ? Quelqu'un se rappellera peut-être l'avoir vue.

La question parut agacer Ellis.

— Contentez-vous de chercher la voiture.

Amanda sortit son téléphone de sa poche.

— J'en ai une, moi. Je l'ai photographiée avec Malcolm. Elle leur montra la photo – Blair en peignoir, près de Malcolm qui lui entourait les épaules de son bras.

— Je te l'envoie sur ton téléphone.

— Parfait, dit Peter. Voilà, je l'ai.

— Vous vous occupez du centre-ville, commanda Ellis. Moi, je patrouille les petites routes.

— Entendu. Vous me donnez votre numéro de téléphone ? Au cas où je la trouverais avant vous. Vous avez un portable, n'est-ce pas ?

— Évidemment que j'en ai un, ronchonna Ellis.

Il débita le numéro que Peter s'empressa d'enregistrer.

— Vous voulez le mien ?

— J'ai celui de votre femme. Ça suffit amplement. Eh ben, si vous voulez venir, on lève l'ancre. Je vais pas rester là toute la nuit. Merci de garder le gosse, dit-il à Amanda.

— De rien…

Ellis sortit de la maison et descendit les marches du perron. Peter prit une veste dans la penderie du vestibule.

— Tu ne penses tout de même pas qu'il lui est arrivé malheur ? demanda Amanda.

— J'espère que non. Mais elle a provoqué des remous dans cette ville. Si le meurtrier de Molly vit toujours dans le coin, il n'est sans doute pas très heureux que Blair remue la boue.

— Quelqu'un pourrait s'en prendre à elle? C'est dingue.

Peter haussa les épaules.

— Ça ne coûte rien d'aller jeter un œil.

Malgré la nouveauté que représentait l'apparition d'une inconnue dans leur espace vital, les paupières de Trista devenaient lourdes, et elle finit par s'endormir sur le sol. Ariel s'approcha de son enfant, fixant sur elle un regard vide. Elle la souleva dans ses bras et se redressa en chancelant.

— Viens, mon bébé, murmura-t-elle.

— Elle dort où? chuchota Blair.

— Il y a un placard, là-bas derrière, dans le cagibi. Je mets nos habits et des oreillers par terre, elle dort dessus.

Blair, qui s'était habituée à la pénombre, observa Ariel installer sa fille. La sueur ruisselait sur son front, lui trempait les aisselles, ajoutant encore à sa détresse.

La jeune femme revint et lui jeta un oreiller pris dans le placard de Trista.

— Mettez-le sous vos fesses. Le sol est glacé, ça va vous rendre malade.

— Merci, rétorqua Blair, arrangeant le coussin sous elle. Je me sens un peu fiévreuse.

Ariel la regarda d'un air indifférent. Se plaindre à cette jeune femme séquestrée ici depuis des années avec son enfant était grotesque et lamentable.

— C'est ingénieux d'avoir fait ce petit nid pour Trista.

Ariel se rassit sur sa chaise.

— Comme ça, quand il vient me violer, je peux la mettre dans le placard et fermer la porte. Elle entend quand même, mais au moins elle n'est pas forcée de regarder, dit Ariel avec un sourire froid et douloureux.

La crudité des mots et des images qu'ils suscitaient fit tressaillir Blair, comme si on l'avait frappée.

— Quelle horreur…

— Il vaut mieux appeler un chat, un chat.

— Bien sûr, vous avez raison. Mais c'est que… je suis tellement navrée.

Ariel hocha la tête, toutes deux gardèrent un moment le silence. Ce fut Blair qui reprit la parole :

— Comment vous a-t-il enlevée… je veux dire… où est-ce que…

— Où est-ce qu'il m'a kidnappée ?

Blair acquiesça. Ariel haussa les épaules.

— À la gare routière. Je m'étais enfuie de chez moi. Il fallait que je m'en aille. Le nouveau mec de ma mère s'était installé à la maison. Il était plus jeune qu'elle, et elle n'arrêtait pas de se frotter contre lui en minaudant, pour l'exciter. N'empêche que dès qu'elle était au travail, il se glissait dans la salle de bains pendant que j'étais sous la douche et il écartait le rideau. Ou il entrait dans ma chambre sans frapper. Un jour, j'ai trouvé le courage d'en parler à ma mère. Elle a piqué une crise. Elle a dit que j'étais une garce, que je voulais le lui chiper.

Ariel secoua la tête avec accablement.

— C'est lui qu'elle a cru ! Alors j'ai pris mon sac et je suis partie. Sans savoir où j'allais. Je voulais juste disparaître. Je traînais dans la gare routière, quand ce type qui était chauffeur de bus et qui me rappelait mon papy m'a offert une barre de chocolat. Il s'est mis à discuter, à me poser des questions. Il a proposé de me laisser monter dans le bus sans payer. Ce que j'ai fait. Je me suis assise derrière lui, et il m'a parlé pendant tout le trajet jusqu'à New York. Il voulait tout savoir de moi. Il a dit que New York était une ville trop dangereuse pour une jeune fille. Il a dit qu'il voulait m'aider, et moi je l'ai cru. Il me faisait penser à un petit lapin. Il m'a offert un toit. Avec lui et sa femme, dont il m'a montré la photo. Je suis restée dans le bus, j'ai fait l'aller-retour. Il m'a amenée chez lui. Mais il n'y avait pas d'épouse. Juste lui et moi. Avant que je comprenne ce qu'il manigançait, j'étais droguée et enfermée ici. Prisonnière…

Blair songea à Malcolm qui avait fugué, que Joe Reese avait remarqué et secouru. Joe Reese, leur héros.

— Il était effectivement marié. À l'époque, sa femme était encore vivante.

— Elle n'était pas là quand je suis arrivée, soupira Ariel. Je ne crois pas qu'elle était au courant. Je ne l'ai jamais vue. Quand elle est morte, il me l'a dit. Comme s'il attendait que je le plaigne.

Ariel secoua de nouveau la tête, d'un air incrédule.

— Sa sœur vit avec lui, à présent. Sa sœur jumelle.

— Elle est aussi abominable que lui ?

— C'est une gentille femme, répondit doucement Blair. Si elle savait, elle serait horrifiée.

— Peut-être.

Elles se turent de nouveau. Blair songeait à Darlene, essayait de l'imaginer acceptant ce crime odieux. Non, c'était inconcevable.

— Je suppose qu'il voudra vous baiser aussi, reprit Ariel d'un ton détaché.

Blair écarquilla les yeux, puis comprit qu'elle avait probablement raison.

— Je le tuerai, dit-elle, les dents serrées.

— Oui, rétorqua Ariel avec un sourire las. Vous croyez que…

Le reste de sa phrase resta en suspens dans l'air, tel un nuage de fumée. Blair étudiait la jeune femme assise sur sa chaise – comment avait-elle pu survivre à ce calvaire ?

— Quoi ? marmonna Ariel, remarquant son expression.

— Rien. Je… j'ai du mal à concevoir ce que vous avez subi. Pendant tout ce temps.

Ariel soupira.

— Au fait, pourquoi vous furetiez dans le coin ? Quelqu'un vous a envoyée à ma recherche ?

Blair perçut la plainte dans cette question. Ariel s'accrochait à l'idée que quelqu'un, quelque part, la cherchait encore. Se souciait encore de ce qu'elle était devenue. Comment répondre sincèrement sans anéantir ce brin d'espoir ?

— Eh bien… pas exactement, hasarda-t-elle.

— Ne vous fatiguez pas, c'était une question idiote. J'ai disparu, et tout le monde s'en fout.

— Je suis sûre du contraire. Vous avez de la famille ou seulement votre mère ?

— J'avais un grand frère. Il était dans l'armée, il avait quitté la maison. Et mes grands-parents qui habitaient la ville d'à côté.

Ariel contemplait le sol, les bras pendant de chaque côté de la chaise. Elle leva mollement une main, la laissa retomber.

— Ça n'a plus d'importance, dit-elle d'une voix sourde. Maintenant, ils ne me reconnaîtraient même pas.

Elle a sans doute raison, songea Blair avec tristesse. En quoi cette femme qui n'avait plus que la peau et les os ressemblait-elle encore à la jeune fille que Joe Reese avait prise au piège ?

— Vous vous trompez, dit-elle avec force. Ils ne peuvent pas vous avoir oubliée.

— Qu'est-ce que vous en savez ? rétorqua Ariel, agressive.

— Parce qu'on n'oublie pas les gens qu'on aime.

— Ça, c'est ce que vous croyez.

La plupart du temps, remarqua Blair, Ariel parlait comme l'adolescente maussade qu'elle devait être au début de sa séquestration. Comme si le temps s'était figé depuis qu'elle était prisonnière.

— Et vous alors, pourquoi vous êtes là ? demanda-t-elle.

Blair sursauta.

— Oh, je… je mène une enquête sur le meurtre d'une amie. Ça remonte à longtemps.

— Et vous êtes venue enquêter ici ? Pourquoi ?

Blair essaya de récapituler les événements qui l'avaient conduite jusqu'ici. Ils paraissaient appartenir à une autre vie.

— Mon amie habitait plus bas sur la route. On a découvert son corps dans les bois, de l'autre côté. La police a arrêté un homme, à l'époque, il a été condamné. Or j'ai appris récemment qu'il n'était pas le meurtrier. Nous devons déterminer, preuves à l'appui, ce qui s'est réellement passé, sinon il restera en prison.

— Pauvre type…, compatit sincèrement Ariel.

— Nous avons donc décidé de tout reprendre de zéro. D'interroger tous les habitants du coin.

— Nous… c'est-à-dire ?

— J'ai engagé un détective.

— Et il est où, en ce moment ?

— Si seulement je le savais.

— Vous pensez qu'il l'a assassinée ? enchaîna Ariel d'un air détaché.

Inutile de lui demander à qui elle faisait allusion.

— Rien ne me permet de l'affirmer. Mais combien de monstres dans son genre pourrait-on trouver dans cette ville ?

Ariel se frotta les yeux à deux mains.

— Un seul suffit.

30

Peter consulta sa montre. Il roulait depuis une heure, s'était arrêté plusieurs fois. À la station-service notamment, pour demander si quelqu'un aurait remarqué la Nissan de Blair. Si elle avait décidé de partir, se disait-il, elle avait pu, en toute logique, prendre de l'essence. Les clients ne se bousculaient pas, et le pompiste, qui était seul, affirma n'avoir pas servi de Nissan grise. Peter se renseigna à la boutique – Blair avait peut-être acheté une bouteille d'eau ou de quoi grignoter pour le voyage – mais la caissière ne l'avait pas vue, elle était catégorique.

Il passa à L'Après-Ski et interrogea Janet et Robbie Sinclair qui, ce soir, étaient tous les deux au restaurant. Ni l'un ni l'autre n'avaient vu Blair.

— Il y a un problème ? demanda Janet.

Peter lui répondit que non, tout allait bien. Ce qui était sûrement vrai, songea-t-il en quittant sa place de stationnement dans Main Street.

Il n'avait parcouru que quelques centaines de mètres quand son téléphone sonna. C'était Amanda, qui lui transmit le dernier message d'Ellis. Celui-ci avait sillonné les petites routes, sans succès jusqu'ici. Peter demanda des nouvelles de Zach – la fièvre avait un peu baissé.

— Je rentre, dit-il. Je suis passé partout, je ne sais plus où aller.

— Et là, où es-tu?

— Devant la gare routière.

Il jeta machinalement un coup d'œil à la façade en pierre de l'ancien dépôt, aux bus garés en épi dans le parking. Soudain, il remarqua une voiture grise entre deux imposants SUV.

— Attends une minute… je veux vérifier un truc.

Il sortit de la voiture et descendit le talus du parking pour examiner le véhicule gris de plus près. Il enregistra mentalement la marque et le modèle, colla sa figure à la vitre pour regarder à l'intérieur.

Sur la banquette arrière traînaient un bouquin sur la robotique, deux bouteilles d'eau vides et un sac de yoga orné sur le devant d'un mandala.

Il rappela sa femme qui décrocha aussitôt.

— Elle fait du yoga?

— Je n'en sais rien, répondit Amanda. Quoique… je crois qu'elle en a parlé. Quand on était au chevet de Celeste. Elle était tout ankylosée à force de rester assise, et elle a dit qu'elle aurait bien aimé être à son cours de yoga. Pourquoi?

— Je pense que le mystère est résolu. Blair a dû prendre le bus pour Philly. Sa voiture est là, sur le parking de la gare routière.

— Ce n'est pas un peu bizarre ?

— Elle avait peut-être bu quelques verres, et elle a préféré ne pas prendre le volant.

— Oui, c'est sans doute ça.

— Bon, je rentre.

— Je suis soulagée. Je me faisais du souci.

— Tout va bien. Tu préviens Ellis. Je serai à la maison dans quelques minutes.

Blair se confectionna une couchette de fortune avec sa veste, l'oreiller miteux et la serviette de bain élimée prise dans les maigres réserves d'Ariel. Elles avaient partagé une boîte de chili réchauffé au micro-ondes. Qui maintenant lui barbouillait l'estomac. Elle était certaine de ne rien pouvoir avaler, mais la faim avait eu le dessus, et elle s'était forcée à ingurgiter ce médiocre repas. Elle espérait ne pas avoir à le restituer dans les W.-C. dégoûtants du cagibi.

Ariel, que leur conversation après tant d'années de silence avait épuisée, fut la première à se coucher sur le lit étroit. Elle se glissa tout habillée sous les couvertures et les draps puants.

Bien trop désespérée pour se reposer, Blair s'agita tant et si bien qu'Ariel se rassit sur son matelas.

— Ça va ?

Blair bourrait son oreiller de coups de poing.

— Non, ça ne va pas ! Je suis là, par terre, malade, et je n'en reviens pas. Je crois que je vais devenir folle.

— Vous vous y ferez. Moi, je voulais mourir. Mais je n'ai jamais eu le courage de… d'en finir.

319

Blair sentait les larmes lui picoter les yeux. Elle les essuya d'un geste rageur.

— Vous ne voulez plus mourir? demanda-t-elle d'une voix étranglée.

— Maintenant, j'ai Trista, soupira Ariel. Je dois penser à elle.

— Elle ne vous rappelle pas constamment ce que…

— Je n'ai pas besoin qu'on me le rappelle.

— Bien sûr.

— Il faut que je la protège, d'une manière ou d'une autre.

Blair se tut. Comment protéger une enfant contre un père qui la séquestrait, avec sa mère, dans cette cellule glaciale? Elle se représenta le chauffeur de bus, ce bigot vieillissant, et une haine brûlante l'envahit. Jamais l'idée de tuer un être humain ne l'avait effleurée, mais à présent elle s'en sentait capable, si l'occasion se présentait.

Mais Ariel avait certainement passé des heures à réfléchir au moyen de le tuer. Elle était pourtant toujours prisonnière, et Joe contrôlait complètement sa vie. Réfléchir n'avait servi à rien.

— Et vous, quelqu'un vous attend?

— Vous voulez dire…

— Ce soir, coupa Ariel. Vous étiez attendue quelque part?

Elle lui avait plusieurs fois posé cette question, en la formulant différemment. Allait-on rechercher Blair? C'était la question cruciale, en effet, et Ariel semblait incapable d'accepter la réponse ou de la mémoriser.

Ou bien elle ne le voulait pas et s'obstinait à espérer une autre réponse.

En dehors de cela, Ariel ne lui avait à aucun moment témoigné un réel intérêt. Qui était Blair, comment avait-elle atterri là ? Cela paraissait lui être indifférent.

Blair s'était d'abord dit qu'à sa place, elle l'interrogerait sans relâche et voudrait tout savoir du monde extérieur. Mais plus elle y pensait, plus elle comprenait ce manque de curiosité. On est curieux du monde quand on en fait partie, qu'on y vit. Pour Ariel, le monde extérieur n'avait plus de réalité. Cette pièce humide et le cagibi constituaient tout son univers. Après des années entre ces quatre murs, elle devait être complètement détachée de ce prétendu monde. D'où personne n'était venu la secourir. Qui n'existait peut-être plus.

— Alors, il y a quelqu'un qui vous attend ? insista Ariel.

— Je... je n'en suis pas sûre.

— Quelqu'un à qui vous manquerez si vous ne revenez pas ?

Blair avait informé ses collègues, par l'intermédiaire d'Eric, qu'elle prolongeait son séjour à Yorkville. Malcolm n'était qu'un gamin, il ne remarquerait peut-être même pas son absence. L'oncle Ellis ? Il se réjouirait de son départ. Elle songea un instant à Tom, avec espoir. Mais non, elle s'illusionnait. Même si, malgré des débuts difficiles, ils parvenaient à s'entendre, elle le payait pour ça. Il n'essaierait de la retrouver que pour toucher son argent.

La vie qu'elle menait lui sembla soudain affreusement triste. Elle ne comptait pour personne. Elle se força à penser à ce qu'elle accomplissait dans son travail. Grâce à elle et à son entreprise, des malades pourraient de nouveau bouger et marcher. Un jour peut-être, on graverait son nom sur une plaque commémorative qu'on poserait dans le laboratoire d'informatique de Drexel pour rappeler aux étudiants tout ce qu'eux aussi pouvaient accomplir. Mais y aurait-il quelqu'un pour pleurer sa disparition ?

— Non, murmura-t-elle. Personne.

— Ça nous aide vachement.

Blair ne répondit pas.

Tandis que, dans le poêle, le feu se consumait en braises, Tom essayait de lire. Il détestait le tapage de la télé, la lecture était donc sa principale distraction. Il aimait s'installer dans son vieux fauteuil en cuir, près du poêle, les pieds sur le pouf, et se plonger dans un bouquin. Il lisait de préférence des polars, même si les intrigues l'énervaient souvent. Il pensait pouvoir faire mieux, s'il le voulait. Un jour, se disait-il, j'écrirai un roman. Ce jour n'était pas encore arrivé.

Mais ce soir, il n'arrivait pas à se concentrer. Il avait cru que Blair l'appellerait. Il s'investissait exagérément dans cette enquête, il le savait, mais c'était plus fort que lui. Il voulait lui parler. Elle, manifestement, avait autre chose à faire.

Soupirant, il laissa tomber son livre sur la table, posa ses lunettes dessus et éteignit le lampadaire. Il alla se camper près de la porte, regarda au-dehors. Tout était tranquille, hormis le vent qui gémissait dans les arbres. Il éteignit la lumière extérieure, vérifia que la porte était verrouillée puis passa dans la salle de bains pour faire sa toilette.

Les yeux rivés sur le miroir, il se taillait la barbe quand il crut entendre un bruit dehors. Le claquement d'une portière ? Les sourcils froncés, il se regarda dans la glace. Sans doute le vent. Il approchait le rasoir de son cou, lorsqu'on frappa à la porte.

Il sursauta, la lame mordit la peau. Un filet de sang alla se perdre sous le col de sa chemise. On continuait à tambouriner à la porte.

— Ça va, une minute ! cria-t-il.

Essuyant avec une serviette le mélange rosâtre de crème à raser et de sang, il appliqua un bout de Kleenex sur la coupure. Puis il retourna dans le salon plongé dans l'obscurité. Il faillit prendre son arme, se ravisa. Les individus malintentionnés ne frappaient pas aux portes.

Il ralluma la lampe extérieure et ouvrit. Il reconnut aussitôt la silhouette voûtée et la tenue débraillée d'Ellis Dietz. Lequel n'esquissa pas un sourire et ne s'excusa pas de débarquer à cette heure tardive.

— Je cherche Blair, déclara-t-il tout à trac.

— Entrez.

Ellis franchit le seuil, laissant dans son sillage une odeur de bière.

— Asseyez-vous, dit Tom en allumant le lampadaire à côté du canapé.

— Je veux pas m'asseoir. Vous avez des nouvelles d'elle ?

Tom sentit un frisson lui parcourir le dos.

— Non. Pourquoi ?

— Je la cherche, répéta Ellis.

— Vraiment ? Quand je suis passé chez vous, tout à l'heure, vous ne vous tracassiez pas…

— Après votre départ, Malcolm s'est mis à pleurnicher, à me tarabuster pour que je la retrouve, l'interrompit Ellis. Alors on est partis à sa recherche, moi et un autre gars. On a repéré sa voiture. À la gare routière.

— Pourquoi sa voiture serait-elle là-bas ?

— Exactement ce que j'ai dit ! L'autre gars, Peter… comment il s'appelle, déjà ? – … Tucker, pense qu'elle l'a laissée sur le parking et qu'elle a pris le bus pour Philly. Mais elle ne ferait pas un truc pareil. Jamais de la vie. Je vous le garantis. Elle irait à Philly en voiture.

— C'est aussi mon impression. Mais pour quelle autre raison aurait-elle laissé sa voiture à la gare ?

— Je vous dis qu'elle ferait pas ça ! tonna Ellis.

— Peut-être qu'un gamin l'a volée pour faire une petite virée avant de l'abandonner sur le parking.

— Non, non. Les clés ne sont pas dans la bagnole.

— C'est bizarre, je suis d'accord. Vous avez trouvé son téléphone ? Je l'ai appelée, je lui ai envoyé un message. Pas de réponse.

— Non, elle doit l'avoir, soupira Ellis. Je pensais qu'elle vous avait peut-être contacté. À part Amanda et consorts, elle ne connaît que vous dans le coin. Et elle vous paye pour fourrer votre nez un peu partout, si j'ai bien compris.

Tom préféra ne pas s'offusquer de cette vision de son travail. Il saisit son portable, consulta de nouveau ses SMS. Toujours rien de Blair.

— Il vaudrait mieux que je vienne avec vous.

— J'ai pas besoin de compagnie, grommela Ellis.

Tom fit la sourde oreille.

— Je suis passé chez les Reese, ils m'ont dit qu'ils ne savaient pas où elle était. Mais en fait, ils sont les derniers à l'avoir vue.

— Moi, je peux pas aller là-bas. S'ils m'aperçoivent, ils appelleront les flics.

— D'après Joe Reese, c'est vous qui avez cassé la vitre de la porte ?

— Je voulais juste entrer dans la maison, j'avais un cadeau pour Darlene. Pour faire la paix.

— Je crains que ça n'ait pas marché. Son frère est furieux.

Ellis agita une main impatiente, l'air soudain pensif.

— Qu'est-ce qu'il y a ? lui demanda Tom.

— S'il est tellement furax, pourquoi il m'a pas balancé aux flics ?

— Je l'ignore. Mais il aurait pu, effectivement.

— Ouais, c'était l'occasion de se débarrasser définitivement de moi. Or il est pas du genre à me donner une deuxième chance. Pourtant il a rien fait. Comme s'il cachait quelque chose.

— Au sujet de Blair ?

— Peut-être.

Tom observait Ellis Dietz. Un original, un rustre doublé d'un sectaire. Il s'était retrouvé avec ses nièces sur les bras et semblait n'éprouver que dégoût pour son rôle de tuteur. Il ne se faisait sûrement pas souvent du souci pour ses indésirables pupilles. Pourtant ce soir, il était anxieux. Et du coup, Tom l'était aussi.

— Je crois que nous avons un bon prétexte pour aller là-bas. Vous direz à Darlene que vous voulez lui parler. Lui présenter des excuses. Ce sont de fervents chrétiens, ajouta-t-il, sarcastique. Ils sont forcés d'accueillir le repentant qui implore le pardon.

— Ils me claqueront la porte au nez.

— J'expliquerai que vous êtes profondément navré.

— Avec lui, ça servira à rien. Il veut me dégager.

Tom haussa les épaules.

— Oui, mais Darlene semble être une femme raisonnable. Elle écoutera ce que vous avez à lui dire.

Tout en parlant, il appela de nouveau Blair et, une fois de plus, tomba sur la boîte vocale.

— Joe Reese est un bigot, un hypocrite. J'ai pas l'intention de lui présenter des excuses.

— C'est une stratégie, Ellis. On ne vous demande pas d'être sincère.

— À l'heure qu'il est, ils sont sans doute couchés…

— Eh bien, allons les tirer du lit, rétorqua Tom en saisissant sa veste.

31

Un cri horrible fit irruption dans les rêves de Blair, l'arrachant au sommeil. Il lui fallut un moment pour se rappeler où elle était. Son cœur se serra, elle aurait préféré oublier.

Le cri retentit de nouveau. Ariel se leva d'un bond et se précipita vers le placard. Blair l'entendit parler tout bas à sa fille, pour tenter de la calmer.

— Il y a un monstre qui est entré, sanglotait l'enfant. Un monstre.

C'est probablement moi, pensa Blair, qui avait mal à la tête et frissonnait. L'arrivée d'une étrangère dans l'espace qu'elle partageait avec sa mère avait sans doute terrifié Trista. Le véritable monstre était la seule autre personne qu'elle ait jamais vue. Son père. Mais lui, au moins, n'était pas un inconnu.

— Ce n'est rien, murmurait Ariel. Tout va bien.

Comment tenait-elle le coup ? Comment pouvait-elle assumer son rôle de mère alors qu'elle était condamnée à l'enfermement, à une succession de jours sans fin dans cette tanière infecte ? Je suis moi aussi dans cette prison, se dit soudain Blair. Avec devant moi une succession de jours sans fin.

Ariel réussit à apaiser l'enfant et la sortit du placard pour la coucher près d'elle, dans le lit. Trista se rendormit aussitôt, mais sa mère et Blair restèrent éveillées, chacune dans son coin de la pièce, chacune scrutant le plafond.

— Je ne sais pas comment vous avez supporté ça, dit Blair. Si longtemps. Sans jamais mettre les pieds hors de ce cachot.

— J'essaie de ne pas y penser, rétorqua Ariel d'un ton morne.

— Bien sûr, excusez-moi.

Ariel resta un moment silencieuse, puis, d'une voix à peine audible :

— Je suis sortie une fois.

— Vraiment ?

— Il y a longtemps. Avant la naissance de Trista.

— Vous vous êtes évadée d'ici ? Vous avez trouvé un moyen de vous échapper ?

— Non, il m'a laissée sortir.

— C'est vrai ?

— Oui, mais j'ai merdé. Il avait envie que je vive dans la maison avec lui, c'était son fantasme. Je suppose qu'il y pensait depuis un bout de temps, parce qu'il s'est empressé de m'en parler dès que sa femme a été partie. En week-end. Un truc en rapport avec la religion. C'est risible, non ?

— Incroyable.

— Bref, il m'a dit qu'il me laisserait sortir, mais que j'étais toujours sa prisonnière et que je devais être bien sage et ne pas bouger de la maison. Il m'a demandé de le lui promettre.

Blair se redressa sur un coude. La douleur irradiait dans toutes ses articulations.

— Ah oui ? Et comment avez-vous réagi ?

— À votre avis ? J'ai promis. J'ai juré sur la Bible.

— Que s'est-il passé ?

Ariel poussa un soupir sonore.

— Il n'avait pas confiance en moi, évidemment. Il m'enchaînait chaque fois qu'il devait s'éloigner. Et il ne s'éloignait jamais longtemps. Mais j'étais sage comme une image. J'obéissais au doigt et à l'œil. L'après-midi du deuxième jour, il a décidé qu'il pouvait sans risque me laisser seule dans la cuisine, désentravée, le temps pour lui d'aller aux toilettes.

— Qu'avez-vous fait ? Vous avez appelé à l'aide ?

— Vous rigolez ? Téléphoner et essayer d'expliquer ma situation ? À qui, à la police ? Dans le peu de temps que j'avais ? Non, non… j'ai filé. Je me suis ruée dehors et j'ai couru vers les bois.

Cette image d'Ariel qui s'enfuyait, enfin libre, faisait chaud au cœur.

— Il m'a pourchassée, bien sûr, mais moi, je me disais que je pourrais me cacher dans les bois et que j'étais plus rapide que lui.

— Mais alors, comment… il s'est manifestement lancé à votre poursuite.

— Oui, au volant de son pick-up. Moi, j'ai traversé

les bois et je suis arrivée dans une clairière. Il y avait une maison. Je me souviens qu'il pleuvait. Je me suis précipitée vers la maison. Un genre de chalet. Il y avait de la lumière. J'ai cogné à la porte en criant au secours. J'ai entendu un chien aboyer. Mais personne n'a ouvert.

Le désespoir éraillait la voix d'Ariel, plongée dans ses souvenirs.

— J'ai compris que je ne devais pas m'arrêter. Je suis repartie, vers une autre maison que j'apercevais entre les arbres. Mais il était tout près. Il a tourné dans l'allée et il m'a vue. Il a foncé droit sur moi. Il a failli m'écraser. Il m'a coincée contre la terrasse. J'ai contourné le pick-up à toute vitesse, mais il a été plus rapide que moi. Il m'a attrapée.

— Vous y étiez presque.

— Oui. Il m'a ligotée, bâillonnée, il m'a mis un sac de jute sur la tête et m'a poussée dans le pick-up. Il m'a injecté la drogue qu'il utilisait pour me faire tenir tranquille. Je sais qu'il en avait toujours dans sa bagnole. Mais, au moment où il refermait la portière, j'ai entendu des pas sur le gravier. Quelqu'un s'est approché et a demandé ce qui se passait. C'était la personne qui habitait ce chalet.

— Comment le savez-vous ?

— Elle l'a dit. C'était une fille. Elle l'a affronté, je l'ai entendue lui demander ce qu'il fabriquait. Un moment, avant de tomber dans les pommes, j'ai cru être sauvée. Il lui a dit de s'occuper de ses oignons, elle a répondu que c'étaient justement ses oignons, parce qu'elle était chez elle. Après, je ne me rappelle plus rien. La drogue a fait son effet. J'ai perdu conscience.

Blair se taisait. Elle suivait mentalement la scène. Ariel fuyant à travers bois, traversant les propriétés de Fulling Mill Road. Elle se précipitait vers une fenêtre éclairée, cognait à la porte. En vain. Personne n'avait aperçu Ariel qui courait pour sauver sa vie. Sauf cette fille qui rentrait chez elle.

Soudain, Blair comprit.

Elle comprit ce qui s'était passé lors de ce lointain après-midi. La fille qui vivait là revenait de chez une amie. Elle avait accepté, parce qu'il pleuvait, que deux personnes qu'elle connaissait la reconduisent chez elle et la déposent au bout de l'allée. Elle avait alors vu le pick-up, et un inconnu en train de pousser sa prisonnière qui se débattait dans l'habitacle. Cela l'avait révoltée. Elle n'était pas de ceux qui assistent à un tel incident sans intervenir.

— Je me souviens avoir pensé qu'on allait me sortir de là, enchaîna Ariel. Je ne sais pas ce qui s'est passé au juste. Il l'a peut-être convaincue que j'étais sa fille ou un truc de ce style. Ou que c'était un jeu, allez savoir.

Blair sentit des larmes rouler sur ses joues.

— Je me suis toujours demandé si cette fille avait avalé ses bobards ou si elle avait signalé l'enlèvement mais qu'on n'avait pas réussi à me localiser. Il m'a ramenée ici et après, pendant plusieurs jours, j'ai pensé qu'elle avait dû avertir la police, que quelqu'un reconnaîtrait le pick-up, parce qu'elle l'avait forcément décrit aux flics. J'ai espéré, j'ai prié que quelqu'un vienne. Et puis, au bout d'un certain temps, j'ai abandonné cette idée. Je suppose qu'elle n'a rien dit ou que personne ne l'a crue.

— Non, ce n'est pas ça, dit doucement Blair après un silence. Elle n'a pas pu prévenir qui que ce soit. Il l'a tuée.

— Tuée ?

À son tour, Ariel resta un instant silencieuse, puis :

— Non mais… vous n'étiez pas là. Comment vous le savez ?

— Cette fille était mon amie. Molly Sinclair. Elle revenait de chez moi. Comme il pleuvait, ma sœur et son copain l'ont ramenée chez elle en voiture. Ils l'ont laissée au bout de l'allée. Les voisins vous ont entendue frapper à la porte, demander de l'aide. Molly a dû surprendre Reese au moment où il vous forçait à monter dans le pick-up.

— Je ne pige toujours pas. Comment vous savez ça ?

— Je vous ai dit que mon amie avait été assassinée, vous vous souvenez ?

— Oui.

— Eh bien, maintenant tout s'explique. Molly est morte d'un coup à la tête. Il l'a frappée avec… une batte de base-ball ou un démonte-pneu. Il l'a frappée assez fort, en tout cas, pour la tuer. Pour qu'elle se taise. Ensuite, il a abandonné son corps dans les bois, de l'autre côté de la route.

— Oh, mon Dieu…, souffla Ariel.

— Voilà pourquoi elle n'a pas alerté la police.

— Je me demandais comment il était possible d'être témoin de la scène et de ne rien faire.

— Si elle l'avait pu, elle aurait ameuté tout le monde, rétorqua Blair, étrangement soulagée de savoir enfin ce qui était arrivé à son amie. Molly ne se démontait pas facilement. Mais il l'a tuée. Et l'homme qui affirmait l'avoir déposée au bout de l'allée ce jour-là a été condamné pour ce meurtre. Personne ne l'a cru. Il est toujours en prison.

— Pauvre type… depuis longtemps ?

— Près de quinze ans. Tout est clair, à présent. Seigneur… je ne comprenais pas comment quelqu'un avait pu faire du mal à Molly. Elle qui ne connaissait pas la peur. Qui défendait toujours les plus faibles – dont moi.

— Oh merde, fit Ariel qui reconstituait le puzzle dans sa tête. J'avais compris de travers. Quand vous parliez du meurtre de votre copine, vous ne disiez pas que c'était récent. Ça remonte à loin.

Elle parut alors s'apercevoir que Blair gardait le silence.

— Je suis désolée pour votre amie, marmonna-t-elle. Peu importe ce que j'ai pensé à l'époque. Je suppose qu'elle a vraiment tenté de m'aider.

— Bien sûr que oui. Elle ne serait pas restée les bras croisés.

— Quel âge elle avait ?

— Treize ans. Ce n'était qu'une gamine.

Joe Reese nouait encore la ceinture de son peignoir quand il atteignit la porte.

— Une minute ! cria-t-il. J'arrive.

Il ouvrit la porte. Ellis Dietz et Tom Olson se tenaient sur le seuil. Darlene apparut à son tour dans la cuisine, en peignoir elle aussi, la tête hérissée de bigoudis.

— Que se passe-t-il, Joe ? interrogea-t-elle.

— Ton petit ami est là.

— Oh bon sang…

Se détournant, Darlene retira précipitamment les bigoudis pour les fourrer dans ses poches.

— Ne le laisse pas entrer, dit-elle.

Joe regarda les deux hommes visiblement frigorifiés. Il s'adressa à Tom :

— Je commence à en avoir assez des enquiquineurs dans votre genre.

— Ellis a quelque chose à dire. Pouvons-nous entrer ?

— Vous êtes sacrément gonflé de revenir ici, Ellis Dietz, rétorqua Joe en le fusillant du regard. Après vous être introduit dans ma maison par effraction. Je pense d'ailleurs que ça intéressera la police. Darlene, appelle la police.

Darlene, qui s'était peignée avec les doigts, se campa derrière son jumeau.

— Allons, Joe, ne nous énervons pas. Que faites-vous ici à cette heure, Ellis ?

— On peut entrer, Darlene ? demanda ce dernier. Il fait un froid de canard.

— Bon, d'accord… Mais juste un instant.

— Une petite minute! s'indigna Joe. C'est ma maison. Ce n'est pas à toi de dire aux gens s'ils peuvent entrer ou non. Ces deux-là n'ont rien à foutre ici.

— Ah oui? répliqua Darlene, haussant les sourcils. Il me semblait pourtant que nous vivions ici tous les deux.

— Je veux juste vous parler, insista Ellis.

— Il n'y a plus rien à dire, Ellis.

— Elle ne veut pas discuter avec vous, fit Joe.

— Il faut que je vous explique certaines choses.

— Entrez, acquiesça Darlene sans se soucier de son frère.

Ellis passa devant Joe.

— On peut se parler en privé?

D'un geste, Darlene l'invita à la suivre au salon. Joe secoua la tête.

— Et vous, pourquoi vous êtes revenu? demanda-t-il à Tom. Je pensais en avoir fini avec vous.

— Je le soutiens moralement.

Joe émit un reniflement de mépris.

— À cette heure-ci?

— En fait, il a un peu bu, et je ne voulais pas qu'il prenne le volant. J'ai préféré l'amener.

— J'ai cru que vous étiez là à cause de la fille.

— Oh non, on sait où elle est.

Joe pâlit et agrippa le dossier d'une chaise, à côté de la porte.

— Ah bon?

— On a retrouvé sa voiture à la gare routière. Par conséquent, elle a dû retourner à Philly.

— Elle a sans doute pris le bus.

— C'est quand même bizarre qu'elle ait laissé sa voiture pour prendre le bus.

— Personnellement, je me fiche de ce qu'elle a fait ou pas, rétorqua Joe avec impatience. Et maintenant, si vous n'y voyez pas d'inconvénient, je vais me recoucher.

— Un instant… L'autre jour, quand je suis venu ici avec Blair, une socquette rose, une socquette de petite fille dépassait de la poche de votre veste en polaire.

Joe darda sur lui un regard noir.

— Et alors, il y a une loi qui interdit de ramasser les socquettes égarées ?

— Je pose juste la question. Il n'y a pas d'enfants dans cette maison, n'est-ce pas ?

— Non, il n'y en a pas.

— Comment se fait-il alors que cette socquette de petite fille se soit retrouvée dans votre veste ?

— Je n'en sais rien. Peut-être que Darlene l'a rapportée de chez un malade.

— Possible. Mais ça me paraît bizarre.

Pendant ce temps, dans le salon, le ton montait. Joe esquissa un sourire perfide.

— Si j'étais vous, j'irais faire chauffer le moteur. J'ai l'impression que votre copain Ellis va se faire virer à coups de pied dans les fesses.

Darlene émergea à cet instant du salon.

— Je vous ai dit ce que je ressens, Ellis. Jamais une personne sensée ne collectionnerait ces horreurs.

Cessez de vous justifier, je ne changerai pas d'avis. Et maintenant, je vous demande de partir.

Mais Ellis, planté sur le seuil de la pièce, s'obstinait à défendre l'indéfendable.

— Je ne garderai pas ma collection. Je m'en débarrasserai.

Joe s'approcha et lui enfonça un doigt dans les côtes.

— Vous avez entendu la dame. Du balai.

— Vous, ne me touchez pas !

— D'accord, ne vous énervez pas. Débarrassez le plancher, voilà tout.

Ça sentait la bagarre, mais Ellis baissa la tête et battit en retraite.

— Bon, d'accord…

Dès qu'il fut sorti du salon, Joe s'empressa d'éteindre la lumière.

— Allons-nous-en, dit Tom.

— Ça va, j'arrive ! grommela Ellis.

D'un pas lourd, il rejoignit Tom qui observait la grange. Le vent de la nuit se levait, glacial. La porte claqua derrière eux. Comme il l'avait fait maintes fois au cours de la soirée, Tom afficha le numéro de Blair sur l'écran de son portable. Qu'est-il advenu de vous ? Machinalement, il appuya sur la touche d'appel.

Dans les gémissements du vent, et venant du pré obscur qui s'étendait devant eux, Tom entendit soudain le son ténu d'un saxophone, et une voix tendre et mélancolique implorant : « *Mother, mother…* »

Il coupa aussitôt la communication. Marvin Gaye se tut.

— Ben alors, vous venez ? grogna Ellis qui se dirigeait vers la voiture.

— Attendez, chuchota Tom. Écoutez.

Il rappela le numéro de Blair, et de nouveau la voix de Marvin Gaye s'éleva.

— Qu'est-ce que c'est ?

Tom se retourna vers la porte de la cuisine. Comme pour l'inciter à se hâter de partir, la lumière s'éteignit, plongeant la maison et le chemin dans la nuit. De l'autre côté du pré, la grange avait l'air vide, à l'abandon.

Il raccrocha, la plainte de Marvin Gaye s'interrompit.

— Bon Dieu, il fait noir comme dans un four, rouspéta Ellis. C'était quoi, ce bruit ?

— Le téléphone de Blair.

32

Ellis lui décocha un regard noir.

— Qu'est-ce que vous racontez ?

— C'est son téléphone. Je viens d'appeler son numéro et j'ai reconnu la sonnerie. Son portable est par là, quelque part dans ce pré.

— Eh ben, allons le chercher, rétorqua Ellis qui traversa le chemin et commença à descendre dans le pré.

— Non, il faut partir, dit Tom en jetant un coup d'œil à la maison, derrière eux.

— Partir ? glapit Ellis.

— Faire semblant. Il s'attend à ce qu'on s'en aille.

— Mais qu'est-ce que son téléphone fiche là ? Elle l'a laissé tomber ?

— Elle ou quelqu'un d'autre.

— Refaites-le sonner. Peut-être que l'écran s'allumera.

— Pas maintenant, Ellis. Il ne faut pas éveiller les soupçons. Montez dans la voiture.

— Sûrement pas ! Si son téléphone est là…

À pas lents, Ellis s'avançait dans le pré devant la grange.

— Ellis ! Faites ce que je vous dis ou…

Tout à coup, la lumière se ralluma dans la cuisine, la porte se rouvrit sur Joe Reese, en peignoir.

— Qu'est-ce que vous fichez encore ici ?

D'un air innocent, Tom se palpa.

— Je ne trouve pas mes clés. Elles ne sont pas là-bas, cria-t-il à Ellis. Je n'ai pas mis les pieds dans ce pré. Je regarde dans la voiture !

Sans attendre de réaction de la part d'Ellis, il s'approcha de son pick-up et ouvrit la portière côté conducteur. Il se mit à farfouiller sur les sièges puis, se redressant, brandit triomphalement un trousseau de clés.

— Elles sont là ! Revenez, Ellis, je les ai trouvées !

La mine revêche, Ellis le rejoignit et lança un regard mauvais à Joe.

— Qu'est-ce que vous surveillez comme ça ?

— Je veux vous regarder partir.

— Montez, Ellis, dit Tom.

Ellis s'exécuta en maugréant. Tom démarra et, saluant Joe de la main, fit un demi-tour dans le chemin.

— L'enfoiré, marmonna Ellis. Il sait où elle est.

Les mâchoires serrées, Tom tourna à droite au bout du chemin et, presque aussitôt, mit son clignotant gauche.

Ellis faillit rouspéter, se ravisa. Tom s'engagea sur

le terre-plein incurvé qui bordait la route, d'où les automobilistes et leurs passagers pouvaient admirer la montagne. Il s'arrêta et laissa le moteur tourner. Le froid et la tension nerveuse le faisaient trembler.

— Elle n'aurait pas abandonné son téléphone, dit Ellis.

— Effectivement.

— Mais si elle était dans la maison, Darlene l'aurait dit. Même si... si elle en a fini avec moi, elle ne garderait pas ça pour elle.

Tom fronça les sourcils.

— Je suis enclin à partager votre avis.

— Donc, si elle n'est pas dans la maison... elle est où ?

— Je n'en sais rien.

Les deux hommes restèrent un moment silencieux.

— Mais pourquoi il lui aurait pris son portable ? Pour quelle raison ?

— Elle l'a peut-être accusé de quelque chose. De meurtre, par exemple.

— Quel meurtre ?

— Quel est celui qui la préoccupe en ce moment ?

— Qu'est-ce que j'en sais, moi ? ronchonna Ellis.

— Le meurtre de Molly Sinclair.

— Quoi ? s'exclama Ellis. Mais c'est dingue ! Joe Reese n'a aucun rapport avec ça. Si c'est ce que Blair avait en tête, Joe lui a peut-être confisqué son téléphone juste pour qu'elle n'ameute pas la population.

— Il ne s'est pas contenté de le lui prendre, rétorqua Tom, cinglant. Il l'a jeté dans le pré. À moins que ce soit elle qui l'ait fait. Je crois malheureusement qu'il lui est arrivé quelque chose.

— Je vais lui tordre le cou, à ce type…, marmonna Ellis.

Tom lui jeta un regard surpris.

— Ben quoi ? C'est ma nièce.

— Bien sûr. Il vaut peut-être mieux alerter la police.

— Ils nous aideront pas ! Vous n'avez aucune preuve.

Ellis n'avait pas tort. Ils n'avaient, en effet, que de vagues soupçons.

— J'ai des amis au poste de police, insista toutefois Tom. Ils m'écouteront.

— Vous vous fourrez le doigt dans l'œil. Même si vous réussissez à les faire venir ici, Reese me collera tout sur le dos. Il leur dira que je me suis introduit dans la maison.

— Si vous avez une meilleure idée, je suis preneur, rétorqua Tom avec impatience.

— Je n'ai qu'à retourner là-bas et étrangler Joe Reese jusqu'à ce qu'il crache la vérité.

— Autrement dit, vous n'avez pas d'idée.

— C'en est quand même une. Parce que, pendant que vous tournez autour du pot, Blair est peut-être en danger de mort. À supposer qu'elle soit encore vivante.

Tom ne le contredit pas.

— Taisez-vous un peu, que je réfléchisse.

Blair était en nage, elle brûlait de fièvre, s'agitait sur son grabat de fortune dans le vain espoir de trouver une position confortable. Elle avait atrocement mal à la tête. Quand elle porta la main à son crâne, une substance gluante lui poissa les doigts. Elle pensa d'abord que c'était du sang, mais en examinant ses doigts, constata que c'était visqueux et malodorant. Du pus.

Cela n'avait rien de surprenant. Il l'avait blessée avec une pelle qui avait probablement, durant des années, servi à ramasser le crottin de cheval et n'avait jamais été nettoyée. La plaie était une véritable boîte de Petri grouillant de bactéries.

À cette idée, elle eut un haut-le-cœur, mais rien ne vint. Le chili graisseux qu'elle avait ingurgité des heures plus tôt s'était frayé un chemin de son estomac à ses intestins qui le toléraient avec difficulté.

Blair gémit, se tourna. Les bouffées de chaleur se muaient en frissons. Elle se mit à trembler de froid et à claquer des dents. À l'aide, implora-t-elle. Mais à quoi bon le dire, quelle aide attendre d'Ariel et de sa petite fille? Elles étaient prisonnières depuis des lustres. Que pouvaient-elles faire?

Couchée sur le côté, face au mur, elle glissa ses mains glacées entre ses genoux pour tenter de les réchauffer. Au secours. Pitié.

Elle sentit alors sur son épaule des doigts légers qui la firent sursauter. Tournant la tête, elle rencontra le regard perplexe d'Ariel.

— Qu'est-ce que vous avez?

Blair tenta de répondre, mais ses dents claquaient si fort que parler lui était difficile. Elle s'humecta les lèvres, fit un effort.

— J'ai la fièvre. Je crois que la plaie est infectée.

Ariel se pencha pour examiner la blessure.

— Vous avez raison, grimaça-t-elle. Il y a une espèce de pourriture qui suinte.

— Génial, murmura Blair en fermant les yeux.

— Écoutez… à mon avis, il faudrait essayer d'élaborer un plan.

— Un plan pour qu… quoi ? hoqueta Blair.

Ariel hésita, visiblement tiraillée, puis ôta son chandail qu'elle drapa sur les épaules et le dos de Blair. Celle-ci faillit fondre en larmes. Jamais, lui semblait-il, on n'avait eu à son égard un geste aussi gentil. Un instant, elle en fut presque réchauffée. Mais les frissons revinrent de plus belle, parcourant sauvagement tout son corps.

— Eh bien, reprit Ariel, je ne sais jamais quand il vient. Mais il nous faut être prêtes. Je me disais que, peut-être, à nous deux… quand il entrera…

Blair referma les yeux. Elle savait à quoi songeait Ariel. Si elles unissaient leurs forces, elles pouvaient le maîtriser. En théorie, c'était une bonne idée. En réalité, il n'était pas certain qu'elle réussisse à se mettre debout.

— Je peux essayer…, bredouilla-t-elle.

Ariel secoua la tête en soupirant.

— Vous ne me serez d'aucune utilité, n'est-ce pas ?

Ce n'était pas faux. Blair envahissait son espace, lui prenait son sweater et ne l'aiderait même pas à attaquer son ravisseur.

— Quand cette porte s'ouvrira, balbutia-t-elle, je trouverai l'énergie. Je vous le jure…

Ariel eut une moue sceptique.

— J'en doute. Vous êtes dans un état lamentable.

Blair lui agrippa le bras.

— Écoutez-moi. Vous avez un instrument quelconque qui pourrait nous servir d'arme ?

Ariel regardait les doigts de Blair crispés sur son bras.

— Vous êtes brûlante.

Blair avait pourtant l'impression que son visage était gelé, elle dut lutter pour remuer les lèvres.

— Réfléchissez… Vous avez des couteaux pour manger ?

— Non, pas de couteaux. J'y avais pensé. Évidemment.

— Quelque chose de lourd ? Des boîtes de conserve ? Une poêle ?

— Non, soupira Ariel. Il est prudent. Il apporte la nourriture uniquement dans des récipients en plastique. Tout est en plastique. Les assiettes et les couverts.

— Rien d'autre ?

— Rien.

Ariel remonta ses genoux contre sa poitrine, se balançant d'avant en arrière. Elle resta un moment silencieuse, puis :

— On l'entend arriver. Il déverrouille la porte extérieure et il la referme à clé avant d'ouvrir celle-ci. Pour qu'on ne puisse pas le bousculer et sortir en courant. J'ai essayé, croyez-moi. Une fois, je me suis mise debout sur une chaise et je l'ai frappé de toutes mes forces quand il est entré. Mais je n'avais rien d'assez lourd pour lui faire vraiment mal. Et il me l'a fait payer.

— De quelle façon ? balbutia Blair.

— Il m'a coupé l'eau pendant des jours, répondit Ariel avec détachement. L'odeur des toilettes était suffocante. Il me semblait que j'avais des bestioles sur tout le corps, que j'en avais plein les cheveux. Et j'avais une de ces soifs...

Blair l'imaginait sans peine. Un nouveau haut-le-cœur la secoua.

— Je lui ai promis n'importe quoi pour avoir de l'eau. Il adore qu'on le supplie. Au début, je refusais, mais depuis que Trista est là, je commence par ça.

— Trista est sa fille. Ça ne compte pas pour lui ?

— Il n'en a rien à faire.

Blair ferma les yeux, s'efforçant de ne pas penser à ce qu'Ariel avait enduré. Si elle disposait ne fut-ce que de la moitié de sa vigueur habituelle, cela changerait tout. Elle réussirait à le surprendre, à avoir le dessus. Mais dans l'immédiat, elle gaspillait le peu de forces qu'il lui restait à maîtriser ses tremblements.

— Quand il verra dans quel état vous êtes, il ne voudra pas de vous, dit Ariel. Il attendra que vous alliez mieux.

Blair aurait du être soulagée, mais elle ne songeait qu'à une chose : elle ne se rétablirait pas. La fièvre ne tomberait pas, l'infection ne guérirait pas sans anti-biotiques.

— Il vous donne des médicaments quand vous en avez besoin ?

Ariel haussa les épaules.

— S'il décide qu'on en a besoin. Comment il s'amuserait si on mourait ?

346

— Il nous faut sortir d'ici, murmura Blair.

Ariel darda sur elle un regard glacial.

— Vous croyez que je ne le sais pas ? s'écria-t-elle. Vous croyez que j'ai envie de rester ici ?

Cette voix fit frémir Blair, pourtant elle semblait assourdie, comme si elle venait de très loin.

— Non, bien sûr que non, souffla-t-elle. Pas du tout.

À cet instant, un appel plaintif retentit.

— Maman, j'ai peur…

— Vous voyez ce que vous avez fait ? s'emporta Ariel. J'arrive, dit-elle à son enfant.

— Désolée, bredouilla Blair, tandis qu'Ariel se dirigeait vers le placard du cagibi.

Soudain, Blair entendit un bruit mat. Une porte qui se fermait. Puis, plus près, un bruit métallique. Elle eut la sensation que son cœur battait dans sa gorge. Il était là, il allait entrer.

— Oh non.

Elle voulut alerter Ariel. Rassemblant ses dernières forces, elle s'assit et s'adossa au mur, son pauvre oreiller serré contre sa poitrine en guise d'armure.

Tout se mit à tourner.

— Non, répéta-t-elle. Non.

La porte s'ouvrit.

33

Il était affublé d'un haut de pyjama et d'un chino, sous un peignoir et sa veste en polaire. Ébouriffé, comme s'il s'était tourné et retourné dans son lit. Un gros trousseau de clés pendait au passant de sa ceinture de pantalon. Blair, qui le regardait refermer la porte à double tour, trouva qu'il avait l'air d'un gardien d'asile de fous.

Derrière les lunettes à monture métallique, son regard était indéchiffrable.

— Vous vous acclimatez ?

— Jamais, répondit Blair d'un ton venimeux.

— Inutile d'être désagréable, dit-il d'une voix où perçait une note menaçante.

Il s'approcha, l'observa un instant.

— Vous avez mauvaise mine.

— Sans b... blague, bégaya-t-elle tant elle claquait des dents. J'ai de la fièvre. Vous m'avez frappée avec cette pelle dégoûtante, la plaie s'est infectée. Il me faut des antibiotiques.

Avec un sourire, Joe Reese pointa le doigt vers elle.

— Vous ne commencez pas à me donner des ordres. Avec moi, ça ne marche pas. Je suis réfractaire aux ordres. Demandez à Ariel.

— Me demander quoi ? fit celle-ci qui sortit du placard, portant Trista à moitié endormie.

— La voilà, s'exclama Joe d'un air extasié. Ma petite fille.

Il ouvrit les bras, agita les doigts. Ariel se détourna, serrant la petite contre elle, une main protectrice sur sa tête.

— Laisse-la tranquille. Elle n'est pas tout à fait réveillée. Quelle heure est-il ?

— Mais elle sera contente de me voir, rétorqua-t-il, sans répondre à la question. Pas vrai ? roucoula-t-il, posant ses grosses mains blafardes sur l'enfant pour l'arracher à sa mère.

La tête de Trista se renversa en arrière. La fillette ouvrit ses grands yeux brillants.

— Comment va ma Trista ? Comment va mon bébé ? susurra-t-il.

Ces mots révulsèrent Blair.

— Espèce d'infâme salaud, murmura-t-elle.

Joe ne l'entendit pas ou feignit de ne pas l'entendre. L'enfant monopolisait son attention. Trista regarda sa mère, puis l'homme qui la tenait.

— Papa...

— Mais oui, je suis ton papa. Et toi, tu es ma petite princesse.

Trista essaya de lui retirer ses lunettes, salissant les verres de ses petits doigts poisseux.

— Arrête, dit-il de sa voix sirupeuse. On ne touche pas les lunettes de papa.

Trista gloussa et, de nouveau, tripota les lunettes.

— Non, non, tu ne touches pas.

Trista riait, le jeu l'amusait. Elle réussit à dégager une des branches de l'oreille de son père. Les lunettes glissèrent sur son nez.

— J'ai dit NON ! gronda-t-il.

Il écarta la petite, à bout de bras, la secoua. Trista se mit à geindre, ses yeux s'emplirent de larmes.

— Laisse-la tranquille, implora Ariel qui la lui reprit. Elle s'amuse, c'est tout.

— Il faut qu'elle apprenne que non, ça veut dire non.

Il rajusta ses lunettes. Ariel lui tourna le dos, berçant sa fille qui pleurait. Elle marmonna quelque chose.

— Quoi ? fit-il.

— Rien, répondit-elle sèchement.

— Non, ça veut dire non ? lança Blair, révoltée. Sale hypocrite !

Joe pivota d'un bloc.

— Qu'est-ce que vous avez dit ?

— Vous m'avez très bien entendue !

— Non, supplia Ariel.

Blair comprit pourquoi Ariel l'implorait. Pour qu'elle n'énerve pas leur geôlier. Elle redoutait sa colère, et Blair aurait dû, elle en était consciente, avoir peur de lui. Cet homme était un sadique et un assassin. Elle repensa à ce qu'elle avait appris. Molly avait tenté de secourir Ariel et l'avait payé de sa vie. Blair ne pouvait pas l'oublier ni le nier dans le seul but de ne pas envenimer les choses.

Elle sentit l'esprit de Molly s'insinuer en elle et lui donner du courage.

— Je comprends enfin ce qui est arrivé à mon amie Molly.

Joe tourna vers elle un regard vide où s'alluma une lueur dédaigneuse.

— Ah oui, vraiment ?

— Oui ! Ariel m'a raconté qu'un jour, elle avait failli vous échapper. Qu'elle s'était enfuie, que vous l'aviez poursuivie et rattrapée.

— Elle rêve ! M'échapper ? s'esclaffa-t-il, comme si c'était là une idée saugrenue. Elle n'a jamais essayé de me quitter. Elle ne le ferait pas. Elle aime être ici avec moi. Avant moi, elle n'avait personne. Elle était seule au monde. On pourrait dire qu'on se cherchait mutuellement. Moi, j'avais cet endroit qui était tout prêt à accueillir quelqu'un, qui attendait la bonne personne. Pas n'importe qui, là-dessus j'étais très difficile. Et puis j'ai rencontré Ariel. Et j'ai su que c'était elle, conclut-il avec un sourire attendri.

— Ariel était dans votre maison parce que vous aviez eu un moment de faiblesse. Elle s'est enfuie. Et vous l'avez traquée comme un animal. Molly a tenté de s'interposer…

Il secoua la tête d'un air navré.

— Vous racontez n'importe quoi. J'ai sauvé Ariel, je lui ai épargné une vie lamentable. Ici, elle est heureuse. Je n'ai pas à la traquer. Ariel m'appartient. Elle et Trista.

— Je n'ai pas parlé d'une Molly, protesta pitoyablement Ariel. Je ne connaissais pas de Molly.

— C'était elle, pourtant, insista Blair. N'est-ce pas, Joe?

Un violent frisson la parcourut – elle n'aurait su dire s'il était provoqué par l'infection ou la répulsion que lui inspirait ce monstre.

— Molly n'avait que treize ans quand vous l'avez tuée. Treize ans. Mais elle vous a défié, n'est-ce pas? Elle a tout de suite vu que vous êtes une brute doublée d'un lâche. Molly était comme ça. Elle défendait toujours les plus faibles.

— Blair, non…, supplia Ariel.

Blair fit la sourde oreille. Elle trahissait les confidences d'Ariel au sujet de Joe Reese, et la jeune femme en était terrifiée. Mais elle ne pouvait pas s'arrêter. Il fallait qu'elle lui dise ce qu'elle avait sur le cœur. Qu'elle le lui assène.

— À la réflexion, Molly a sans doute été chanceuse – vous auriez pu l'enfermer elle aussi dans votre petit cachot. Qu'est-ce qui s'est passé? Elle n'était pas votre genre? Pas assez jeune? Pas assez vulnérable?

Joe la saisit brusquement par le cou et la souleva de son grabat. Elle se sentit quitter le sol et, soudain, ne put plus respirer.

— Molly avait une grande gueule pour une si petite fille, dit-il d'une voix sourde et menaçante. Pourquoi j'aurais voulu la ramener à la maison?

Blair ne pouvait pas répondre, elle s'étouffait et tentait vainement de desserrer les doigts qui lui enserraient le cou. Elle entendait vaguement Ariel protester, Trista pleurnicher.

— Joe, s'il te plaît ! s'écria Ariel en essayant de lui faire lâcher prise. Tu fais peur à la petite.

Joe regarda un instant Blair se débattre, puis la lâcha. Elle s'effondra sur sa couchette de fortune. Secouée par une toux sèche, elle se mit à quatre pattes, aspirant l'air à grandes goulées. Joe leva un pied et, du bout de sa botte, la frappa au flanc de toutes ses forces. Blair s'écroula dans un cri.

Vengé et satisfait, Joe recouvra aussitôt son calme. Il fouilla dans les poches de sa veste et de son peignoir.

— J'ai apporté une friandise à mon bébé.

Comprimant ses côtes douloureuses, Blair le regarda agiter sous le nez d'Ariel, qui tenait toujours Trista dans ses bras, une barre chocolatée.

— Pour qui c'est ? À condition qu'elle soit mignonne ?

Blair l'observait, horrifiée et fascinée. Il semblait attendre des acclamations et des louanges pour son minable cadeau. Et d'une voix usée par des années de pratique, Ariel se fendit d'une exclamation appréciatrice.

— J'ai besoin d'antibiotiques ! dit Blair.

Joe tourna la tête vers elle, comme s'il avait oublié sa présence.

— Je crains fort que nous n'en ayons pas.

— Demandez à Darlene. Elle a toujours des

médicaments pour les malades en soins palliatifs. Elle a peut-être des antibiotiques.

Il la foudroya du regard, outré qu'elle ose mentionner sa sœur jumelle.

— Il faudra vous en passer.

— Je ne peux pas ! J'en ai besoin. Demandez à Darlene. Au fait, où croit-elle que vous êtes ? Où croit-elle que vous allez, quand vous sortez vous balader au milieu de la nuit dans cet accoutrement ? On dirait que vous vous êtes échappé d'un hôpital psychiatrique. Où on devrait d'ailleurs vous enfermer.

Rapide comme l'éclair, Joe fondit sur elle et la gifla à la volée.

— Ne vous avisez pas de me parler sur ce ton. Devant ma fille. Je ne permettrai pas qu'elle entende ça.

À le sentir si près, Blair fut submergée par la peur et le dégoût. Comment expliquer, chez un homme, un comportement aussi tordu ? Garder une jeune femme prisonnière durant des années, obliger une enfant à grandir sans lumière, sans air pur, sans compagnie. Laisser une autre femme mourir par manque de soins. Car, à l'évidence, c'était son plan en ce qui la concernait.

Il esquissa une moue écœurée.

— Vous puez.

Se redressant, il se frotta les mains.

— Bon… Maintenant, je m'occupe de maman.

Il obligea Blair à se lever.

— Vous, dans le placard avec ma princesse.

Il fit signe à Ariel de donner la petite à Blair. Ariel

posa les lèvres sur les cheveux soyeux de son enfant, étouffant un gémissement.

— Allez, dépêchons, grogna-t-il. On n'a pas toute la journée devant nous.

Ariel poussa la fillette vers Blair.

— Allez dans le placard et n'en sortez pas. S'il vous plaît.

Elles se regardèrent. Blair essaya d'exprimer en silence toute sa compassion, son effroi. Le regard d'Ariel était lointain. Comme si elle s'abstrayait déjà de la scène qui allait suivre.

Blair entraîna vers le placard la petite fille qui protestait. Joe les suivit.

— Vous deux, vous ne bougez pas. Qu'on puisse prendre notre temps, maman et moi.

Blair se retourna pour l'insulter et il la frappa de nouveau, au menton cette fois. Puis il les poussa dans le placard et ferma la porte.

Il fallut un moment à Blair pour reprendre sa respiration. Elle réussit tout de même à se mettre debout et chercha à tâtons un interrupteur. Il n'y en avait pas, mais un cordon pendait du plafond. Elle le tira, une ampoule de faible puissance s'alluma. Le sol était jonché de vêtements qui constituaient le lit de Trista. La fillette escalada l'oreiller appuyé contre le mur et s'y blottit, serrant un chien en peluche miteux.

— Tu restes pas debout, commanda-t-elle, les lèvres tremblantes.

Blair la dominait de toute sa taille, cela devait l'effrayer.

— Je vais m'asseoir, chuchota-t-elle. Une minute…

Elle secoua la barre de la penderie, mais elle était solidement fixée au mur. Les vêtements s'entassaient par terre, car il n'y avait aucun portemanteau susceptible de se transformer en arme rudimentaire. Il y avait pensé.

Quoi d'autre ? Elle l'entendait grogner dans la pièce d'à côté. Elle s'efforça de réfléchir pour étouffer ces bruits. Elle s'assit, écartant un petit tas d'habits pour faire de la place. Notamment une socquette rose qu'elle reconnut – la jumelle de celle qu'elle avait vue sur Joe Reese. Tout s'expliquait. Trista avait dû la quitter alors qu'elle était assise sur le lit de sa mère, et un jour, alors qu'il violait Ariel, il l'avait emportée sans s'en rendre compte, collée au dos de sa veste.

Une image répugnante que Blair essaya de chasser de son esprit. Elle remarqua d'autres chaussettes, de femme celles-là, nouées ensemble, dans la pile de vêtements. Les affaires d'Ariel et de sa fille étaient mélangées. Il n'y avait rien de propre ou de neuf dans ce fatras de loques informes.

— Tu es trop grande pour ici, se plaignit Trista, les yeux brillants de larmes.

— Je suis gênante, je te demande pardon.

— Tu t'en vas quand ?

Oui, quand ? Sortirait-elle d'ici vivante ? Elle s'obligea à se focaliser sur Trista, mais sa vue se brouillait. Outre les coups qu'il lui avait donnés, elle se sentait faible, brûlante de fièvre.

Arrête ! Ne renonce pas. Tu dois t'échapper. Il y a forcément un moyen.

Trista, cessant de s'intéresser à elle, farfouilla adroitement dans le bric-à-brac qui encombrait le sol. Elle en extirpa quelques jouets, dont une poupée en vinyle qui paraissait dater de la présidence de Reagan. La figure et les yeux étaient quasiment décolorés, elle arborait une robe toute tachée. Joe avait dû l'acheter dans une braderie quelconque. Quel joli cadeau pour son enfant ! Une vieille poupée qu'une autre petite fille avait mise au rebut.

Trista la berçait en chantonnant.

— Comment s'appelle ton bébé ? lui demanda Blair.

— Bébé, répondit Trista.

— Ah…

Blair observa en silence la fillette qui, tour à tour, berçait et grondait sa poupée.

— Ta couche est sale, rouspétait-elle. Il faut que je te change.

Dans la pièce d'à côté, les grognements se faisaient plus sonores, accompagnant un bruit rythmique de pilon. Le sale porc.

Toute à son jeu, Trista faisait semblant de changer sa poupée, qui en réalité n'avait ni couche ni culotte. Blair regarda le ventre nu sous la robe retroussée. Elle remarqua un carré découpé dans le vinyle couleur chair, fermé par un couvercle en plastique ondulé. Un compartiment à piles. À en juger par sa taille, il devait contenir deux piles de type D. Quelle modernité, pensa-t-elle. Aujourd'hui, les poupées étaient équipées d'une puce électronique qui les rendait capables de tout – chanter à la tierce ou servir de GPS.

— Ton bébé ne parle pas ?

Trista secoua tristement la tête.

— Non. Plus maintenant.

— Elle parlait, avant ?

— Avant, oui. C'est papa qui l'a dit.

Avant, quand il y avait des piles. Tout à coup, une idée lui vint, qui la fit transpirer. Doucement, du calme. Ne lui fais pas peur.

— Elle est drôlement jolie. Je peux la tenir ?

Inquiète, Trista serra la poupée contre elle.

— Non.

Blair lui sourit gentiment.

— C'est ton seul bébé ?

La fillette la dévisagea un instant d'un air suspicieux, puis considérant sans doute qu'elle n'était pas dangereuse, répondit :

— Non, j'en ai un autre.

— Tu me le montres ?

Trista hésita encore avant de fouiller de nouveau dans les vêtements d'où, cette fois, elle extirpa un chat en peluche noir et blanc.

— C'est lui, mon autre bébé.

— Et comment s'appelle-t-il ?

Trista plissa le front, elle n'avait manifestement pas baptisé le chat et voulait réparer cet oubli.

— Euh… il s'appelle… euh…

Elle ne connaît pas de prénoms, pensa Blair. Elle ne connaît personne.

— Il s'appelle… Petit !

— Je peux le tenir ? demanda Blair en touchant le chat, comme pour le lui prendre.

Le geste eut l'effet désiré. La fillette agrippa à deux mains sa peluche, si bien que la poupée tomba sur la pile de vêtements.

— Non, il est à moi! protesta-t-elle, se détournant pour protéger son jouet.

— Je comprends, dit Blair.

Nonchalamment, elle saisit la poupée et feignit d'étudier sa figure, tout en glissant les doigts sous la robe pour ouvrir le compartiment à piles. Victoire, les deux lourdes piles y étaient encore. Elle les délogea prestement et les fourra sous sa jambe. Puis elle referma le compartiment.

— Oh, j'ai l'impression que Bébé est fatiguée. Tu devrais peut-être lui chanter une berceuse pour qu'elle se rendorme.

La fillette reprit la poupée et la serra dans ses bras avec le chat.

— Ils sont très, très fatigués, décréta-t-elle. Ils vont dormir.

Blair acquiesça, tout en cherchant dans le fouillis les chaussettes d'Ariel qu'elle avait remarquées. Elle les dénoua, glissa les piles dans l'une d'elles et fit un nœud, tandis que Trista faisait discuter entre eux la poupée et le chat.

Blair soupesa la chaussette. Ce serait assez lourd, mais il faudrait agir vite, dès que l'occasion se présenterait.

— Qu'est-ce que tu fais? demanda la fillette.

— Rien, murmura Blair. Je me prépare.

34

Blair aurait voulu attendre debout, les pieds bien ancrés au sol, mais cela aurait inquiété Trista. Elle préféra donc s'accroupir. Des frissons la parcouraient, qu'elle s'efforçait d'ignorer. Elle n'aurait qu'une seule chance.

Elle aurait donné n'importe quoi pour être plus affûtée. Ariel disait avoir essayé de le frapper, de l'assommer, mais elle n'avait pas eu assez de force. Au moins Blair avait-elle bricolé une matraque. Ce n'était pas un revolver ni un poignard, mais c'était tout de même quelque chose.

De toute façon, elle n'avait pas le choix. Il fallait saisir l'occasion par les cheveux et faire de son mieux. Tout donner.

Elle referma les doigts sur la chaussette nouée et attendit que la porte s'ouvre.

Il lui sembla que plusieurs heures s'étaient écoulées, lorsqu'elle l'entendit enfin approcher.

— Ça va, là-dedans ? dit-il gaiement. Allez, on sort.

Le cadenas cliqueta, la poignée de la porte tourna.

Blair tremblait – la fièvre ou la peur – mais elle ne flancherait pas. Elle n'aurait que quelques secondes.

La porte s'entrouvrit, et Trista se précipita en criant :

— Maman, maman !

— Pourquoi elle est si pressée, ma petite fille ? demanda Joe d'une voix onctueuse, en essayant d'arrêter l'enfant qui se ruait dans l'entrebâillement de la porte.

Il était accroupi, la tête penchée, on voyait sa tonsure. Là, au sommet de son crâne. À portée de main.

Maintenant.

Blair leva la lourde chaussette nouée, se jeta en avant afin de coincer sa jambe dans l'ouverture et, de toutes ses forces, le frappa à la tête. Les piles percutèrent le crâne avec un claquement des plus satisfaisants. Il s'effondra sur le sol, une expression de surprise peinte sur son visage.

Blair resta un instant paralysée, incrédule. Il gisait là, et elle dut s'empêcher de le bourrer de coups de pied. Elle fonça dans la pièce attenante en appelant Ariel.

Celle-ci était à moitié dévêtue, les bras attachés au-dessus de la tête, les jambes écartées et également attachées au pied de lit. Assise sur le matelas, Trista chantonnait doucement, comme si voir sa mère ligotée de la sorte était habituel.

— Oh, mon Dieu ! s'exclama Blair qui entreprit de détacher les mains d'Ariel.

— Où est-il ? demanda cette dernière.

— Je l'ai assommé avec ça, répondit Blair entre ses dents, posant sa matraque sur le lit. Mais il ne restera pas longtemps dans les vapes.

Elle avait du mal à défaire les liens, ses doigts étaient malhabiles, ils ne lui obéissaient pas. Elle perdait un temps précieux. Il nous faut sortir d'ici. L'idée de laisser Ariel là et de courir chercher de l'aide lui traversa l'esprit. Mais non, elle ne pouvait pas faire ça. Forcer Ariel à la regarder franchir cette porte en l'abandonnant serait d'une cruauté inconcevable.

Elle s'acharna. Elle avait détaché une main. À l'autre, maintenant. La sueur dégoulinait sur ses joues, ruisselait sous ses vêtements.

Soudain, elles entendirent un grognement.

— Vite, implora Ariel.

Un nœud finit par céder. Ariel libéra sa main.

— Détachez-vous les pieds, commanda Blair. Il faut que je lui prenne les clés pour qu'on puisse sortir de là.

— Maman, qu'est-ce qu'elle fait, la dame? demanda Trista.

— Elle nous aide.

Tandis qu'Ariel se contorsionnait pour finir de se libérer, Blair retourna auprès de Joe Reese. Son crâne saignait, ce dont elle ne fut pas mécontente. Il avait cependant rouvert les yeux et commençait à bouger. Elle tira sur les clés pendues à sa ceinture, mais elles étaient retenues par un anneau. Elle serait obligée de déboucler cette ceinture, une perspective tellement répugnante qu'elle en eut un étourdissement. Elle se pencha pourtant et, de ses doigts tremblants, s'attaqua à la tâche.

Il marmonna une phrase décousue, Blair sentit qu'il tournait les yeux vers elle. Elle ne le regarda pas. Elle dégagea la pointe de la ceinture, tira dessus pour la faire glisser dans les passants, jusqu'au trousseau de clés.

Soudain, avec la rapidité du serpent qui frappe, il lui saisit le poignet. Elle poussa un cri. Il avait une force inouïe, vu le coup qu'il avait reçu.

— Lâchez-moi !

Elle tenta de s'écarter mais ne fit que l'entraîner avec elle.

— Lâche-moi, espèce de salaud !

À cet instant, Ariel apparut. Elle chancelait, la chaussette nouée dans une main. Elle les regarda une seconde puis, la figure déformée par la rage, leva la matraque et, dans un cri aigu, l'abattit sur le crâne de Reese. Avec une violence effrayante. Blair sentit les doigts qui agrippaient son poignet se desserrer. Ariel frappa de nouveau. Deux fois.

— Arrêtez, lui murmura Blair d'un ton pressant. Ne le tuez pas.

Ariel contempla le corps avachi sur le sol, l'homme qui avait été son geôlier durant la moitié de sa vie. Elle brandit la matraque.

— Pourquoi je ne le tuerais pas ?

Blair dut faire un effort pour la regarder droit dans les yeux.

— Parce qu'on pourrait vous envoyer en prison pour ça. Laissez-le. On est presque libres.

Trista les rejoignit, de sa démarche mal assurée, et vit Reese par terre, en sang.

— Papa! s'écria-t-elle.

Blair s'empara des clés et fit signe à Ariel de la suivre. La jeune femme laissa tomber son arme pour prendre son enfant dans ses bras.

— Ne regarde pas, lui dit-elle. Surtout ne regarde pas. On s'en va.

Il faisait nuit noire lorsqu'elles sortirent. L'air était pur et glacé, le ciel plein d'étoiles. Blair laissa Ariel passer la première, sa petite fille dans les bras. La jeune femme tituba et faillit tomber, mais elle reprit son équilibre.

— J'ai froid, dit Trista.

Ariel la serra contre elle. Immobile devant la grange, les yeux levés vers le ciel, elle aspirait de grandes goulées d'air.

— Regarde! C'est le ciel!

Blair se hâta de refermer le cadenas de la porte. Même s'il récupérait suffisamment pour se relever, Joe Reese ne sortirait pas de cette grange. Elle fit signe à Ariel de la suivre, de contourner le bâtiment. Elles avançaient à tâtons dans le noir. Blair menait la marche, parce qu'elle connaissait le chemin. Ariel ne savait pas où elles étaient. Sans doute n'avait-elle que de vagues souvenirs du monde extérieur.

Elles tournaient l'angle de la grange quand, soudain, la lumière s'alluma dans la maison. Darlene, pensa Blair. Elle nous aidera. La porte de derrière s'ouvrit, et

Darlene apparut, en peignoir, bigoudis sur la tête. Elle tenait un fusil qu'elle pointa sur le trio qui traversait le chemin.

— Qui est là ? cria-t-elle.

— Darlene, non ! C'est moi. Blair.

— Blair ? Mais qu'est-ce que vous faites là ? Et qui est avec vous ?

— On peut entrer ? Je vais tout vous expliquer.

— N'entrez pas, rétorqua Darlene en baissant le fusil. Vous allez réveiller Joe, il dort.

— Il ne dort pas. Il est dans la grange.

— Mais que fait-il dans la grange ?

Blair hésita.

— C'est une longue histoire.

— Qui sont ces personnes ?

— Écoutez… je ne sais pas comment vous dire ça.

— Quoi ?

— Votre frère. Joe séquestrait cette jeune femme. Elle et son enfant. Et moi.

Darlene braqua de nouveau le fusil vers elles.

— Vous mentez. N'avancez pas, restez où vous êtes.

— Darlene, je vous jure qu'il est dans la grange. Il a sans doute besoin de soins. Vous devriez appeler une ambulance.

— Une minute… qu'est-ce que vous manigancez ?

— Rien. Je vous dis la vérité, Darlene. Vous me connaissez.

— Mais non, je ne vous connais pas !

Darlene descendit les marches, le fusil pointé sur

Blair. Ariel les observait d'un air épouvanté. En voyant cette femme armée approcher, elle craqua. Être enfin libre, tout cela pour affronter une nouvelle menace, c'était trop pour elle. Trista serrée contre sa poitrine, elle s'élança, trébucha sur les gravillons du chemin et tomba à genoux. Darlene braqua le fusil sur la mère et l'enfant.

— On ne bouge plus ! Stop !

À cet instant, une voix grave s'éleva :

— Arrêtez, Darlene ! Arrêtez ou je tire.

C'était Tom qui, revolver au poing, émergeait dans la lumière de la lanterne. Stupéfaite, Darlene baissa le fusil.

— Tom ! s'écria Blair.

— Prenez-lui ce fusil avant qu'elle tue quelqu'un, ordonna-t-il à Ellis qui le suivait.

Ellis se précipita vers Darlene. Elle pointa le fusil sur lui, mais il continua à avancer.

— Allons, Darlene, donnez-moi ça.

— Salaud !

Brusquement, elle éclata en sanglots. Ellis la désarma adroitement, et elle s'appuya lourdement contre lui.

— Oncle Ellis ? bredouilla Blair, ahurie de le voir là, volant à son secours.

Il pivota et la foudroya du regard.

— Eh ben quoi ?

Tom s'approcha de Blair, Ariel et Trista, recroque-villées sur le sol humide et froid. Blair et lui échangèrent un regard grave.

— Voici Ariel, lui dit-elle. Et Trista. Ça va, Ariel ? Et la petite… ?

— Ça va.

Tom s'accroupit près d'elles et, refermant une main protectrice sur le bras de Blair, prit son téléphone pour appeler la police. Calmement, il leur demanda d'envoyer une ambulance et leur donna l'adresse.

— Comment avez-vous su ? murmura Blair.

— Nous ne savions rien. Mais votre téléphone était là, dans le pré, ce qui n'avait aucun sens. On est revenus pour essayer de le retrouver. Franchement, on ne savait pas quoi faire, on réfléchissait, quand tout s'est accéléré.

Blair frissonna.

— Mon téléphone a dû tomber de la poche de Joe après qu'il me l'a confisqué. Quand il m'a enfermée là-dedans.

Tom lui étreignit le bras.

— C'est fini. Vous êtes vivante. Vous êtes libre.

Ellis posa le fusil avec précaution contre la balustrade de la véranda.

— Vous n'en avez plus besoin, ma belle, grogna-t-il.

— Joe, hoqueta Darlene. Mon Joe !

— Il peut crever, articula froidement Blair.

— Il est en vie ? demanda Tom.

— Seulement parce que je n'avais pas d'arme. Il a assassiné Molly. C'était lui.

Tom hocha la tête.

— Il ne vous a pas tuée, vous, Dieu merci.

Blair regarda Ariel qui, livide et échevelée, berçait son enfant en pleurs.

— Ni moi ni elles.

Elle vit alors les éclairs des gyrophares, et le hurlement salvateur des sirènes lui emplit la tête, étouffant toute pensée.

35

— Monsieur Muhammed, déclara la juge Meredith Shapiro.

Yusef, qui arborait de nouvelles lunettes, avait soigné son apparence, quoique son costume neuf fût un peu trop grand pour lui. Impassible, il se tenait très droit, quasiment au garde-à-vous, au côté de son avocat, Brooks Whitman.

— Comme vous le savez, M. Joseph Reese, dans le cadre d'une négociation de peine, a plaidé coupable du meurtre de Molly Sinclair. Par ailleurs, Mlle Ariel Trautwig, qu'il séquestrait, a déclaré être présente au moment du crime, et attesté que Joseph Reese était bien le meurtrier de Molly Sinclair.

« N'eussent été les déclarations mensongères du témoin qui aurait dû confirmer votre alibi, vous n'auriez pas été condamné pour ce crime. À la lumière de ces faits nouveaux, j'ai autorisé votre avocat, à titre exceptionnel, à produire le témoignage de la sœur de ce témoin, qui est décédé, concernant la confession dudit témoin sur son lit de mort.

«En matière de détention abusive, il est rare que les faits soient irréfutables. Dans le cas présent, j'ai la certitude absolue qu'un jury saisi de cette affaire conclurait à une grave erreur judiciaire. En conséquence de quoi, j'annule votre condamnation. J'espère, ce faisant, accélérer le processus de procès en révision. J'estime que vous méritez d'être indemnisé pour le préjudice subi. Vous êtes libre, monsieur Muhammed.

«Permettez-moi d'ajouter que je déplore que, par la faute de la justice, vous ayez subi pareille épreuve. Je vous souhaite bonne route, monsieur Muhammed. L'audience est levée.

La juge abattit son marteau, l'huissier ordonna : «Levez-vous !» L'assistance attendit que la juge ait disparu pour laisser éclater sa joie. La première fut Lucille Jones, la mère de Yusef, qui se précipita pour étreindre son fils. Elle resta un long moment cramponnée à lui, jusqu'à ce que Brooks Whitman les sépare avec douceur. Yusef et lui échangèrent une poignée de main. Janet et Robbie Sinclair, serrés l'un contre l'autre, essuyèrent une larme.

Yusef laissa parents et amis venus le soutenir pour s'approcher de la frêle et pâle jeune femme assise devant Blair, et qui gardait le silence.

— Ariel, lui dit-il, je vous remercie d'avoir témoigné. Je vous en suis profondément reconnaissant.

Ariel le regarda droit dans les yeux et prit entre ses mains blanches la main, forte et brune, de Yusef.

— Je suis contente que ça se finisse bien.

Blair, qui les observait, murmura :

— J'ai l'impression qu'il y a quelque chose entre ces deux-là.

— C'est logique, quand on y pense, rétorqua Tom Olson. Ils se comprennent. Il doit leur être impossible de communiquer avec le reste du monde. Tous deux ont passé des années en prison, pour rien. Comment pourraient-ils expliquer ce qu'ils ont vécu ? Entre eux, au moins, les explications sont inutiles.

Blair hocha la tête, touchée.

— Vous avez raison.

— Cela m'arrive de temps à autre.

Robbie et Janet se levèrent. Janet tendit les bras à Blair, elles s'embrassèrent.

— Merci, ma grande, souffla Janet. Je suis tellement soulagée que ce soit terminé. Grâce à toi.

— On a enfin, dans une certaine mesure, rendu justice à Molly.

— Et savoir ce qui s'est passé nous apaise un peu, dit Robbie. Tu étais vraiment la meilleure amie de Molly, Blair.

— Je suis heureuse d'avoir pu faire quelque chose. À présent, il faut vous reposer.

— Oh que oui ! J'emmène Janet en vacances.

— Excellente idée, sourit Blair.

Brooks Whitman s'avança vers eux, la figure rouge d'excitation.

— Nous avons gagné ! On lance maintenant l'action civile, qui prendra un peu plus de temps. Dans cet État, on a vraiment besoin d'une loi sur l'indemnisation des victimes d'erreurs judiciaires.

— Absolument, acquiesça Blair. Pourquoi Yusef doit-il livrer cette nouvelle bataille ? L'État lui a volé des années de sa vie. La juge elle-même est de cet avis.

— Ses déclarations nous seront certainement utiles.

— Je doute que vous rencontriez beaucoup de résistance, dit Tom. La presse parle de cette affaire depuis des semaines.

— Je suis d'accord. À propos, je vous demanderai peut-être de vérifier pour moi certains détails.

— Je le ferai volontiers.

Brooks gratifia Tom d'une claque dans le dos et embrassa Blair sur la joue.

— Vous êtes des gens bien ! dit-il en s'éloignant pour rejoindre les journalistes qui attendaient ses commentaires.

Tom et Blair s'apprêtaient à quitter la salle, quand Yusef appela Blair. Elle se retourna et le regarda approcher, Lucille à son bras et Ariel à son côté.

— Je suis heureuse pour vous, murmura-t-elle. Cela n'aurait jamais dû se produire.

— En effet.

Blair scruta les grands yeux noirs, derrière les lunettes. Que pensait-elle y trouver ? Elle ne le savait pas trop. Rancune ? Pardon ? Gratitude ? Il était impénétrable. En prison, il avait masqué ses sentiments durant des années. Blair n'était pas assez habile pour les lire aujourd'hui sur son visage.

— Je suis désolée que vous ayez dû subir tout cela. À cause de ma sœur.

— J'essaie de trouver le moyen de lui pardonner, répondit Yusef d'un ton neutre. Ce n'est pas facile.

— Bien sûr.

— Mais sans vous, poursuivit-il, je n'aurais jamais vécu un jour comme aujourd'hui. Merci pour votre… ténacité.

— De rien. Je suis soulagée que l'histoire se termine de cette façon.

Elle se tourna vers Ariel, immobile et silencieuse.

— Comment allez-vous?

La jeune femme haussa les épaules.

— J'ai des hauts et des bas.

— Et Trista?

— Aujourd'hui, elle est avec mon frère et ma belle-sœur. J'espère qu'elle ne gardera pas trop de souvenirs de ce qu'on a vécu.

— Ce serait une bénédiction.

Ariel l'étreignit brièvement.

— Vous venez chez Lucille?

— Je ne sais pas trop, soupira Blair. Il faut que je reparte à Philadelphie.

— Je compte sur vous pour nous l'amener, dit Ariel à Tom.

— On passera, promit Tom.

Ariel leur adressa un faible sourire, puis suivit Yusef hors de la salle, où les attendaient les journalistes.

— C'est un grand jour, reprit Tom. Nous avons enfin quelque chose à fêter.

— Bon, d'accord. Le boulot peut attendre encore un peu, je suppose.

— Filons par la petite porte. Pour éviter la foule.

Blair lui emboîta le pas, ils longèrent un couloir obscur jusqu'à une sortie de secours. Tom poussa le battant, regarda à droite et à gauche.

— La voie est libre.

Tous deux rejoignirent, dans la pâle lumière de l'hiver, le pick-up de Tom.

— Je pensais qu'Ellis serait là, fit remarquer ce dernier.

— Pour soutenir Yusef? rétorqua Blair, sarcastique.

Hochant la tête, Tom démarra.

— Certaines choses ne changent jamais, effectivement.

— Je suis quand même contente d'être restée avec lui à la maison. Et avec Malcolm. C'était comme au bon vieux temps, si je puis dire.

— Vous avez toutes les raisons de lui en vouloir, rétorqua Tom dans un sourire. Mais je vous assure que, quand vous étiez en danger, il était sincèrement inquiet pour vous.

— Je le sais, répondit Blair pensivement. Je n'arrive pas à définir ce que j'éprouve pour lui. Une part de moi souhaite ne plus jamais avoir affaire à lui, et puis je regarde Malcolm, qui l'aime vraiment, et je me dis que ce n'est pas rien, qu'Ellis n'est pas si mauvais...

Ils roulèrent un moment en silence.

— Comment ça se passe pour Malcolm, chez Pete et Amanda?

— Bien, je crois. Zach et lui font du snowboard.

— Donc il est content de vivre chez les Tucker?

— Apparemment oui. Il a l'air heureux. Mais, bien sûr, on ne peut jamais avoir de certitude.

Tom se tut de nouveau, puis :

— Maintenant que toute cette histoire est terminée, je suppose qu'on ne vous verra plus.

— Oh si, je reviendrai. Malcolm est là, j'ai promis à Celeste de rester dans sa vie, et j'ai l'intention de tenir ma promesse.

— C'est bien.

— Ce matin, l'oncle Ellis m'a d'ailleurs demandé quand il me reverrait.

— Tiens donc ! sourit Tom.

Blair lui lança un regard oblique.

— Vous aussi, j'aimerais bien vous revoir. On formait une bonne équipe.

— Vous auriez envie qu'on se revoie ? fit-il, surpris.

— Oui, répondit-elle négligemment.

— C'est bien, dit-il, et il retomba dans le silence.

Blair tourna la tête vers la vitre, contemplant le paysage. Il lui semblait parfois sentir entre eux une étincelle, mais elle se demandait si cela pourrait un jour devenir autre chose. Pourquoi ai-je parlé de se revoir ? pensa-t-elle. J'aime la vie que je mène, et c'est pareil pour lui.

Elle jeta un coup d'œil à sa montre. Elle comptait quitter la petite fête le plus vite possible. Si Tom désirait rester, il y aurait bien quelqu'un pour la reconduire jusqu'à sa voiture.

— J'entends de la musique, dit-il soudain.

— Ah oui…

— Marvin Gaye.

— Mais oui, acquiesça-t-elle en souriant.

— Notre chanson, en quelque sorte.

Blair perçut dans cette remarque comme un parfum d'intimité.

— J'ai eu de la chance que vous connaissiez cette chanson. Tom se gara devant chez Lucille d'où s'échappaient à flots les succès éclatants de la Motown[1]. Des gens venus célébrer la victoire entraient et sortaient.

— Vous n'allez pas le croire, dit Tom, mais j'étais un assez bon danseur, à une époque.

— Vous l'êtes toujours ?

Tom lui tendit une main qui tremblait.

— Vous voulez vérifier ?

Blair secoua la tête. Les deux êtres les plus méfiants de la terre. C'était sans espoir.

— Vous avez peur que je vous ridiculise ? plaisanta-t-il.

Elle hésita. Trouillarde, ce n'est qu'une danse. Elle prit une grande inspiration, lui sourit.

— Chiche !

---

1. Compagnie de disques fondée en 1959 à Detroit. Surnommée « l'usine à tubes », elle voulait séduire à la fois le public noir et le public blanc, avec la soul et le R'n'B. Parmi les nombreux artistes produits par la Motown, citons Michael Jackson, Diana Ross, Stevie Wonder… et Marvin Gaye.

REMERCIEMENTS

Un merci tout particulier à mon agente, Danielle Sickles, pour sa compétence. Merci encore une fois à Meg Ruley, dont la touche toujours légère fait du travail un plaisir. Merci également à Kate Lyall Grant et Edwin Buckhalter en Angleterre, qui m'ont invitée à les rejoindre pour cette nouvelle aventure. Je tiens enfin à exprimer ma reconnaissance à Anne Michel et à sa merveilleuse équipe des Éditions Albin Michel, mes anges gardiens de France. Depuis des années, j'ai grâce à eux la chance de me sentir chez moi à Paris.

Le Livre de Poche s'engage pour
l'environnement en réduisant
l'empreinte carbone de ses livres.
Celle de cet exemplaire est de :
250 g éq. CO₂
Rendez-vous sur
www.livredepoche-durable.fr

**PAPIER À BASE DE
FIBRES CERTIFIÉES**

Composition réalisée par Soft Office

———————————

Achevé d'imprimer en France par
CPI BRODARD & TAUPIN (72200 La Flèche)
en août 2019
N° d'impression : 3035027
Dépôt légal 1ʳᵉ publication : septembre 2019
LIBRAIRIE GÉNÉRALE FRANÇAISE
21, rue du Montparnasse – 75298 Paris Cedex 06